Belas Letras.

MÚSICA **CULTURA POP** ESTILO DE VIDA **COMIDA**
CRIATIVIDADE & IMPACTO SOCIAL

O Livro de Receitas de Harry Potter

- Não Oficial -

Dos Bolos de Caldeirão à Cerveja Amanteigada –
Mais de 150 receitas para bruxos e trouxas

DINAH BUCHOLZ

Tradução
Adriana Krainski

Ilustrações
Karen Basso

Belas Letras

3ª reimpressão/2023

Sempre siga os protocolos de segurança e de bom senso ao usar utensílios de cozinha, operar fornos e fogões e manusear alimentos crus. Se crianças estiverem auxiliando na preparação de alguma receita, elas devem ser sempre supervisionadas por um adulto.

Este livro não é um produto oficial e autorizado. Ele não foi autorizado, aprovado, licenciado ou validado por J.K. Rowling, por seus editores ou pela Warner Bros. Entertainment Inc.

Este livro é o resultado de um trabalho feito com muito amor, diversão e gente finice
pelas seguintes pessoas:
Gustavo Guertler (*publisher*), Germano Weirich (coordenação editorial), Adriana Krainski (tradução), Karen Basso (ilustrações), Celso Orlandin Jr. (adaptação da capa e do projeto gráfico), Juliana Rech (diagramação) e Maristela Deves (revisão).
Obrigado, amigos.

2023
Todos os direitos desta edição reservados à
Editora Belas Letras Ltda.
Rua Visconde de Mauá, 473/301 – Bairro São Pelegrino
CEP 95010-070 – Caxias do Sul – RS
www.belasletras.com.br

Dados Internacionais de Catalogação na Fonte (CIP)
Biblioteca Pública Municipal Dr. Demetrio Niederauer
Caxias do Sul, RS

B921 Bucholz, Dinah
O livro de receitas de Harry Potter (não oficial) / Dinah Bucholz, tradução de Adriana Krainski, ilustrações Karen Basso. - Caxias do Sul, RS: Belas Letras, 2021.
320 p. il.

ISBN: 978-65-5537-167-3
ISBN: 978-65-5537-166-6
ISBN: 978-65-5537-202-1

Tradução de: The unofficial Harry Potter cookbook

1. Receitas culinárias para crianças. 2. Livro de receitas – Harry Potter (Personagem fictício). I. Título. II. Krainski, Adriana. III. Basso, Karen.

21/122 CDU 641.55

Catalogação elaborada por Rose Elga Beber, CRB-10/1369

Sumário

Introdução

C.S. Lewis, um dos maiores autores de fantasia de todos os tempos, disse que "Ler e comer são dois prazeres que combinam admiravelmente" e que "Nenhuma xícara de chá é grande e nenhum livro é longo o suficiente para me satisfazer".

Na minha infância, o que eu mais gostava de fazer nas tardes de sábado era cortar uma generosa fatia de bolo e me deliciar enquanto lia o livro mais longo, pesado e grosso que eu pudesse encontrar. Mas J.K. Rowling, com descrições apetitosas e vívidas de várias refeições e lanchinhos, elevou a comida a um outro nível na literatura. Será que tem alguém que consegue ler um livro do Harry Potter sem ficar com fome?

Difícil — e isso porque a comida e o ato de cozinhar são muito importantes para moldar o caráter dos personagens e dos espaços no mundo de Harry Potter. É a comida que nos ajuda a ver Hagrid como um cozinheiro solteirão e desligado e a senhora Weasley como uma cozinheira experiente do tipo "mãezona" e, assim, eles parecem reais para nós, porque nos fazem lembrar de pessoas que conhecemos. Os dotes culinários também dão um charme a mais para Tom, o dono do Caldeirão Furado, que oferece refeições esplêndidas para todos que recebe em seu bar. Os elfos domésticos também são responsáveis pelas delícias que saem da cozinha de Hogwarts (e poderiam tranquilamente competir com chefs profissionais). Sem falar nos doces diferentes e de dar água na boca da Dedosdemel, ou na cerveja amanteigada, a bebida mais famosa no mundo dos bruxos, o carro-chefe do pub Três Vassouras.

Desde o momento em que Harry descobre que é um bruxo e do seu primeiro banquete em Hogwarts até suas visitas à Toca e as refeições diárias na escola, a comida nos transporta para dentro das histórias e dá vida ao mundo da magia. No primeiro banquete de Harry, conseguimos quase sentir o cheiro e o sabor das comidas exuberantes, vemos com clareza na nossa mente a apresentação magnífica em bandejas douradas e sentimos junto com Harry o fascínio por estar na presença de tanta abundância.

Quando Harry vai tomar chá na casa de Hagrid, dá para sentir o calor da lareira e o gosto horroroso dos biscoitos duros que Harry tem coragem de fingir que gosta. Na Toca, dá vontade de atacar a mesa com as refeições incríveis servidas pela cozinheira preferida de Harry, a senhora Weasley. E com certeza você teve vontade de experimentar os pratos deliciosos que o Monstro serve, quando ele passa a pertencer a Harry.

Ao cozinhar e saborear os pratos que os seus personagens favoritos comem, você entra de verdade no mundo deles. Com as receitas a seguir, você levará a magia de Hogwarts para dentro da sua cozinha. É uma homenagem à boa mesa e às comilanças do Harry!

Dicas Úteis

Não pule esta parte em nada do que você for cozinhar! Por quê? Bom, se você ainda está treinando para ser um mago na cozinha, esta seção ajudará você a dar os primeiros passos e consertar os problemas de bolos e tortas, dentre outras coisas.

1. Para começo de conversa: prepare uma superfície de trabalho limpa. Isso ajudará a manter os ingredientes no lugar e a mente organizada.
2. Leia toda a receita com atenção e certifique-se de ter todos os ingredientes e equipamentos de que precisa para fazer a receita. Se você não tiver as habilidades necessárias, tente mesmo assim. Mas vá com paciência e humor e não desista se algo der errado. Eu passei dois anos sem acertar uma massa de torta até descobrir o que estava fazendo de errado.
3. Muitas das receitas deste livro pedem que você tempere os ovos. Para isso, você terá que despejar devagar cerca de ½ xícara de uma mistura quente sobre os ovos enquanto bate constantemente, para que os ovos atinjam a mesma temperatura do líquido quente sem talhar.
4. Meu jeito preferido de untar fôrmas: use um spray unta-fôrma, que garante resultados muitos melhores do que o método tradicional e é muito mais rápido e prático.
5. Se você estiver trabalhando em uma receita de bolo ou biscoito que use o método de cremagem, lembre-se sempre das dicas a seguir:

- A gordura (como a manteiga), os líquidos (como o leite) e os ovos precisam estar em temperatura ambiente. Retire esses ingredientes da geladeira ao menos 2 horas antes de começar o preparo.

- Os ovos podem ser aquecidos rapidamente se colocados em uma tigela com água quente por alguns minutos.
- Bata a manteiga e o açúcar por cerca de 5 minutos até ficarem aerados, raspando os lados da tigela se necessário.
- Adicione um ovo de cada vez, batendo depois de cada adição até misturar bem, por cerca de 30 segundos.
- Se você for adicionar um líquido, vá adicionando alternadamente a farinha e o líquido em velocidade baixa, sempre começando e terminando com a farinha.
- Bata o menos possível para manter a textura do bolo ou do biscoito macia e termine raspando as laterais da tigela e misturando à massa com uma espátula de silicone. Um método de preparo adequado pode ser a diferença entre um bolo denso e solado e um bolo fofo e bem crescido.

6. Se você estiver usando travessas de vidro ou fôrmas de metal escuras, reduza a temperatura do forno em 10 graus.
7. A forma de medir os ingredientes também influencia no resultado final, portanto, meça com cuidado. Use uma xícara medidora específica para os ingredientes líquidos e outra para os ingredientes sólidos. Para medir a farinha ou o açúcar, mergulhe a xícara medidora no recipiente com o ingrediente e nivele, passando um utensílio reto rente ao medidor. Não aperte a farinha nem chacoalhe a xícara para nivelar a parte de cima.
8. Para fazer doces, não deixe de pincelar os lados da panela usando um pincel culinário embebido em água quente após o açúcar dissolver. Um único cristalzinho de açúcar na lateral da panela é suficiente para provocar uma reação em cadeia que irá cristalizar a calda que você está preparando. E se você nunca usou um termômetro culinário, não se sinta intimidado! Dá para achar uns modelos bem baratos na seção de utensílios domésticos das lojas de departamento, e você verá que é muito fácil de usar e bastante útil. Depois que você superar o medo do desconhecido, logo estará fazendo os melhores fudges e caramelos com a ajuda deles!
9. Selar a carne, que é um passo que você encontrará em muitas das receitas de cozidos e sopas, significa fritar a carne em alta temperatura até ficar com uma casquinha marrom dos dois lados, o que leva de 3 a 5 minutos de cada lado. Coloque na panela uma única camada de carne, sem encher demais, senão a carne pode começar a soltar líquido e irá cozinhar, e não selar. Não se preocupe se a carne grudar na panela, pois isso pode ser um bom sinal. Significa que os pedacinhos marrons grudentos estão formando um fundo na panela e, ao adicionar um líquido, o fundo se soltará, agregando um sabor delicioso à sua sopa, cozido ou molho.
10. Para tostar castanhas, espalhe-as em uma única camada em uma assadeira e leve ao forno a 180°C por 10 a 12 minutos, até ficarem douradas e soltarem seu aroma característico.

11. Passas de corinto não são nada mais do que uvas-passas bem pequenininhas. Se não conseguir encontrá-las, pode usar uvas-passas normais. Você pode usar óleo de canola no lugar de outro óleo vegetal. Prefira usar o cacau em pó alcalino, pois ele é muito superior ao cacau em pó natural. Algumas marcas são caras, mas, pesquisando um pouco, você poderá encontrar algumas mais em conta. Você pode encontrar açúcar demerara na seção de produtos naturais do supermercado. Todos esses ingredientes e outros que você possa ter dificuldade para encontrar podem ser comprados pela internet.

Dicas para Preparar Massas de Confeitaria

Já falei na seção anterior das minhas tentativas fracassadas de fazer massa de torta. Para evitar esse problema, comece usando ingredientes gelados: manteiga gelada e água gelada.

Lembre-se de que a massa de torta não deve ser trabalhada em excesso, pois pode resultar em uma massa difícil de esticar e que, depois de assada, não quebra nem se você passar com um carro por cima. No entanto, a gordura precisa envolver a farinha por completo antes de você agregar o líquido. O processador de alimentos é um excelente utensílio nesse caso, porque ele trabalha rápido, mas mesmo assim é preciso cuidar para não sovar demais a massa. Se você for usar um processador de alimentos, bata todos os ingredientes secos e a gordura (manteiga, margarina ou gordura vegetal) até ficar parecendo uma farofa. Adicione o líquido e bata por cerca de 10 segundos, até a massa formar uma bola só. Em seguida, sove a massa ligeiramente — pouca coisa mesmo, tipo 2 segundos! Apenas para alisar, para que você consiga esticá-la sem quebrar nas bordas. Faça uma bola com a massa, trabalhando com ela o mínimo possível, e em seguida achate, formando um disco, envolva em plástico-filme e deixe descansar na geladeira por meia hora ou um pouco mais. É descansar mesmo — as cadeias de glúten vão se soltar e assim ficará mais fácil esticar a massa. Se ela estiver muito dura quando você tirar da geladeira, deixe descansar em temperatura ambiente por mais ou menos 15 minutos.

Se você estiver achando que a massa vai bater demais no processador de alimentos, não se preocupe. As pessoas fazem tortas há séculos sem eles. Basta ir esfarelando a gordura e a farinha com os dedos até ficar parecendo uma farofa grossa e amarelada. Não podem sobrar pedaços brancos e com aspecto seco. Você também pode usar um misturador de massa para isso, e a vantagem dele é que a temperatura quente dos seus dedos não irá derreter a gordura. Adicione o líquido e vá revirando até que a massa comece a se unir na forma de uma bola. Prossiga com as mesmas instruções anteriores.

Se, depois de adicionar água na sua massa de torta, ela continuar com um aspecto seco, vá colocando mais água, uma colher de sopa de cada vez. É melhor colocar mais do que menos. Você poderá colocar mais farinha ao esticar a massa para evitar que ela grude, mas uma massa seca vai quebrar e se partir ao esticar e não será mais possível recuperá-la.

Ao esticar a massa, estenda por cerca de 4 cm a mais do que o diâmetro da fôrma que você estiver usando (um círculo de 26 cm para uma fôrma de 22 cm, por exemplo). Espalhe bastante farinha na sua superfície de trabalho e por cima do seu círculo de massa para evitar que ela grude na superfície de trabalho e no rolo.

Retire o excesso de farinha com um pincel culinário. Dobre a massa em quatro partes iguais, tirando o excesso de farinha depois de cada dobra. Em seguida, vá abrindo a massa em cima da fôrma, colocando as laterais com cuidado. Apare as sobras com uma faca afiada ou tesoura de cozinha, deixando uma borda de cerca de 2 cm que você irá dobrar para baixo e apertar com os dedos ou com um garfo passado na farinha. Para tortas fechadas, deixe uma sobra de massa caindo para os lados. Estique a parte de cima por sobre o recheio e então vire a sobra da massa da camada do fundo por cima da segunda e aperte com os dedos ou com um garfo passado na farinha para selar.

Ou, para poupar tempo, você pode usar uma massa de rolo comprada pronta.

Alguns Avisos para as Mamães e os Papais

Tentei trazer neste livro receitas de absolutamente todas as comidas que consegui encontrar ao longo da série Harry Potter. Para manter a fidelidade à saga, incluí receitas que talvez vocês, pais, não considerem apropriadas para crianças, seja por conta da técnica de preparo empregada, ou porque o método é muito perigoso, ou porque dentre os ingredientes tem alguma bebida alcoólica. Sempre que possível, incluí alternativas fáceis para versões sem álcool, mas as palavras-chave para se observar aqui são "sempre que possível". Fica a seu critério permitir que os seus filhos criem ou experimentem essas receitas. Eu as incluí para que os fãs adultos também pudessem aproveitar.

As duas maiores preocupações podem ser relacionadas aos ingredientes e aos métodos. Além das receitas com ingredientes alcóolicos, há outras que levam café. Assim como sugeri – sempre que possível – uma substituição para as bebidas alcóolicas, você também pode optar por café sem cafeína se julgar mais adequado para o consumo dos seus filhos.

Alguns métodos de preparo das receitas são perigosos. As crianças não devem se arriscar em receitas que pedem para ferver uma calda de açúcar ou para fritar alimentos por imersão. Mas elas podem pedir para você preparar essas receitas para elas — com o meu apoio! Os adolescentes podem cozinhar usando essas técnicas, desde que tenham supervisão de um adulto, conforme o seu critério.

Não preciso alertar que é necessário ficar de olho nas crianças enquanto elas manipulam facas ou trabalham perto do fogão ou de um forno quente, mas não custa nada deixar aqui esse aviso. Dito isso, espero que vocês se divirtam na cozinha e deliciem-se com as receitas!

Capítulo Um

Comida Boa com Parentes Ruins

Os Dursley agradeceriam se fossem lembrados como as pessoas mais normais do mundo, mas a forma como eles tratam Harry Potter, seu sobrinho de sangue, não tem nada de normal. Decididos a eliminar qualquer vestígio de magia que ele possa ter herdado dos seus pais bruxos, eles o oprimem tanto quanto podem, mas não conseguem evitar que ele siga o seu destino. No badalar da meia-noite do seu aniversário de onze anos, depois de anos sonhando que um parente querido apareceria para levá-lo embora, um meio--gigante chamado Hagrid faz uma visita a Harry e lhe conta a verdade sobre seu passado. Apesar dos esforços dos Dursley para evitar que isso acontecesse, Harry por fim consegue escapar para Hogwarts, onde aprenderá tudo que precisa para ser um bruxo (ver *Harry Potter e a Pedra Filosofal*, capítulos 1 a 6). A tia Petúnia sempre odiou a irmã porque ela conseguia preparar poções com maestria, mas ela também não fica para trás nos caldeirões, pelo menos quando estamos falando de cozinha. Em *Harry Potter e a Câmara Secreta* (ver capítulos 1 e 2), ela prepara uma refeição de três pratos para um jantar chique com os Mason, e em *Harry Potter e o Prisioneiro de Azkaban* (ver capítulo 2) faz uma refeição requintada para a tia Marge. Para o horror, vergonha e desagrado dos Dursley, Harry estraga os dois jantares... e o tio Válter nunca irá perdoá-lo por ter perdido um negócio que o faria ganhar uma casa de praia em Maiorca.

Ovos Fritos com Bacon

O Harry às vezes não lembra a Cinderela? Ele tem que cozinhar, limpar a casa... Às vezes ele prepara o café da manhã na casa dos Dursley, e na manhã do aniversário do Duda não podia ser diferente. A tia Petúnia até fala brava para ele não se atrever a queimar os ovos (ver *Harry Potter e a Pedra Filosofal*, capítulo 2).

Ovos fritos com bacon não parecem um prato muito chique, mas há uns 400 anos eram o "café da manhã da realeza". Henrieta Maria, rainha consorte da Inglaterra e esposa do Rei Carlos I, encerrava um café da manhã luxuoso com um prato simples de ovos poché com bacon. Na Inglaterra, uma fatia de bacon é chamada de *rasher*.

2 fatias de bacon
1 colher (sopa) de banha de porco ou gordura que sobrou do bacon após fritar
2 ovos grandes
Sal e pimenta-do-reino moída na hora a gosto

1. Para fritar o bacon, leve uma frigideira rasa ou funda ao fogo médio. Vá colocando o bacon com cuidado na frigideira. Deixe fritar por 2 minutos e, em seguida, usando uma pinça ou um garfo, vire o bacon para o outro lado e frite por mais 2 minutos. Continue fritando e virando a cada 30 segundos até o bacon atingir a crocância desejada. Retire o bacon da frigideira e deixe escorrer em um papel-toalha. Deixe apenas 1 colher de sopa de gordura na frigideira.
2. Abaixe o fogo. Quebre os ovos em uma tigela pequena. Quando a gordura começar a estalar, coloque os ovos e tempere com sal e pimenta.

Serve 1 porção

Observação: os ovos fritos podem ser servidos em diferentes pontos: frito de um lado só com a gema bem mole por cima; frito dos dois lados, mas com a gema ainda mole; com a gema firme, mas macia; e com a gema bem dura. Para os ovos ficarem com a gema bem amarela por cima e escorrendo, frite os ovos por quatro minutos de um só lado até a clara ficar firme. Para ovos fritos dos dois lados, mas com a gema ainda mole, coloque os ovos na frigideira e deixe fritar por 3 minutos. Vire os ovos com cuidado usando uma espátula e termine de fritar conforme sua preferência: para gema bem mole, frite 2 minutos do segundo lado; para gema firme e macia, 2 minutos e 15 segundos; e para gema dura, 2 minutos e meio, ou até que a gema esteja completamente firme. Também é possível romper a gema antes de virar para fazer ovos bem firmes.

Casquinhas de Sorvete Cremoso de Chocolate

Quando Harry vai ao zoológico com os Dursley, o dia começa parecendo um sonho. Harry nunca tinha sido levado aos passeios de aniversário do Duda e mal conseguia acreditar na sua sorte. O tio Válter compra sorvetes de chocolate para o Duda e seu amigo Pedro para aproveitarem o dia ao ar livre. Mas é claro que o Harry fica sem (ver *Harry Potter e a Pedra Filosofal*, capítulo 2).

Quando a primeira receita de sorvete chegou à Inglaterra em 1600, o Rei Carlos I queria guardá-la só para ele. Sorvete era uma sobremesa exclusiva da realeza e o rei queria garantir que continuaria sendo assim. Diz a lenda que ele fez seu cozinheiro jurar manter a receita em segredo. Mas, quando o rei morreu, o segredo se espalhou... E agora você pode aproveitar esta receita deliciosa de sorvete.

Serve cerca de 5 porções

Observação: se o sorvete ficar duro como uma pedra depois de congelado, deixe amolecer em temperatura ambiente por 15 minutos antes de servir. O sorvete caseiro dura aproximadamente uma semana. Além disso, para evitar que as casquinhas fiquem vazando, despeje um pouco de chocolate meio amargo derretido no fundo de cada casquinha antes de encher de sorvete.

2 xícaras de leite integral
2 xícaras de creme de leite fresco
¾ de xícara de açúcar refinado
2 colheres (sopa) de cacau em pó
5 gemas de ovos grandes
200 g de chocolate meio amargo derretido e resfriado
1 colher (chá) de extrato de baunilha
Casquinhas de sorvete para servir

1. Misture o leite, o creme de leite, o açúcar e o cacau em pó em uma panela média e deixe cozinhar, mexendo constantemente até aquecer, sem ferver. Junte o chocolate derretido às gemas (vai ficar grosso e difícil de mexer). Tempere a mistura de gema de ovo, colocando devagar 1 xícara da mistura de leite quente nas gemas, mexendo vigorosamente. Despeje a mistura de gemas temperada na panela em que está o restante do leite e deixe cozinhar, mexendo constantemente até ficar bem quente, sem ferver. Não deixe levantar fervura.
2. Passe a mistura por uma peneira. Acrescente o extrato de baunilha.
3. Cubra a superfície com plástico-filme para evitar que se forme uma película e deixe esfriar em temperatura ambiente, depois leve à geladeira para ficar bem gelado, por cerca de 6 horas. Bata na máquina de sorvetes seguindo as instruções do fabricante. Transfira para um recipiente hermético e leve ao freezer até ficar bem firme, por 8 horas ou de um dia para o outro.
4. Para servir, coloque duas bolas de sorvete em cada casquinha e finalize com os seus confeitos preferidos.

Picolé de Limão Triplamente Poderoso

Os Dursley não querem comprar um sorvete de chocolate para o Harry quando vão ao zoológico no aniversário do Duda, mas quando a mulher da carrocinha de sorvetes pergunta o que ele quer, eles ficam com vergonha de não comprar nada para ele. Acabam aceitando comprar um picolé barato de limão, que Harry gosta assim mesmo (ver *Harry Potter e a Pedra Filosofal*, capítulo 2).

Quem não gosta de um picolé bem refrescante em um dia quente? Raspadinhas e outras delícias geladas existem há milhares de anos. O famoso imperador Alexandre, o Grande mandava buscar neve fresca nas montanhas para gelar seu vinho, e o terrível imperador Nero, de Roma, costumava misturar neve com mel e frutas para a sobremesa, que tinha que ser comida imediatamente, antes de derreter. Felizmente, graças às tecnologias modernas, não precisamos mais ir tão longe para aproveitar essas delícias.

Raspas da casca de 1 limão
3 colheres de suco de limão
7 colheres (sopa) de açúcar refinado
1 ¾ xícara de água
½ colher (chá) de extrato de limão

1. Coloque as raspas e o suco de limão, o açúcar e a água em uma panela e aqueça, mexendo constantemente, até começar a ferver levemente. Retire do fogo e misture o extrato de limão. Coloque em fôrmas de picolé.
2. Leve ao freezer até congelar, por cerca de 5 horas.

Faz cerca de 4 picolés de 100 g cada

Observação: esses picolés de limão adquirem o sabor azedinho do limão por três meios — raspas da casca da fruta, suco de limão e extrato de limão. Daí que vem o nome "Triplamente Poderoso".

Sorvetão Gigante Turbinado

Duda finge chorar quando descobre que Harry terá que ir junto no seu passeio de aniversário. A tia Petúnia, caindo no truque do filho, garante ao Duda que não vai deixar Harry estragar seu dia especial. Mal sabia ela! Mas antes do dia acabar em desastre, Harry aproveita o sorvete que o deixam terminar quando Duda reclama que o seu sorvetão não era bastante grande (ver *Harry Potter e a Pedra Filosofal*, capítulo 2).

Esta é uma sobremesa deliciosa para o verão e muito fácil de preparar. Chegou a hora de relembrar os clássicos *sundaes*. Esse sorvete cheio de complementos surgiu pela primeira vez nos Estados Unidos nos anos 1930, mas acabou fazendo sucesso mesmo do outro lado do oceano, na Inglaterra. Recebem em inglês o nome curioso de *knickerbocker glory*, que era o nome de um tipo de shorts listrados, fazendo assim referência às listras formadas pelas várias camadas de sorvete, gelatina, creme, frutas e chantilly. Também remete à forma como eram chamados os moradores de Nova York.

2 xícaras de Creme de Baunilha (receita a seguir) ou pudim de baunilha feito com mistura em pó
Chantilly
2 xícaras de gelatina de qualquer sabor (preparada com antecedência)
Castanhas ou amendoins torrados e picados
2 xícaras de frutas frescas picadas (como pêssego ou frutas vermelhas diversas)
500 g de sorvete de baunilha
Calda de chocolate

1. Prepare o creme de baunilha, o chantilly e a gelatina com antecedência. Pique e torre as castanhas com antecedência também.
2. Lave e, se necessário, descasque e pique as frutas que for usar.
3. Prepare seis taças de sundae. Divida o sorvete no fundo das seis taças. Divida por igual 1 xícara de frutas nas taças. Depois, coloque por igual 1 xícara de gelatina por cima das frutas e 1 xícara de creme de baunilha por cima da gelatina. Repita as camadas com o restante dos ingredientes.
4. Finalize com chantilly, castanhas picadas e calda de chocolate.

Serve 6 porções

Sorvetão Gigante Turbinado

Continuação

Creme de Baunilha

¼ de xícara de açúcar refinado
3 colheres (sopa) de amido de milho
¼ de colher (chá) de sal
1 xícara de leite integral e ½ xícara de creme de leite fresco ou 1 ½ xícara de leite integral
3 gemas
1 colher (chá) de extrato de baunilha

1. Misture o açúcar com o amido de milho e o sal em uma panela pequena de fundo grosso. Acrescente o leite e o creme e mexa até o amido de milho dissolver. Em outra tigela, bata as gemas até formar um creme claro.
2. Aqueça a mistura com o leite em fogo médio até começar a borbulhar e engrossar. Abaixe o fogo. Tempere as gemas (consulte as Dicas Úteis), depois despeje a mistura com as gemas na panela, mexendo constantemente.
3. Aumente o fogo novamente. Deixe cozinhar, mexendo constantemente, mas devagar, até que a mistura engrosse e fique bem quente, sem borbulhar. Retire a panela do fogo e acrescente a baunilha.
4. Passe o creme por uma peneira, despejando em outra tigela e raspando com uma espátula de silicone para desfazer os grumos. Cubra com plástico-filme rente ao creme para evitar que se forme uma película e leve para esfriar até firmar.

Chantilly

1 xícara de creme de leite fresco
3 colheres (sopa) de açúcar de confeiteiro
1 colher (chá) de extrato de baunilha

Coloque o creme de leite fresco, o açúcar de confeiteiro e a baunilha em uma tigela e bata até formar picos firmes, sem derramar ao erguer e virar o batedor de cabeça para baixo.

Bolo de Chocolate da Vovó

Harry detesta ficar com a sua babá, a senhora Figg, quando os Dursley precisam se livrar dele. Ela tem muitos gatos, a casa dela cheira a repolho e o bolo de chocolate que ela lhe oferece tem gosto de velho (ver *Harry Potter e a Pedra Filosofal*, capítulos 2 e 3).

Alguns dos primeiros bolos surgiram entre os antigos nórdicos e eram chamados de *kaka* (o que eles tinham na cabeça?). Mas, como você pode imaginar, a *kaka* dos vikings não tem nada a ver com os nossos bolos atuais. Foi apenas nos anos 1700 que começaram a colocar ovos, açúcar e até coberturas para criar os bolos da forma como conhecemos hoje.

2 xícaras de farinha de trigo
2 xícaras de açúcar refinado
¾ de xícara de cacau em pó
1 colher (chá) de bicarbonato de sódio
½ colher (chá) de sal
1 ¼ xícara de óleo vegetal
1 ¼ xícara de buttermilk (leitelho)
3 ovos grandes
1 xícara de café forte e frio
1 colher (sopa) de extrato de baunilha

1. Preaqueça o forno a 180°C. Unte uma fôrma de 20x30 cm.
2. Coloque a farinha de trigo, o açúcar, o cacau, o bicarbonato de sódio e o sal em uma tigela grande e misture bem.
3. Adicione o óleo, o buttermilk, os ovos, o café e a baunilha e mexa até homogeneizar.
4. Despeje a massa na fôrma untada e asse por cerca de 45 minutos, até que o bolo esteja firme ao ser tocado no centro ou, ao inserir um palito de dentes no centro, o palito volte apenas com alguns farelos úmidos.
5. Deixe o bolo esfriar completamente na fôrma. Polvilhe com açúcar de confeiteiro e sirva direto na fôrma.

Rende 24 fatias

Observação: é possível substituir o buttermilk *colocando 1 colher de sopa de suco de limão (meio limão) em um copo medidor e adicionando leite integral até chegar à marca de 1 ¼ de xícara. Leve ao micro-ondas por 30 a 45 segundos e mexa bem. Assim, o leite ficará grosso e talhado.*

Bolo de Frutas para Crianças

O tio Vâlter fica tão maluco quando chega uma carta endereçada ao Harry Potter que ele tenta pregar a portinhola para cartas com um pedaço de bolo de frutas (ver *Harry Potter e a Pedra Filosofal*, capítulo 3).

Como é que o tio Válter foi chegar ao ponto de confundir um pedaço de bolo de frutas com um martelo? Não é um erro tão absurdo quando pensamos que os bolos de frutas são feitos para durar um ano — aquele lá deve ter ficado mais duro que um pedaço de aço forjado, e assim poderia até ser usado como martelo! Mas falando sério, é o álcool no bolo que o conserva por meses. A rainha Vitória esperava um ano para comer os bolos de frutas que ela ganhava de presente para demonstrar autocontrole, mas eu mal consigo esperar terminar de esfriar.

2 ¼ xícaras de farinha de trigo
½ xícara de farinha de amêndoas
1 colher (chá) de canela moída
½ colher (chá) de pimenta-da-jamaica moída
¼ de colher (chá) de noz-moscada
⅛ de colher (chá) de cravo moído
¾ de colher (chá) de fermento químico
¼ de colher (chá) de sal
200 g de manteiga em temperatura ambiente
1 ¼ xícara de açúcar mascavo
Raspas da casca de 1 laranja
Raspas da casca de 1 limão
4 ovos em temperatura ambiente
¼ de xícara de geleia de laranja
¼ de xícara de uvas-passas pretas
¼ de xícara de uvas-passas brancas
¼ de xícara de passas de corinto ou mais uvas-passas (pretas ou brancas)
¼ de xícara de casca de limão cristalizada picada
¼ de xícara de casca de laranja cristalizada picada
¼ de xícara de suco de maçã

Bolo de Frutas para Crianças

Continuação

1. Preaqueça o forno a 150°C. Unte uma fôrma redonda de 22 cm de diâmetro e forre o fundo com papel-manteiga. Em uma tigela grande, misture a farinha de trigo, a farinha de amêndoas, as especiarias, o fermento e o sal.
2. Em outra tigela, bata a manteiga, o açúcar e as raspas de limão e de laranja na batedeira, raspando as laterais da tigela conforme necessário, até virar um creme leve e claro, por cerca de 5 minutos. Adicione os ovos um de cada vez, batendo bem após cada adição para homogeneizar. Acrescente a geleia. Adicione a mistura de farinha e, em seguida, as uvas-passas e as cascas cristalizadas. Adicione o suco de laranja. Usando uma espátula, mexa uma última vez para garantir que a massa esteja bem homogênea. Despeje a massa na fôrma e asse por 1h45min até o bolo ficar bem dourado e, ao espetar o centro do bolo com um palito de dentes, o palito sair limpo.
3. Retire o bolo do forno e deixe na fôrma para resfriar. Para retirar o bolo da fôrma, passe uma faca em volta da borda e solte as laterais. Passe uma faca por baixo da fôrma e erga o bolo, retirando o papel-manteiga. Sirva com uma bela xícara de chá.

Serve 16 porções

Observação: tradicionalmente, os bolos de frutas são feitos com conhaque, que os mantém úmidos e frescos por mais tempo. Adultos que quiserem fazer um bolo de frutas tradicional devem trocar o suco de maçã por conhaque. Depois que o bolo esfriar, use um palito de churrasco para fazer buracos no fundo do bolo. Regue o fundo do bolo com ¼ de xícara de conhaque, embrulhe-o em papel-alumínio e guarde de cabeça para baixo. Se você quiser fazer este bolo com vários meses de antecedência, a cada três meses desembrulhe o bolo e regue com mais ¼ de xícara de conhaque no fundo. O sabor vai acentuando com o passar do tempo, se você conseguir esperar!

Lombo de Porco Assado com Variações

A tia Petúnia serve lombo de porco no jantar de negócios com os Mason, que é arruinado pelo elfo doméstico Dobby, cujas tentativas de ajudar Harry sempre acabam quase o matando (ver *Harry Potter e a Câmara Secreta*, capítulos 1 e 2).

Diferente das galinhas e faisões, o porco é um animal que os romanos não levaram consigo para a Inglaterra. Existem porcos na Europa há milhões de anos e, desde que os humanos os descobriram, passaram a usá-los para a alimentação, sobretudo porque são fáceis e baratos de criar (eles comem, por exemplo, alimentos que geralmente jogaríamos fora e preparam a própria forragem).

1 colher (chá) de sal

¼ de colher (chá) de pimenta-do-reino moída na hora

¼ de colher (chá) de tomilho seco em pó

¼ de colher (chá) de alecrim seco

1 pitada de pimenta-caiena

1 lombo de porco de 500 g a 1 kg

1. Preaqueça o forno a 160°C. Em uma tigela pequena, misture todos os ingredientes, menos o lombo de porco. Esfregue a mistura por toda a peça de lombo e coloque a carne na grade de uma assadeira.
2. Asse o lombo por 40 minutos até a carne atingir 65°C no termômetro culinário, quando inserido na parte mais grossa da carne. Retire a carne assada do forno e deixe descansar por 15 minutos antes de fatiar.

Serve 6 porções

Lombo de Porco Assado com Variações

Continuação

Lombo de Porco Glaceado com Maçã

1 xícara de água

1 xícara de mel

½ xícara de manteiga de maçã ou purê de maçã

1 colher (chá) de pimenta-calabresa moída

½ xícara de cranberries desidratados

½ xícara de picles de casca de melancia em cubos

1 lombo de porco de 500 g a 1 kg

1. Preaqueça o forno a 160°C. Em uma frigideira funda, misture a água, o mel e o purê de maçã e mexa bem. Adicione a pimenta-calabresa moída, os cranberries desidratados e os picles de casca de melancia. Deixe ferver, retire do fogo e deixe descansar por 10 minutos.
2. Despeje metade do molho de frutas por cima do lombo de porco e leve ao forno preaquecido. Asse a carne de porco por 30 minutos. Despeje ¼ de xícara do molho restante por cima do lombo e asse por mais 10 minutos até o interior atingir a temperatura de 65°C no termômetro culinário.
3. Deixe o lombo de porco descansar por 15 minutos antes de fatiar. Regue as fatias com o restante do molho de frutas e sirva.

Lombo de Porco Glaceado com Uísque e Pêssego para Adultos

¼ de xícara de uísque

¼ de xícara de molho de soja

¼ de xícara de açúcar mascavo

2 dentes de alho

¼ de xícara de mostarda Dijon

½ colher (chá) de gengibre em pó

2 colheres (sopa) de molho inglês

¼ de xícara de óleo vegetal

1 pitada de molho de pimenta

1 lombo de porco de 500 g a 1 kg

4 pêssegos frescos ou em calda sem caroço e cortados em quatro partes iguais

1. Em um liquidificador ou processador de alimentos, misture o uísque, o molho de soja, o açúcar mascavo, o alho, a mostarda, o gengibre, o molho inglês, o óleo e o molho de pimenta. Bata até homogeneizar.
2. Coloque o lombo de porco e os pêssegos em um saco plástico com fecho e despeje a marinada. Retire o excesso de ar e leve à geladeira por 24 horas.
3. Preaqueça o forno a 160°C. Retire a carne de porco da marinada e coloque na grade de uma assadeira. Asse por 45 minutos até atingir a temperatura de 65°C no termômetro culinário. Retire a carne assada do forno e deixe descansar por 15 minutos antes de fatiar. Leve o restante da marinada para ferver em uma panela pequena e reserve.
4. Fatie a carne e regue com o molho da marinada. Disponha os pêssegos ao redor das fatias de carne.

Sobremesa da Tia Petúnia (Pavê de Morango Inglês)

Quando Harry entra em casa depois de terminar suas tarefas, percebe que a sobremesa que a tia Petúnia preparou para o jantar com os Mason está em cima da geladeira (ver *Harry Potter e a Câmara Secreta*, capítulo 1). Como essa sobremesa era coberta com chantilly e decorada com flores de açúcar, provavelmente o que ela pretendia servir era um clássico pavê (antes do Dobby destruir tudo).

Esta é uma bela sobremesa, muito fácil de preparar para impressionar os amigos. Quando surgiu, o típico pavê inglês não era nada mais do que um creme simples feito com creme de leite, gemas e açúcar, aromatizado com gengibre e água de rosas. Ele passou a ter uma apresentação mais elegante nos anos 1800: camadas de bolo, frutas e creme em uma travessa de vidro, coberto com chantilly. Não use travessas muito fundas para montar o pavê. Prefira usar uma travessa de 20 cm de diâmetro por 7 cm de profundidade.

Serve 8 a 10 porções

Observação: para uma versão mais rápida e prática do pavê, use pão de ló ou bolo de baunilha comprado pronto e pudim de baunilha de caixinha, em vez de prepará-los em casa.

1 Bolo de Massa Branca, cortado em fatias de 1 cm (conferir receita a seguir, ou usar bolo comprado)
½ xícara de geleia de morango
Creme de baunilha (conferir receita a seguir ou usar mix para pudim de baunilha e seguir as instruções da embalagem)
500 g de morangos lavados, secos e cortados em fatias de 3 mm
Chantilly (ver Sorvetão Gigante Turbinado)
1 colher (sopa) de amêndoas laminadas ou flores de açúcar, conforme disponibilidade

1. Coloque as fatias de bolo em uma tábua de corte e tire a casca. Passe geleia em metade das fatias e cubra com as outras fatias. Corte os sanduíches de bolo em quadrados de 4 cm. Coloque-os no fundo de uma travessa redonda. Corte os sanduíches restantes em pedaços pequenos para preencher os espaços vazios.
2. Espalhe o creme de baunilha por cima da camada de bolo. Ao redor da travessa, coloque fatias de morango e, depois, coloque o restante dos morangos no meio. Cubra com plástico-filme e leve à geladeira por 8 horas ou de um dia para o outro, para os sabores se mesclarem.
3. Prepare o chantilly antes de servir. Retire o plástico-filme e espalhe o chantilly por cima do pavê, cobrindo todos os morangos. Para fazer um efeito bonito, você pode encher um saco de confeitar com um bico de estrela de 2 cm e usar para decorar o pavê com o chantilly. Finalize com as amêndoas laminadas torradas ou com as flores de açúcar.

Sobremesa da Tia Petúnia (Pavê de Morango Inglês)

Continuação

Bolo de Massa Branca

1 ½ xícara de farinha de trigo
1 ½ colher (chá) de fermento em pó
¼ de colher (chá) de sal
115 g de manteiga em temperatura ambiente
1 xícara de açúcar
2 ovos grandes em temperatura ambiente
1 ½ colher (chá) de extrato de baunilha
½ xícara de leite integral em temperatura ambiente

1. Preaqueça o forno a 180°C e unte uma fôrma retangular de 20x10 cm. Misture a farinha de trigo, o fermento e o sal. Reserve.
2. Na batedeira, bata a manteiga e o açúcar até ficar leve e aerado. Vá adicionando um ovo de cada vez, batendo após cada adição. Acrescente o extrato de baunilha e bata até homogeneizar.
3. Vá adicionando a mistura de farinha e o leite alternadamente, sempre começando e terminando com a farinha e usando a velocidade baixa da batedeira. Raspe as laterais da tigela e misture devagar com uma espátula de silicone. Não bata demais a massa.
4. Despeje a massa na fôrma untada e asse por cerca de 1 hora, até sentir o bolo firme ao tocá-lo no centro ou inserir um palito de dentes no meio e ele sair limpo. Retire o bolo do forno e deixe esfriar na fôrma.

Creme de Baunilha

1 ½ xícara de leite integral mais ½ xícara de creme de leite fresco, ou 2 xícaras de leite integral
½ xícara de açúcar refinado
¼ de xícara de amido de milho
¼ de colher (chá) de sal
4 gemas de ovos grandes
1 colher (chá) de extrato de baunilha
30 g (2 colheres de sopa) de manteiga (apenas se não for usar creme de leite fresco)

1. Misture o leite (ou o leite e o creme de leite) com o açúcar, o amido de milho e o sal em uma panela pequena. Em uma tigela média, bata as gemas até formar um creme claro.
2. Aqueça a mistura de leite em fogo médio/alto, mexendo constantemente até aquecer, mas sem borbulhar. Abaixe o fogo. Tempere as gemas (ver Dicas Úteis) e em seguida despeje a mistura de gemas devagar na panela, sempre mexendo. Levante o fogo novamente, sem parar de mexer, até a mistura engrossar e começar a borbulhar.
3. Retire a panela do fogo e adicione a baunilha e a manteiga, se tiver usado apenas leite. Mexa até homogeneizar bem. Passe o creme de baunilha por uma peneira, empurrando com uma espátula de silicone para eliminar os grumos. Cubra com plástico-filme e leve à geladeira até esfriar.

Torta-Merengue de Limão

Eles comeram sopa, depois comeram salmão. Agora estão ouvindo o tio Válter falar sobre o dia no trabalho enquanto comem torta-merengue de limão. A tia Guida está tomando muito conhaque, o que sempre acaba mal para o Harry (ver *Harry Potter e o Prisioneiro de Azkaban*, capítulo 2).

Esta torta de limão é uma receita mais norte-americana até do que a famosa torta de maçã. Já se faziam tortas de maçã na Inglaterra antes de os colonizadores irem para os Estados Unidos. Tortas abertas, sem massa por cima, ou tortas cobertas com merengue costumam ser de origem norte-americana. Esta torta-merengue de limão é um pouco complexa, mas vale o trabalho! Reserve um bom tempo para preparar essa sobremesa, e você nunca mais vai querer comer tortas compradas prontas. Apesar disso, e mesmo sempre defendendo a receita clássica da torta de limão, muitas pessoas que eu amo e respeito gostam de torta de limão industrializada. Então, se você estiver com pressa, é possível fazer essa torta com massa comprada pronta para acelerar as coisas — essa pode ser uma sábia decisão.

Massa da Torta

1 ¼ xícara de farinha de trigo
2 colheres (sopa) de açúcar refinado
½ colher (chá) de sal
60 g de manteiga cortada em cubos
4 colheres (sopa) de gordura vegetal gelada e cortada em cubos
4 a 6 colheres (sopa) de água gelada

Recheio de Limão Siciliano

1 ¼ xícara de açúcar refinado
⅓ de xícara de amido
1 ½ xícara de água
4 gemas ligeiramente batidas (guarde as claras para fazer o merengue)
½ xícara de suco de limão siciliano
1 colher (sopa) de raspas de casca de limão siciliano
30 g (2 colheres de sopa) de manteiga

Cobertura de Merengue

4 claras de ovos grandes em temperatura ambiente
¼ de colher (chá) de cremor tártaro
¼ de colher (chá) de sal
½ colher (chá) de extrato de baunilha
1 xícara de açúcar granulado

Torta-Merengue de Limão

Continuação

1. Para preparar a massa, bata em um processador de alimentos a farinha, o açúcar, o sal, a manteiga e a gordura vegetal até ficar com uma consistência de farofa. Adicione 4 colheres de sopa de água gelada e bata por mais alguns segundos até a massa formar uma bola. Se a massa estiver seca, coloque mais água, uma colher de sopa de cada vez. Sove a massa rapidamente, modele no formato de um disco, envolva em plástico-filme e leve à geladeira por 1 hora ou por até 3 dias.
2. Se a massa estiver dura, deixe descansar em temperatura ambiente por 15 minutos para amolecer. Em uma superfície polvilhada com farinha de trigo, estique a massa e encaixe-a em uma fôrma para torta. Corte as beiradas, dobre os excessos para baixo e aperte com os dedos ou com um garfo. Preaqueça o forno a 220°C e deixe a massa no freezer até o forno atingir a temperatura correta.
3. Estique um papel-alumínio por dentro da fôrma com a massa de torta congelada e encha de feijões ou bolinhas cerâmicas culinárias. Asse até que a massa esteja seca e firme, por 15 a 20 minutos. Reduza a temperatura do forno para 180°C, retire o papel-alumínio e asse até a massa ficar dourada, por mais ou menos 8 minutos. Retire do forno e reserve.
4. Para o recheio, misture o açúcar, o amido, a água e as gemas em uma panela pequena de fundo grosso e mexa até dissolver o amido. Cozinhe em fogo baixo, mexendo constantemente, até a mistura começar a engrossar e borbulhar. Retire do fogo e adicione o suco de limão, raspas de casca de limão e a manteiga. Mexa com cuidado para homogeneizar e despeje por cima da massa de torta.
5. Para preparar o merengue, bata as claras, o cremor tártaro, o sal e a baunilha até formar picos firmes. Vá adicionando o açúcar aos poucos, batendo em velocidade média. Aumente a velocidade e bata até as claras ficarem firmes e brilhosas, mas sem ressecar.
6. Espalhe o merengue por cima do recheio, fazendo picos e espirais com as costas de uma colher ou com um garfo.
7. Asse a torta até dourar o merengue, por cerca de 15 minutos. Deixe a torta esfriar antes de servir. Sirva gelada ou em temperatura ambiente.

Serve 8 porções

Observação: deixe para fazer essa torta de limão quando o tempo estiver seco, pois a umidade pode fazer com que o merengue desande, o que significa que você encontrará algumas gotas de um líquido cor de caramelo se formando em cima do seu monte nevado de merengue.
Para fazer claras em neve perfeitas, verifique se os batedores e a tigela estão impecavelmente limpos e sem gordura. Qualquer quantidade mínima de gordura pode fazer com que as claras não cresçam direito. Uma pequena quantidade de gema não prejudicará o resultado final. Vá adicionando o açúcar devagar quando começar a formar picos macios.

Sopa Quentinha e Aconchegante de Frango com Curry

No último dia da visita da tia Guida, a tia Petúnia serve uma sopa caprichada, e Harry parece estar tirando de letra até que perde a cabeça e acaba inflando a tia Guida feito um balão (ver *Harry Potter e o Prisioneiro de Azkaban*, capítulo 2).

O nome que esta sopa recebe na Inglaterra é Mulligatawny, que é na verdade uma combinação de duas palavras de origem indiana que significam "água" e "pimenta". Oficiais britânicos do período colonial se apaixonaram por esse prato e o levaram para a Inglaterra.

2 colheres (sopa) de óleo vegetal
2 coxas de frango com osso e com pele
1 cebola picada finamente
2 cenouras fatiadas
2 talos de salsão bem picadinhos
6 xícaras de água
1 maçã verde sem casca, sem miolo e cortada em cubos
1 colher (sopa) de curry
1 colher (sopa) de sal
½ colher (chá) de pimenta-do-reino moída na hora
2 xícaras de arroz branco de grão longo cozido (½ xícara de arroz cru rende cerca de 2 xícaras de arroz cozido)
Coco em flocos para servir (opcional)

1. Aqueça o óleo em uma panela larga. Sele o frango em fogo alto dos dois lados até ficar dourado e crocante, por cerca de 4 minutos de cada lado. Retire o frango da panela e reserve.
2. Retire parte da gordura, deixando apenas 2 colheres de sopa na panela. Adicione a cebola, as cenouras e o salsão, mexendo e raspando a panela, refogando em fogo alto até a cebola ficar macia, de 3 a 5 minutos. Adicione a água, a maçã, o curry, sal e pimenta.
3. Coloque o frango de volta na panela. Deixe ferver, abaixe o fogo e deixe cozinhar por 30 a 45 minutos, até o frango ficar macio. Retire o frango da panela. Descarte a pele e os ossos, corte o frango em pedaços pequenos e coloque de volta na panela. Usando uma colher grande, tire a gordura da superfície. Acrescente o arroz.
4. Para servir, salpique uma pequena quantidade de coco em flocos em cada tigela, se quiser usar.

Serve 6 porções

Quatro Bolos Esplêndidos

Ah, doce vingança! No verão em que o tio Válter e a tia Petúnia colocam o Duda em uma dieta severa, Harry se alegra ao lembrar que tem comida escondida no quarto, enquanto os Dursley matam o Duda de fome na cozinha. Quando Harry conta aos seus amigos sobre a dieta que a família inteira teria que seguir, eles não decepcionam e mandam muitos bolos de aniversário. Os quatro bolos a seguir são possibilidades deliciosas que Rony, Hermione, Hagrid e Sirius podem ter mandado para Harry (ver *Harry Potter e o Cálice de Fogo*, capítulo 3).

Este é o bolo mais simples de todos, mas muito elegante e delicioso. Em inglês, leva o nome de *Victoria Sponge*, porque a famosa rainha de mesmo nome costumava comer uma fatia desse bolo com sua xícara de chá. Embora tenha o nome enganoso de esponja, o bolo é bastante denso e amanteigado e não tem nada de fofo e aerado. Para uma versão rápida, você pode usar bolo de caixinha. O tempo no forno pode variar.

Bolo Branco Recheado de Geleia (do Rony)

1 ½ xícara de farinha de trigo
1 colher (chá) de fermento químico
¼ de colher (chá) de sal
180 g (12 colheres de sopa) de manteiga em temperatura ambiente
1 xícara de açúcar refinado
3 ovos grandes em temperatura ambiente
½ xícara de geleia de framboesa
Açúcar de confeiteiro para polvilhar
Chantilly para servir (opcional)

Quatro Bolos Esplêndidos

Continuação

1. Preaqueça o forno a 180°C. Unte duas fôrmas redondas de 20 cm de diâmetro e forre os fundos com papel-manteiga. Misture a farinha, o fermento e o sal em uma tigela e reserve.
2. Na batedeira, bata a manteiga e o açúcar até ficar cremoso e aerado. Vá adicionando os ovos, um de cada vez. Adicione a mistura de farinha e bata em velocidade baixa até homogeneizar. Finalize raspando as laterais da tigela e passando uma espátula de silicone pelo meio da massa.
3. Divida a massa em partes iguais nas fôrmas e asse por cerca de 20 minutos, até os bolos ficarem com as bordas douradas — o topo dos bolos ainda precisa estar branco — e a textura estar macia, mas firme ao encostar com o dedo no centro ou quando um palito de dentes sair limpo depois de ter sido inserido no meio do bolo. Deixe os bolos esfriarem nas fôrmas por 10 minutos, depois vire em um prato grande e deixe esfriar completamente.
4. Para montar o bolo, coloque uma das camadas de cabeça para baixo em um círculo de papelão e espalhe a geleia de framboesa por todo o bolo, até chegar às bordas. Cubra com a segunda camada, com o topo para cima, e polvilhe com açúcar de confeiteiro. Sirva com chantilly e saboreie uma fatia acompanhada de uma xícara de chá.

Serve 8 porções

Quatro Bolos Esplêndidos

Continuação

Muitas receitas deliciosas foram criadas ao acaso, e esta aqui pode ser uma delas. Diz a lenda que um cozinheiro do hotel White Horse Inn, em Bakewell (uma cidade em Derbyshire, no centro da Inglaterra), recebeu um pedido da proprietária para fazer uma torta de morango. O cozinheiro esqueceu de misturar a geleia ao creme de amêndoas e tentou disfarçar, espalhando a geleia na massa da torta e criando, assim, uma nova sobremesa. Esse bolo de sucesso imita os sabores da famosa torta inglesa Bakewell.

Bolo Bakewell de Cereja (da Hermione)

Bolo de Amêndoas

1 ½ xícara de farinha de trigo

½ xícara de farinha de amêndoas

1 colher (chá) de fermento químico

¼ de colher (chá) de sal

180 g (12 colheres de sopa) de manteiga em temperatura ambiente

1 xícara de açúcar refinado

3 ovos grandes em temperatura ambiente

1 colher (chá) de extrato de amêndoas

½ xícara de leite integral em temperatura ambiente

Cobertura Amanteigada

230 g (16 colheres de sopa) de manteiga em temperatura ambiente

2 xícaras de açúcar de confeiteiro

1 colher (chá) de extrato de baunilha

2 colheres (sopa) de leite integral

Para Finalizar o Bolo

½ xícara de geleia de cereja

Cerejas em calda, para decorar

Amêndoas laminadas tostadas, para decorar

Quatro Bolos Esplêndidos

Continuação

1. Para fazer o bolo, preaqueça o forno a 180°C. Unte duas fôrmas de 20 cm de diâmetro e forre os fundos com papel-manteiga. Misture a farinha de trigo, a farinha de amêndoas, o fermento químico e o sal em uma tigela e reserve.
2. Na batedeira, bata a manteiga e o açúcar até virar um creme claro e aerado. Vá adicionando um ovo de cada vez. Acrescente o extrato de amêndoas e bata até homogeneizar. Vá adicionando alternadamente a mistura de farinha e o leite, sempre começando e terminando com a farinha e batendo na velocidade mais baixa apenas para misturar. Termine raspando as laterais da tigela e passando uma espátula de silicone pela massa.
3. Divida a massa em partes iguais nas fôrmas e asse por cerca de 25 minutos, até os bolos ficarem firmes ao encostar com o dedo no centro ou quando um palito de dentes sair limpo do bolo depois de ter sido inserido no meio. Deixe os bolos esfriarem nas fôrmas por 10 minutos, depois vire-os em uma grade e deixe esfriar completamente.
4. Para a cobertura, bata todos os ingredientes por cerca de 7 minutos até ficar homogêneo, cremoso e aerado, raspando os lados da tigela da batedeira conforme necessário.
5. Para montar o bolo, coloque uma das camadas de cabeça para baixo em um círculo de papelão. Espalhe a geleia de cereja por todo o bolo, até chegar às bordas. Cubra com a segunda camada, com o topo para cima. Espalhe cerca de 1 xícara da cobertura por cima do bolo. Encha um saco de confeitar com o restante da cobertura e, usando um bico em formato de estrela, decore as bordas do bolo, fazendo uma moldura. Por dentro da moldura, faça um círculo com as cerejas, com uma distância de mais ou menos 2 cm entre elas. Salpique as amêndoas laminadas no espaço vazio do meio do bolo. Você também pode fazer estrelas com o bico de confeitar, colocando-as entre as cerejas, para deixar ainda mais bonito.

Serve 8 porções

Observação: para uma versão mais rápida, use mistura para bolo de baunilha e adicione ½ xícara de farinha de amêndoas e 1 colher de chá de extrato de amêndoas à massa. Também é possível usar glacê branco comprado pronto para a cobertura.

Quatro Bolos Esplêndidos

Continuação

Este creme de baunilha é uma receita superbritânica. Em meados dos anos 1800, um químico britânico, cuja esposa era alérgica a ovos, inventou um creme de baunilha que era engrossado com amido de milho no lugar dos ovos, que ele vendia na forma de pó, e desde então o creme de baunilha aparece em quase todas as sobremesas. Os bons cozinheiros preferem fazer um creme de baunilha à base de ovos, em vez de usar o pó instantâneo, que é mais fácil de fazer, mas não tão gostoso. Outra coisa: os britânicos geralmente se referem aos bolos recheados como "*sandwich cakes*", ou bolo-sanduíche. Assim como no bolo recheado de geleia, as camadas são amanteigadas e densas, e não lembram em nada um bolo leve e fofinho.

Bolo Recheado de Baunilha (do Hagrid)

Bolo Branco

1 ½ xícara de farinha de trigo
1 colher (chá) de fermento químico
¼ de colher (chá) de sal
180 g (12 colheres de sopa) de manteiga em temperatura ambiente
1 xícara de açúcar refinado
3 ovos grandes em temperatura ambiente
Açúcar de confeiteiro para polvilhar

Recheio de Creme de Baunilha

1 xícara de leite integral mais ½ xícara de creme de leite fresco, ou 1 ½ xícara de leite integral
¼ de xícara de açúcar refinado
3 colheres (sopa) de amido de milho
1 pitada de sal
3 gemas de ovos grandes
½ colher (chá) de extrato de baunilha
1 colher (sopa) de manteiga (se não estiver usando creme de leite fresco)
Chantilly para servir (opcional)

Quatro Bolos Esplêndidos

Continuação

1. Para preparar o bolo, preaqueça o forno a 180°C. Unte duas fôrmas redondas de 20 cm de diâmetro e forre os fundos com papel-manteiga. Misture a farinha, o fermento e o sal em uma tigela e reserve.
2. Na batedeira, bata a manteiga e o açúcar até ficar cremoso e aerado. Vá adicionando os ovos, um de cada vez. Adicione a mistura de farinha e bata na velocidade mais baixa até homogeneizar. Finalize raspando as laterais da tigela e passando uma espátula de silicone pelo meio da massa.
3. Divida a massa em partes iguais nas fôrmas e asse por cerca de 20 minutos, até os bolos ficarem com as bordas douradas — o topo dos bolos ainda precisa estar branco — e a textura seja macia, mas firme ao encostar com o dedo no centro ou quando um palito de dentes sair limpo depois de ter sido inserido no meio do bolo. Deixe os bolos esfriarem nas fôrmas por 10 minutos, depois vire em uma grade e deixe esfriar completamente.
4. Para fazer o creme de baunilha, misture o leite ou leite com creme de leite, o açúcar, o amido de milho e o sal em uma panela pequena e mexa até o amido dissolver. Em uma tigela separada, bata as gemas até ficarem cremosas.
5. Leve a mistura de leite para aquecer em fogo médio/alto, mexendo sem parar, até começar a ferver levemente, mas sem borbulhar. Abaixe o fogo. Tempere as gemas (ver Dicas Úteis) e, em seguida, despeje a mistura de gemas na panela, mexendo constantemente. Leve novamente ao fogo médio/alto, sempre mexendo, até a mistura engrossar e começar a borbulhar.
6. Retire do fogo e acrescente a baunilha e a manteiga, se tiver usado apenas leite. Mexa bem para homogeneizar. Passe o creme por uma peneira, pressionando com uma espátula de silicone para desfazer os grumos. Cubra com plástico-filme e leve à geladeira até esfriar.
7. Para montar o bolo, coloque uma das camadas de cabeça para baixo em um círculo de papelão. Espalhe o creme de baunilha até chegar a 1 cm da borda. Cubra com a segunda camada, com o topo para cima. Polvilhe com o açúcar de confeiteiro. Mantenha na geladeira, mas deixe descansar em temperatura ambiente antes de servir. Sirva com chantilly e saboreie com uma xícara de chá.

Serve 8 porções

Quatro Bolos Esplêndidos

Continuação

Como Sirius mandava cartas para o Harry através de pássaros tropicais, pode-se deduzir que o bolo que ele manda de presente estaria recheado de sabores tropicais, como coco.

Bolo Cremoso de Coco (do Sirius)

Bolo Cremoso

1 xícara de coco ralado em flocos adoçado

1 ½ xícara de farinha de trigo

1 ½ xícara de fermento químico

½ colher (chá) de sal

180 g (12 colheres de sopa) de manteiga em temperatura ambiente

1 ½ xícara de açúcar refinado

4 claras de ovos grandes em temperatura ambiente (guarde as gemas para o creme)

1 colher (chá) de essência de coco

1 colher (chá) de extrato de baunilha

⅔ de xícara de leite integral em temperatura ambiente

Creme de Coco

400 ml de leite de coco

½ xícara de açúcar refinado

¼ de xícara de amido de milho

¼ de colher (chá) de sal

4 gemas de ovos grandes

1 colher (chá) de extrato de baunilha

Quatro Bolos Esplêndidos

Continuação

1. Preaqueça o forno a 160°C. Espalhe o coco ralado em flocos em uma assadeira e leve ao forno para tostar, mexendo a cada 2 minutos até dourar. O coco ralado em flocos queima muito fácil, então é preciso estar sempre atento.
2. Aumente a temperatura do forno para 180°C. Unte e polvilhe com farinha duas fôrmas redondas de 25 cm de diâmetro e forre os fundos com papel-manteiga.
3. Para fazer o bolo, misture a farinha, o fermento e o sal. Na batedeira, bata a manteiga com o açúcar até obter um creme leve e aerado. Adicione as claras em três ou quatro vezes. Acrescente a essência de coco e bata para homogeneizar. Adicione alternadamente a mistura de farinha e o leite. Junte ½ xícara de coco tostado.
4. Divida a massa em partes iguais nas duas fôrmas e asse por 25 minutos, até os bolos ficarem com as bordas douradas, mas brancos no meio, e a textura ficar firme ao encostar com a ponta dos dedos.
5. Para preparar o creme, misture o leite de coco, o açúcar, o amido de milho e o sal em uma panela e leve ao fogo médio, mexendo constantemente até engrossar. Tempere as gemas (ver Dicas Úteis) e leve a mistura de gemas para a panela, mexendo sem parar, até o creme começar a borbulhar. Retire do fogo e acrescente a baunilha. Passe o creme por uma peneira, empurrando com uma espátula de silicone para eliminar os grumos. Cubra com plástico-filme e leve à geladeira até esfriar.
6. Para montar o bolo, coloque uma das camadas de cabeça para baixo em um círculo de papelão. Espalhe metade do creme de coco por cima da camada. Cubra com a segunda camada, com o topo para cima, e espalhe o restante do creme por cima. Cubra com o restante do coco ralado tostado.

Serve 8 porções

Salmão Poché com Molho de Mel e Endro

A tia Petúnia pode até ser horrível com o Harry, mas não dá para dizer que ela não sabe preparar um bom cardápio. Na última noite da visita da tia Guida, logo antes de Harry perder a cabeça e fazer a tia sair voando pelos ares, a tia Petúnia serve salmão no jantar (ver *Harry Potter e o Prisioneiro de Azkaban*, capítulo 2).

O salmão é um peixe de habilidades mágicas na mitologia celta, que o reverencia por sua capacidade de sobreviver tanto na água doce quanto na água salgada. Os celtas acreditavam que havia um Salmão da Sabedoria e que quem provasse da sua carne se tornaria incrivelmente sábio. É aquela história de que peixe faz bem para o cérebro. Há outra lenda sobre o Rei Artur que diz que dois heróis montaram no dorso de um salmão em uma missão. As moedas irlandesas modernas traziam a imagem de um salmão até 2002, quando os irlandeses passaram a adotar o euro.

3 colheres (sopa) de manteiga
1 cebola bem picada
2 colheres (sopa) de farinha de trigo
1 xícara de vinho branco seco
1 colher (sopa) de mel
1 colher (sopa) de endro fresco picado
700 g de filé de salmão passado na água e seco com um papel-toalha, cortado no sentido do comprimento em 4 pedaços
Sal e pimenta-do-reino moída na hora

1. Aqueça a manteiga em uma frigideira em que caibam todos os filés de salmão. Quando a manteiga começar a espumar, acrescente a cebola e refogue até ela ficar translúcida, mexendo sem parar, por cerca de 5 minutos.
2. Acrescente a farinha e mexa até misturar bem. Coloque o vinho e o mel e deixe cozinhar, mexendo sem parar, até que a mistura de trigo e farinha dissolva. Adicione o endro.
3. Tempere os filés de salmão com sal e pimenta e coloque-os na frigideira com a pele virada para baixo. Deixe o molho cozinhar em fogo brando, coberto, até que as lascas de salmão comecem a se soltar quando espetadas com um garfo, por cerca de 20 minutos. De vez em quando, raspe o fundo da panela para evitar que o peixe grude. Experimente o molho e ajuste o tempero, se necessário.

Serve 4 porções

Capítulo Dois

Delícias do Beco

O Beco Diagonal, um dos lugares mágicos mais famosos criados por J.K. Rowling, é o animado mercado do mundo dos bruxos. Essa rua agitada e concorrida é repleta de lojas que vendem tudo que um bruxo pode precisar. É aqui que Harry compra seus livros escolares, varinha, vestes, ingredientes para poções, outros materiais para a escola e delícias mágicas.

Harry costuma se encontrar com Rony e Hermione no Beco Diagonal para comprarem juntos seus novos livros e materiais antes do começo do ano letivo. Eles gostam de se encontrar na sorveteria de Florean Fortescue, que oferecia a Harry sundaes de graça e o ajudava a terminar suas redações para a escola (ver *Harry Potter e o Prisioneiro de Azkaban*, capítulo 4). Harry também come no Caldeirão Furado, detrás do qual fica a entrada para o Beco Diagonal. Tom, o velho proprietário sem dentes, oferece deliciosas refeições e chás às figuras esquisitas que frequentam o pub.

Casquinhas de Sorvete de Chocolate e Framboesa com Crocante de Amêndoas

Enquanto Harry tem uma conversa bem desagradável com um garoto de rosto pálido na loja da Madame Malkin (o garoto lhe lembrava uma versão mais magra do Duda), Hagrid aparece na vitrine segurando dois grandes sorvetes. Quando Harry acaba de ser medido, ele se sente aliviado por sair da loja e ir tomar seu delicioso sorvete (ver *Harry Potter e a Pedra Filosofal*, capítulo 5).

Sorvetes são um excelente motivo para nos alegrarmos por viver no mundo moderno. É bem verdade que existem sorvetes desde 1600, mas há dois detalhes: o primeiro é que o sorvete era uma sobremesa exclusiva dos ricos e o segundo é que a qualidade do sorvete de hoje é muito melhor.

1 receita de Sorvete Aveludado de Chocolate Pedaçudo (receita a seguir)
1 receita de Sorvete Suave de Framboesa (receita a seguir)
Casquinhas de sorvete para servir
Amêndoas tostadas para finalizar
Chocolate meio amargo derretido para servir (opcional)

Coloque 1 bola de cada sabor de sorvete em uma casquinha e passe pelas amêndoas laminadas para envolver todo o sorvete. Para evitar que o sorvete vaze, despeje um pouco de chocolate derretido no fundo das casquinhas e coloque o sorvete por cima.

Sorvete Aveludado de Chocolate

2 xícaras de leite integral
2 xícaras de creme de leite fresco
¾ de xícara de açúcar refinado
2 colheres (sopa) de cacau em pó
220 g de chocolate meio amargo derretido e resfriado
5 gemas de ovos grandes
1 colher (chá) de extrato de baunilha
1 xícara de chocolate amargo cortado em pedaços grandes

1. Misture o leite, o creme de leite, o açúcar e o cacau em uma panela média e deixe cozinhar, mexendo constantemente até aquecer, mas sem levantar fervura. Vá despejando o chocolate derretido nas gemas enquanto bate (a mistura vai ficar grossa e difícil de mexer). Tempere a mistura de gemas (ver Dicas Úteis) com um copo do leite quente

Casquinhas de Sorvete de Chocolate e Framboesa com Crocante de Amêndoas

Continuação

e em seguida derrame a mistura de gemas na panela com o restante do leite e deixe cozinhar, mexendo sem parar, até ficar bem quente, mas sem ferver.

2. Passe o creme por uma peneira. Acrescente a baunilha. Cubra a superfície com plástico-filme para evitar que se forme uma película. Deixe esfriar completamente. Bata o sorvete em uma sorveteira, seguindo as instruções do fabricante. Um pouco antes de ficar pronto, adicione o chocolate picado. Transfira para um recipiente hermético e congele até ficar bem firme, por 6 horas ou de um dia para o outro. Se o sorvete ficar muito duro, deixe amolecer em temperatura ambiente antes de servir.

Rende cerca de 5 porções

Sorvete Suave de Framboesa

350 g de framboesas frescas ou congeladas (descongeladas)
¾ de xícara de açúcar refinado
1 xícara de creme de leite fresco
2 xícaras de leite integral
4 gemas de ovos grandes

1. No liquidificador ou processador de alimentos, bata as framboesas com ¼ de xícara de açúcar. Passe a mistura por uma peneira usando uma espátula de silicone e despeje em uma tigela, pressionando a parte sólida para tirar o máximo de suco possível. Descarte a polpa.
2. Misture o creme de leite, o leite e o restante do açúcar em uma panela média e leve ao fogo médio, mexendo constantemente até aquecer, mas sem borbulhar. Tempere as gemas (ver Dicas Úteis) e, em seguida, leve a mistura de gemas à panela e deixe cozinhar, mexendo sem parar. Continue mexendo em fogo médio até o creme engrossar um pouco, mas sem ferver. Passe a mistura por uma peneira, despejando em outra tigela.
3. Misture o suco de framboesa e transfira para um recipiente hermético. Deixe esfriar até atingir temperatura ambiente e depois leve à geladeira até ficar bem frio, por cerca de 6 horas ou de um dia para o outro.
4. Retire o creme frio da geladeira e mexa para homogeneizar a parte que ficou depositada no fundo da tigela. Transfira para uma sorveteira e bata, seguindo as instruções do fabricante. Transfira para um recipiente hermético e congele até ficar firme, por cerca de 6 horas ou de um dia para o outro. Se o sorvete ficar muito duro, deixe amolecer em temperatura ambiente antes de servir.

Rende cerca de 4 porções

Hambúrguer Inglês

Harry come um hambúrguer com Hagrid na estação de Paddington, enquanto tenta entender tudo que vem acontecendo com ele nos últimos tempos. Ele acabou de ouvir de um meio-gigante que é um bruxo, foi levado ao Beco Diagonal por esse mesmo gigante para comprar uns materiais escolares bem esquisitos e, além de tudo, descobriu que é famoso nesse mundo novo e não sabe nem por quê. Ele tem muita informação para digerir (ver *Harry Potter e a Pedra Filosofal*, capítulo 5).

Os historiadores talvez discordem sobre quem inventou o hambúrguer, mas uma coisa é certa: a comida leva esse nome por causa da cidade de Hamburgo, na Alemanha. E, como todos os carnívoros sabem, esses bolinhos são geralmente feitos de carne bovina moída.

3 ovos grandes
1 cebola picada e refogada até dourar
¾ de xícara de farinha de rosca
½ xícara de água
1 colher (sopa) de cebola em pó
½ colher (chá) de alho em pó
½ colher (chá) de sal
¼ de colher (chá) de pimenta-do-reino moída na hora
700 g de carne moída sem gordura
Rodelas de cebola refogadas para servir
Mostarda inglesa para servir
Alface para servir
Rodelas de tomate para servir

1. Em uma tigela grande, misture os ovos, a cebola, a farinha de rosca, a água, a cebola em pó, o alho em pó, o sal e a pimenta-do-reino. Adicione a carne e misture bem.
2. Passe um pouco de óleo em uma frigideira e leve ao fogo para aquecer. Faça bolinhos achatados com a mistura de carne e frite em fogo médio/alto até dourar bem. Transfira para um prato forrado com papel-toalha e repita até terminar a carne. Ou grelhe os hambúrgueres até ficarem bem passados.
3. Sirva em pães de hambúrguer tostados com as rodelas de cebola, mostarda inglesa, alface e tomate.

Serve 6 porções

Casquinhas de Sorvete de Manteiga de Amendoim e Morango

Tio Válter, enfurecido, tranca Harry no quarto, mas ele consegue escapar para a Toca no carro voador do pai do Rony e lá passa o restinho das férias de verão. Harry, Rony e Hermione se encontram no Beco Diagonal para fazer as compras para a escola e os amigos curtem um dia ensolarado juntos e se deliciam com sorvetes de morango com manteiga de amendoim — pagos pelo Harry (ver *Harry Potter e a Câmara Secreta*, capítulo 4).

Muitas pessoas participaram da descoberta da manteiga de amendoim (inclusive os famosos irmãos Kellogg), mas o norte-americano George Washington Carver criou tantos usos para o amendoim que ele é conhecido, merecidamente ou não, como o inventor da manteiga de amendoim.

1 receita de Sorvete Mesclado de Morango (receita a seguir)
1 receita de Sorvete Crocante de Manteiga de Amendoim (receita a seguir)
Casquinhas de sorvete para servir
Coberturas ou confeitos de sua preferência
Chocolate meio amargo derretido para servir (opcional)

Coloque 1 bola de cada sorvete em cada casquinha. Finalize com os seus confeitos preferidos ou regue com a calda de sua preferência. Para evitar que o sorvete vaze, despeje um pouco de chocolate derretido no fundo das casquinhas e coloque o sorvete por cima.

Casquinhas de Sorvete de Manteiga de Amendoim e Morango

Continuação

Sorvete Mesclado de Morango

500 g de morangos picados grosseiramente

¾ de xícara de açúcar refinado

1 xícara de creme de leite fresco

2 xícaras de leite integral

3 gemas de ovos grandes

1 xícara de geleia de morango

1. Bata os morangos com ¼ de xícara de açúcar até homogeneizar. Passe a mistura por uma peneira usando uma espátula de silicone e despeje em uma tigela, pressionando a polpa para tirar o máximo de suco possível. Descarte a polpa.
2. Transfira o suco de morango para uma panela média e deixe cozinhar em fogo médio/alto, mexendo sem parar, até a mistura reduzir e engrossar bastante. Reserve.
3. Em outra panela, aqueça o creme de leite, o leite e o restante do açúcar em fogo médio/alto, mexendo sem parar até aquecer, mas sem borbulhar. Tempere as gemas (ver Dicas Úteis) e em seguida leve a mistura de gemas para a panela e deixe cozinhar, mexendo constantemente. Continue mexendo em fogo médio/alto até a mistura aquecer, mas sem borbulhar. Passe a mistura por uma peneira, despejando em outra tigela.
4. Misture o suco de morango até homogeneizar. Transfira o creme para um recipiente hermético, deixe esfriar até atingir temperatura ambiente e depois leve à geladeira até ficar bem frio, por cerca de 6 horas ou de um dia para o outro.
5. Retire o creme frio da geladeira e misture com um batedor para homogeneizar a parte que ficou parada no fundo. Transfira para uma sorveteira e bata seguindo as instruções do fabricante.
6. Bata a geleia de morango em uma tigela pequena para amolecer um pouco. Despeje por cima do sorvete e vá misturando com uma colher para criar um efeito mesclado. Cuidado para não misturar demais, senão a geleia será incorporada ao sorvete e perderá o efeito mesclado. Transfira para um recipiente hermético e congele até ficar firme, por cerca de 6 horas ou de um dia para o outro. Se o sorvete ficar muito duro, deixe amolecer em temperatura ambiente antes de servir.

Rende cerca de 4 porções

Casquinhas de Sorvete de Manteiga de Amendoim e Morango

Continuação

Sorvete Crocante de Manteiga de Amendoim

1 xícara de creme de leite fresco
2 xícaras de leite integral
¾ de xícara de açúcar refinado
5 gemas de ovos grandes
1 xícara de manteiga de amendoim crocante

1. Em uma panela média, misture o creme de leite, o leite e o açúcar e leve ao fogo médio/alto, mexendo constantemente até aquecer, mas sem borbulhar. Tempere as gemas (ver Dicas Úteis) e, em seguida, leve a mistura de gemas à panela e deixe cozinhar, mexendo sem parar. Continue mexendo em fogo médio até o creme engrossar um pouco, mas sem ferver. Passe a mistura por uma peneira, despejando em outra tigela. Cubra a superfície bem rente com um plástico-filme para evitar que se forme uma película por cima do creme. Deixe esfriar até atingir temperatura ambiente, transfira para um recipiente hermético e leve à geladeira para esfriar, por 6 horas ou de um dia para o outro.
2. Retire o creme frio da geladeira e bata na sorveteira seguindo as instruções do fabricante. Coloque a manteiga de amendoim por cima do sorvete e vá misturando com uma espátula ou colher de madeira. Transfira para um recipiente hermético e congele até ficar firme, por cerca de 6 horas ou de um dia para o outro. Se o sorvete ficar muito duro, deixe amolecer em temperatura ambiente antes de servir.

Rende cerca de 5 porções

Pãezinhos de Minuto

Harry está perdido. Ele fez a tia Guida virar um balão, usou magia mesmo sendo proibido e fugiu de casa. Com certeza será expulso da escola. Ele fica apavorado quando vê o Ministro Cornélio Fudge no Caldeirão Furado. Mas, em vez de dar uma bronca nele, Fudge o convida para um chá com pãezinhos de minuto (ver *Harry Potter e o Prisioneiro de Azkaban*, capítulo 3).

Esses pãezinhos de minuto se chamam *crumpets* na Inglaterra e são tradicionalmente consumidos com chá. Parecidos com as panquecas americanas, esses pãezinhos surgiram em 1300, mas imagina-se que não tinham nada a ver com a versão atual, cheios de furinhos e servidos com manteiga derretida.

1 xícara de farinha de trigo
1 colher (sopa) de açúcar refinado
1 colher (chá) de fermento biológico seco
¼ de colher (chá) de sal
1 xícara de leite integral
30 g (2 colheres de sopa) de manteiga derretida

Pãezinhos de Minuto

Continuação

1. Passe um pouco de óleo nas bordas interiores de quatro aros para panquecas (ou em quatro cortadores de biscoito redondos de 9 cm de diâmetro) e em uma frigideira ou grelha. Misture a farinha, o açúcar, o fermento e o sal. Adicione o leite e a manteiga derretida e mexa bem até homogeneizar. Cubra com plástico-filme e deixe em um local aquecido até a massa crescer e ficar cheia de bolhas, por cerca de 1 hora a 1 hora e meia.
2. Sove a massa mais um pouco. Aqueça a frigideira ou grelha untada com óleo e coloque os aros de panqueca por cima. Usando uma xícara medidora, coloque ⅓ de xícara da massa em cada aro. Deixe cozinhar em fogo baixo até a parte de cima ficar cheia de furinhos, por cerca de 5 minutos. Retire os aros das panquecas com cuidado (eles ficam bem quentes, então use luvas ou pinças) e vire os pãezinhos do outro lado (a parte de baixo ainda deve estar branca). Deixe cozinhar do outro lado até ficar levemente dourado, por cerca de 5 minutos ou um pouco mais. Repita com o restante da massa.
3. Para servir, torre os pãezinhos em uma torradeira ou forno até ficarem bem dourados e sirva com manteiga ou geleia. Os pãezinhos de minuto podem ser guardados na geladeira e torrados quando quiser.

Rende 8 pãezinhos

Observação: como os pãezinhos de minuto serão torrados depois de cozidos na frigideira, é importante não dourar demais.

Pudim de Chocolate

Harry está se divertindo para valer, passeando pelo Beco Diagonal, comprando e comendo tudo o que quer. E as coisas ficam ainda mais divertidas quando ele se encontra com seus melhores amigos, Rony e Hermione. Eles vão jantar juntos no Caldeirão Furado, onde o dono do bar-hospedaria serve uma refeição maravilhosa, encerrada com um suntuoso pudim de chocolate (ver *Harry Potter e o Prisioneiro de Azkaban*, capítulo 4).

Na Inglaterra, o pudim de chocolate pode ser cozido no vapor ou assado no forno, ficando parecido com um bolo de chocolate, ou então pode ser um creme suave de chocolate ao leite cozido no fogão, engrossado com amido de milho. O pudim é uma sobremesa que surgiu na Roma Antiga, mas o pudim de leite que conhecemos hoje só foi inventado bem mais tarde, no século 19. Como existem essas duas versões de pudim de chocolate, há uma receita para cada versão.

Pudim Cremoso de Chocolate

½ xícara de açúcar refinado
¼ de xícara de amido de milho
2 colheres (sopa) de cacau em pó (de preferência alcalino)
1 pitada de sal
2 ½ xícaras de leite integral
1 xícara de creme de leite fresco
170 g de chocolate meio amargo picado
30 g (2 colheres de sopa) de manteiga
1 colher (chá) de extrato de baunilha

Misture o açúcar, o amido de milho, o cacau em pó e o sal em uma panela de fundo grosso e mexa até incorporar. Adicione o leite e o creme de leite e mexa para misturar bem. Leve ao fogo médio/alto, mexendo sem parar, até engrossar e borbulhar. Desligue o fogo e acrescente o chocolate, a manteiga e a baunilha. Misture bem para homogeneizar. Passe o creme por uma peneira fina, pressionando com uma espátula de silicone, para o creme ficar bem liso. Cubra com plástico-filme e deixe esfriar para firmar. Sirva com chantilly.

Serve 6 porções

Pudim de Chocolate

Continuação

Pudim Trufado de Chocolate no Vapor

115 g (8 colheres de sopa) de manteiga
115 g de chocolate meio amargo picado
1 xícara de farinha de trigo
½ xícara de cacau em pó
¼ de colher (chá) de sal
1 ¼ xícara de açúcar refinado
1 colher (chá) de extrato de baunilha
2 ovos grandes em temperatura ambiente
½ xícara de leite integral

1. Unte e enfarinhe uma fôrma de pudim de 1,5 l ou uma tigela de vidro ou cerâmica resistente ao calor que tenha uma tampa que fique bem ajustada (unte e enfarinhe a tampa também). Uma travessa com tampa de tamanho parecido também funciona bem. Coloque uma tigela rasa virada para baixo no fundo de uma panela grande e encha um terço da panela de água. Leve para ferver. Derreta a manteiga e o chocolate no micro-ondas por 1 a 2 minutos e misture bem para homogeneizar. Deixe esfriar. Misture a farinha, o cacau em pó e o sal em outra tigela.
2. Misture o açúcar, a baunilha, os ovos e o leite até homogeneizar. Vá misturando o creme de chocolate com manteiga, batendo até ficar cremoso. Adicione a mistura de farinha e misture bem com uma colher de madeira para incorporar tudo. Despeje a massa na fôrma ou travessa untada e alise a superfície com uma espátula de silicone. Cubra a fôrma ou tigela com a tampa, prendendo bem.
3. Coloque a fôrma ou tigela na panela, observando se o nível de água está chegando até a metade da altura do recipiente. Deixe cozinhar em banho-maria por 3 horas, verificando o nível da água de vez em quando e acrescentando mais água se necessário. Retire o pudim da panela e remova a tampa. Deixe esfriar por 30 minutos e depois desenforme o pudim, virando-o em um prato para servir. Se o pudim ficar grudado, chacoalhe a fôrma para a frente e para trás para soltar. Sirva morno com chantilly ou uma bola de sorvete de creme.

Serve 6 porções

Sundae

Como é que o Harry consegue comer um sundae a cada meia hora (cortesia do Florean Fortescue) enquanto faz as tarefas de casa e não fica gordo como o Duda? Não é justo! (ver *Harry Potter e o Prisioneiro de Azkaban*, capítulo 4). Em certo momento, durante uma prova de História da Magia, Harry fica sonhando acordado com os sundaes de choco-nozes (ver *Harry Potter e o Prisioneiro de Azkaban*, capítulo 16), representado aqui pela receita do Sundae Crocante de Castanhas (receita abaixo).

A necessidade é a mãe da invenção. No início do século 20, as Leis Azuis (um conjunto de leis antiquadas que impunham o descanso aos domingos, além de outras leis de cunho religioso) proibiam a venda de sorvete com refrigerante aos domingos. Então as sorveterias tiraram o refrigerante, deixando apenas o sorvete e a calda, e assim surgiu o sorvete do domingo, o *Sunday Ice Cream*. Mas como era bom demais para ser servido apenas aos domingos, mudaram o nome de *Sunday Ice Cream* para sundae, para que pudesse ser vendido todos os dias. A seguir, trazemos ideias para que você possa fazer sundaes deliciosos em casa.

Sundae de Torta-Merengue de Limão

Coloque 1 bola de sorvete de creme em uma taça de sundae. Adicione 2 colheres de sopa de recheio de torta de limão e finalize com suspiros quebrados por cima. Repita mais uma camada de cada.

Sundae Triplo de Morango

Coloque 1 bola de sorvete de morango em uma taça de sundae. Cubra com morangos frescos picados e calda de morango. Repita mais uma camada de cada.

Sundae Crocante de Castanhas

Coloque uma bola de sorvete de pistache em uma taça de sundae. Salpique com um punhado de castanhas tostadas picadas e regue com um pouco de calda de chocolate. Repita mais uma camada de cada.

Sundae de Brownie de Chocolate

Coloque um pedaço de brownie aquecido em uma taça de sundae. Acrescente duas bolas de sorvete de chocolate ou flocos e regue com um pouco de calda de chocolate. Coma antes que o sorvete derreta.

Sirva quantas porções desejar

Como Fazer Uma Boa Xícara de Chá

O chá é uma bebida que aparece muitas vezes nos livros do Harry Potter, atestando sua importância no estilo de vida inglês. O primeiro chá que Harry toma com Hagrid é muito importante, pois marca o início de uma bela amizade (ver *Harry Potter e a Pedra Filosofal*, capítulo 8). Depois dele, virão ainda muitos outros convites "para uma xícara", que quer dizer uma xícara de chá. O jeito certo de fazer uma xícara de chá é quase um ritual.

A bebida mais britânica de todas veio da China em 1600 e logo foi instituída como a bebida nacional. Dizem que foi a Duquesa de Bedford que iniciou a tradição do chá da tarde, no século 19. Ela ficava com muita fome entre o almoço, ao meio-dia, e o jantar, às nove horas. Então, por volta das quatro horas da tarde, ela fazia um lanche escondido com chá e alguma guloseima. Mais tarde, ela assumiu o hábito e começou a chamar outras moças para tomar chá, comer doces e fofocar. Esse hábito logo passou a ser adotado por toda a aristocracia, que começou a tomar chá com bolinhos e geleia, tortinhas e sanduíches, como os famosos sanduíches de pepino.

1. Primeiro, ferva a água em uma chaleira.
2. Depois que a água ferver, aqueça o bule de chá, despejando um pouco de água fervendo e fazendo-a girar. Descarte a água. Isso manterá o chá bem quente quando for servido.
3. Encha o bule com a quantidade de xícaras de água quente necessárias para servir os seus convidados e coloque uma colher de chá bem cheia de erva para chá para cada xícara, e uma colher extra.
4. Deixe o chá em infusão por 3 a 4 minutos. Em seguida, leve o bule à mesa. Deixe o açucareiro à disposição, além de um jarro com leite ou chantilly.
5. Sirva o chá com biscoitos ou bolinhos.

Sirva quantos desejar

Capítulo Três

Petiscos do Trem

Harry Potter está muito preocupado. O bilhete dele diz que ele precisa embarcar no trem das onze horas para Hogwarts, na plataforma nove e meia na estação King's Cross, mas seu tio Válter dá um sorriso maldoso ao mostrar que não existe nenhuma plataforma entre a nove e a dez. Imagine a surpresa de Harry quando descobre que é ele mesmo que precisa fazer a plataforma acontecer: bastava caminhar diretamente para a barreira entre as plataformas nove e dez e atravessar, então veria uma locomotiva vermelha a vapor chamada de Expresso de Hogwarts, soltando fumaça no ar da manhã.

Harry é um cara muito sortudo de poder ir à escola em uma locomotiva a vapor. Esses trens antigos tinham belos carros, com assentos esculpidos em madeira e belos painéis de madeira. Mas esse trem em específico tinha algo ainda melhor: um carrinho de comidas que vendia doces diferentes, como os bolos de caldeirão, tortinhas de abóbora e sapos de chocolate para Harry dividir com os amigos (ver *Harry Potter e a Pedra Filosofal*, capítulo 6).

A Magia do Chocolate

O chocolate é muito importante, tanto no mundo dos bruxos quanto no mundo dos trouxas, pois funciona como um antídoto para os efeitos colaterais de um ataque de dementadores. E, embora os trouxas não possam vê-los, mesmo assim podem senti-los atacando e chamam os efeitos de depressão. Até os trouxas sabem que o chocolate pode alegrá-los quando estão se sentindo tristes (ver *Harry Potter e o Prisioneiro de Azkaban*, capítulo 5). Esta seção explica como temperar chocolate, que pode ser usado para modelar ou como cobertura de muitas receitas deste livro.

Como Temperar Chocolate

1. Para temperar 200 g de chocolate, pique 150 g e derreta em banho-maria ou no micro-ondas até a temperatura atingir 48°C no termômetro culinário para chocolate amargo ou 43°C para chocolate branco ou ao leite. Se for usar o micro-ondas, derreta o chocolate em intervalos curtos, mexendo depois de cada intervalo, e confira a temperatura quando o chocolate começar a derreter. Cuidado para não queimar ou aquecer demais o chocolate.
2. Adicione o restante do chocolate não derretido à tigela e mexa sem parar até a temperatura atingir 30°C.
3. Teste a temperagem pingando uma colher de chá de chocolate em um pedaço de papel-manteiga até endurecer (não coloque na geladeira). Deixe descansar por 5 a 7 minutos. Se ainda parecer úmido após esse tempo ou se tiver ficado manchado, o chocolate não ficou bem temperado. Reaqueça o chocolate levemente e adicione mais chocolate não derretido, mexendo de novo até atingir 30°C. Se o chocolate engrossar ou esfriar demais, reaqueça em banho-maria, sem deixar ultrapassar os 32°C, ou leve ao micro-ondas por 5 segundos de cada vez, até atingir a temperatura de 32°C. Se passar dessa temperatura, o chocolate irá perder a temperagem. Teste o chocolate novamente. Depois de derretido, você está pronto para fazer qualquer magia que queira com o seu chocolate.

Observação: geralmente, é possível temperar qualquer quantidade de chocolate seguindo essas instruções, reservando ¼ do chocolate antes de derreter o resto e usando o chocolate reservado para adicionar ao chocolate derretido, conforme o passo 2.

Por que é necessário temperar o chocolate? Um chocolate não temperado leva mais tempo para secar, fica opaco e mole e pode ficar com umas manchas descoloridas. O chocolate temperado seca rápido e fica com um acabamento brilhante e estaladiço. Temperar chocolate é fácil, mas exige tempo e paciência. Se você não quiser ter esse trabalho, use chocolate fracionado para cobertura, que você pode comprar em lojas especializadas, e siga as instruções do fabricante. Ou use chocolate derretido sem temperar. Talvez não fique tão bonito, mas também fica delicioso.

A Magia do Chocolate

Continuação

Sapos de Chocolate

Para fazer os Sapos de Chocolate, use a receita de Como Temperar Chocolate e encha moldes em formato de sapo. Se não quiser temperar o chocolate, não deixe de untar as fôrmas para que os sapos soltem com mais facilidade.

Na primeira viagem de Harry a bordo do Expresso de Hogwarts, ele e Rony se deliciam com um pacotão de sapos de chocolate, enquanto Rony explica as figurinhas que vêm junto. Harry toma o maior susto quando descobre que as imagens das figurinhas *se mexem* (ver *Harry Potter e a Pedra Filosofal*, capítulo 6).

Sanduíche de Rosbife

Se Rony tivesse levado um belo sanduíche de rosbife, talvez ele não ficasse tão triste por sua mãe ter mandado um sanduíche de carne enlatada. Mas, como Rony explica, a senhora Weasley toma conta de sete filhos, e por isso não tem muito tempo para preparar um bom sanduíche — mas com certeza ela tinha os dotes culinários para isso (ver *Harry Potter e a Pedra Filosofal*, capítulo 6).

A carne enlatada no Reino Unido é um tipo de comida que foi usada para alimentar os soldados na Segunda Guerra Mundial, então, se você quiser um bom sanduíche de carne na Inglaterra, é melhor pedir um de rosbife. Talvez Rony tenha ficado decepcionado com o sanduíche porque foi feito com a versão enlatada.

1 colher (sopa) de azeite de oliva
1 baguete cortada ao meio no sentido do comprimento ou 2 fatias de pão de centeio
Maionese com Mostarda e Alho (receita abaixo)
200 g de rosbife fatiado e aquecido

1. Para preparar o rosbife, aqueça a carne assada em uma panela em banho-maria, até ficar macia.
2. Aqueça o óleo em uma frigideira e toste a baguete com o lado cortado para baixo, até ficar ligeiramente dourada.
3. Passe uma quantidade generosa de maionese em cada fatia. Faça uma camada de rosbife em um dos lados do pão e feche com o outro lado. Corte ao meio e sirva imediatamente.

Rende 1 sanduíche

Observação: se você achar que é muita carne para um sanduíche só, é porque é verdade. O sanduíche precisa ser alto o suficiente a ponto de você ter que deslocar a mandíbula para conseguir abrir a boca para dar uma mordida.

Maionese com Mostarda e Alho

2 dentes de alho picados
½ xícara de maionese
1 colher (sopa) de azeite de oliva
2 colheres (chá) de mostarda
2 colheres (chá) de endro fresco picado (opcional)
2 colheres (sopa) de salsinha fresca picada (opcional)

Bata todos os ingredientes em um liquidificador ou processador de alimentos. Guarde o restante da Maionese com Mostarda e Alho para outros sanduíches.

Tortinhas de Abóbora

Harry está pronto para comprar quantas barrinhas de chocolate puder carregar, mas, para sua surpresa, a bruxa que vendia os lanches do Expresso de Hogwarts não vendia nada que Harry conhecesse. Pela primeira vez na vida, Harry tira suas moedas do bolso e compra todos os doces que quer, e um deles é a Tortinha de Abóbora (ver *Harry Potter e a Pedra Filosofal*, capítulo 6).

Imagine dar uma mordida em um pastel e descobrir que você acabou de morder uma ave inteira, com pele, ossos e tudo mais. Eca! Na Idade Média, pastelões enormes e duros envolviam aves ou peças de carne assadas inteiras. Hoje, é mais comum ver pastéis recheados de carne picada ou moída, mas na ilha de Chipre há um tipo de pastel assado muito famoso recheado com abóbora e trigo moído.

Massa da Torta

1 ¼ xícara de farinha de trigo
1 colher (sopa) de açúcar refinado
¼ de colher (chá) de sal
5 colheres (sopa) de manteiga gelada e cortada em pedaços grandes
3 colheres (sopa) de gordura vegetal gelada e cortada em pedaços grandes
4 a 6 colheres (sopa) de água gelada

Recheio

1 xícara de purê de abóbora
¼ de xícara de açúcar refinado
⅛ de colher (chá) de noz-moscada
⅛ de colher (chá) de canela em pó

1. Bata em um processador de alimentos a farinha, o açúcar, o sal, a manteiga e a gordura vegetal até ficar com uma consistência de farofa. Adicione 4 colheres de sopa de água gelada e bata por mais alguns segundos até a massa formar uma bola. Se a massa estiver seca, coloque mais água (melhor ficar mais úmida do que seca). Sove a massa rapidamente e modele no formato de um disco. Envolva em plástico-filme e leve à geladeira por 1 hora.
2. Misture o purê de abóbora, o açúcar, a noz-moscada e a canela em uma tigela. Preaqueça o forno a 200°C. Estique a massa até atingir 3 mm de espessura. Use um prato de sobremesa para cortar círculos de 15 cm de diâmetro.
3. Coloque 2 a 3 colheres de sopa do recheio no meio de cada círculo de massa. Umedeça as bordas com água, dobre a massa por cima do recheio e aperte as bordas com um garfo para selar. Faça pequenos cortes com a faca para abrir um espaço para o ar sair. Asse em uma fôrma para biscoitos, sem untar, por 30 minutos ou até dourar.

Rende 6 tortinhas

Suco de Abóbora

O que pode ser pior do que perder o trem e ter que voar até a escola no carro velho do seu pai? Comer doces por horas e depois perceber que não tem nada para matar a sede, embora bater o carro em uma árvore assassina também possa estar entre as piores coisas que podem acontecer. Depois de terminar de comer um pacote de balas inteiro que ele e Rony encontram no carro, Harry fica com tanta sede que começa a sonhar acordado com o suco de abóbora que poderia comprar se estivesse no Expresso de Hogwarts (ver ***Harry Potter e a Câmara Secreta***, capítulo 5). Essa receita inclui também uma versão mais rápida e mais fácil.

2 xícaras de suco de maçã
¼ de xícara de açúcar refinado
⅓ de xícara de mel
2 pedaços de canela em rama ou 1 colher (chá) de canela em pó
15 bagas de pimenta-da-jamaica ou ¼ de colher (chá) de pimenta-da-jamaica moída
5 cravos inteiros ou ⅛ de colher (chá) de cravo em pó
¼ de colher (chá) de noz-moscada moída
⅛ de colher (chá) de sal
1 xícara de purê de abóbora
5 xícaras de água gelada

1. Coloque todos os ingredientes, menos a abóbora e a água gelada, em uma panela e tampe. Deixe ferver, abaixe o fogo e cozinhe por 15 minutos. Passe o líquido por uma peneira de malha fina forrada com papel-toalha (para reduzir a pungência das especiarias, se estiver usando as bagas inteiras), despejando em uma tigela, e misture o purê de abóbora.
2. Passe a calda para um jarro ou garrafa grande (cerca de 2 litros). Adicione as 5 xícaras de água gelada e chacoalhe bem.
3. Leve a garrafa à geladeira até gelar. Mexa bem antes de servir, pois a abóbora vai descer para o fundo da garrafa. Sirva gelado ou com gelo.

Rende 2 litros

Observação: as especiarias inteiras garantem um sabor mais marcante e puro e não estragam a cor alaranjada do suco, como acontece ao usar especiarias em pó. Se quiser um suco mais doce, aumente a quantidade de açúcar para ⅓ ou ½ xícara, a gosto.

Suco de Abóbora

Continuação

Ponche de Frutas com Abóbora

2 xícaras de suco de maçã
1 xícara de suco de uva branca
1 xícara de suco de abacaxi
400 g de purê de abóbora

1. Misture todos os ingredientes em um jarro grande e leve à geladeira até ficar gelado.
2. Antes de servir, mexa bem o suco, pois a abóbora vai descer para o fundo do jarro. Encha taças de cristal com gelo e despeje o suco por cima do gelo.

Rende cerca de 6 taças

Bolos de Caldeirão 1

No mundo dos trouxas, conhecemos esse prato como panquecas. Harry os vê pela primeira vez no carrinho de doces a bordo do Expresso de Hogwarts. Generoso, ele divide sua comida com Rony, que acha o seu sanduíche de carne enlatada muito seco (ver *Harry Potter e a Pedra Filosofal*, capítulo 6).

A modesta panqueca surgiu de uma forma muito curiosa. Em uma tentativa de usar toda a manteiga, leite e creme que tinham de sobra, as donas de casa fritavam pilhas e mais pilhas dessa delícia. Diz a lenda que uma dona de casa chegou a sair correndo com sua frigideira de panquecas para ir até a igreja se confessar. Assim, a terça-feira, que era o dia de se confessar, se transformou no Dia da Panqueca, dia em que ainda são realizados concursos de quem come mais panquecas. As mulheres de algumas cidades correm até a igreja carregando frigideiras cheias de panquecas. O prêmio? Um livro de orações.

1 xícara de farinha de trigo
2 colheres (chá) de fermento químico
1 colher (chá) de canela em pó
¼ de colher (chá) de sal
1 ovo grande em temperatura ambiente
60 g (4 colheres de sopa) de manteiga derretida e levemente resfriada
1 xícara de leite integral em temperatura ambiente
⅓ de xícara de açúcar mascavo

1. Misture a farinha, o fermento, a canela e o sal. Em outra tigela, bata o ovo, a manteiga, o leite e o açúcar mascavo até homogeneizar.
2. Despeje a mistura de leite na mistura de farinha. Mexa um pouco até incorporar, sem bater. Se bater em excesso, as panquecas ficam muito duras. A massa deve ter alguns grumos.
3. Frite as panquecas em uma grelha ou frigideira bem quente, usando cerca de ¼ de xícara de massa para cada uma. Frite em fogo médio até dourar, por 3 a 4 minutos de cada lado. Cuide com a temperatura do fogo. Como as panquecas têm alto teor de açúcar na massa, podem queimar muito fácil.

Rende cerca de 12 panquecas

Bolos de Caldeirão II

1 receita de Bolos de Caldeirão de Chocolate (receita a seguir)
340 g de chocolate amargo derretido ou mais, se necessário
Gotas de chocolate
1 receita de Recheio de Ganache Verde de Chocolate (receita a seguir)
1 receita de Alças de Chocolate (receita a seguir)

1. Vire os bolinhos de cabeça para baixo e retire um círculo de massa do meio de cada um, comendo o miolo que for retirando. Mergulhe a parte de cima no chocolate derretido, deixe firmar em um pedaço de papel-manteiga e coloque quatro gotas de chocolate no fundo, pressionando-as com cuidado no chocolate derretido, para representar os pés do caldeirão.
2. Trabalhando em um caldeirão de cada vez, despeje com cuidado o chocolate derretido por cima das bordas dos bolos, para formar a borda do caldeirão. Recheie com a ganache verde, fazendo um montinho bem no meio do caldeirão. A ganache vai firmar e derramar um pouco para os lados, para fazer parecer que o líquido está fervendo.
3. Escolha uma das alças e pressione por cima da massa. Não use um método de linha de montagem, senão o chocolate vai endurecer e você não vai conseguir enfiar a alça nele.

Rende 12 caldeirões

Bolo de Caldeirão de Chocolate

1 xícara de farinha de trigo
1 xícara de açúcar refinado
⅓ de xícara de cacau em pó
½ colher (chá) de fermento químico
¼ de colher (chá) de bicarbonato de sódio
¼ de colher (chá) de sal
1 xícara de café frio
⅔ de xícara de óleo vegetal ou de canola
2 ovos grandes
1 colher (chá) de extrato de baunilha

1. Coloque a grade do forno na posição do meio e preaqueça a 160°C. Unte e enfarinhe uma fôrma de muffins para 12 unidades.
2. Em uma tigela grande, misture a farinha de trigo, o açúcar, o cacau, o fermento químico, o bicarbonato de sódio e o sal. Adicione o café, o óleo, os ovos e a baunilha e misture bem para homogeneizar.
3. Divida a massa por igual nas 12 fôrmas de muffin e asse por 25 minutos, girando a fôrma na metade do tempo de cozimento, até que os bolos fiquem firmes ou, ao inserir um palito de dentes no centro, ele saia limpo.

Bolos de Caldeirão II

Continuação

A acalorada polêmica sobre os Bolos de Caldeirão: os fãs de Harry Potter sempre discutem sobre o seu significado. De um lado, alguns dizem que os Bolos de Caldeirão nada mais são do que uma brincadeira com panquecas normais, e são servidos como tal: quentes e empilhados. De outro lado, é difícil tirar da cabeça a imagem que a expressão "Bolo de Caldeirão" evoca: bolinhos escuros em formato de caldeirão, com alças de chocolate e um recheio cremoso e melequento. Não dá para agradar todo mundo o tempo todo, mas dá para agradar a maioria por um bom tempo. Para satisfazer os dois times de fãs, trouxemos aqui as duas versões dos Bolos de Caldeirão.

Alças de Chocolate

340 g de chocolate amargo derretido e resfriado até ficar espesso

1. Em uma folha de papel-manteiga, marque as pontas das alças, a cerca de 5 cm de distância uma da outra (meça o fundo dos bolinhos para marcar a distância).
2. Vá despejando o chocolate espesso usando uma colher, indo de uma ponta a outra, formando uma alça quadrada ou redonda. Deixe o chocolate firmar.

Recheio de Ganache Verde de Chocolate

Este recheio suntuoso fará com que o seu caldeirão pareça mesmo estar cheio de coisas nojentas e gosmentas, como olho de salamandra e dedo de sapo, mas, felizmente, não terá gosto de nada disso.

⅓ de xícara de creme de leite fresco
170 g de chocolate branco picado
½ xícara de nozes-pecã picadas
Corante alimentício verde

1. Ferva o creme de leite e despeje por cima do chocolate. Deixe descansar por alguns minutos e depois mexa para misturar bem.
2. Acrescente as nozes-pecã e então tinja com o corante alimentício verde até atingir o tom desejado para ficar parecido com "olho de salamandra e dedo de sapo".

Varinhas de Alcaçuz

Harry nunca tinha visto uma Varinha de Alcaçuz antes de sua viagem no Expresso de Hogwarts. Agora ele está se empanturrando de doces bem curiosos e diferentes dos doces dos trouxas que ele nunca teve dinheiro para comprar, inclusive essas deliciosas varinhas macias e gostosas de mastigar (ver *Harry Potter e a Pedra Filosofal*, capítulo 6).

O alcaçuz é uma planta de raiz muito doce — 50 vezes mais doce do que o açúcar. Antigamente, a raiz era cortada em tiras e desidratada, e esses palitinhos foram os primeiros doces feitos à base de alcaçuz. Hoje em dia, o sabor extraído da raiz é adicionado a uma mistura de farinha de trigo e açúcar para fazer a famosa barrinha com consistência de chiclete. Esta receita usa óleo de anis por causa do seu sabor parecido.

1 xícara de açúcar mascavo
¼ de xícara de xarope de milho
60 g (4 colheres de sopa) de manteiga
1 ½ xícara de leite integral
¼ de colher (chá) de sal
¼ de colher (chá) de cremor tártaro
⅛ de colher (sopa) de essência alimentícia de anis
½ colher (chá) de corante alimentício preto (opcional)
½ xícara de farinha de trigo

1. Unte com óleo ou manteiga uma fôrma quadrada de 20 cm e forre com papel-manteiga, deixando uma sobra de cada lado para depois conseguir tirar mais fácil. Leve o açúcar mascavo, o xarope de milho, a manteiga, o leite, o sal e o cremor tártaro para ferver em uma panela grande, mexendo constantemente, até dissolver o açúcar e derreter a manteiga. Pincele as laterais da fôrma com um pincel culinário mergulhado em água quente. Prenda um termômetro culinário na lateral da panela e deixe cozinhar até o termômetro atingir a temperatura de 120°C, mexendo de vez em quando até a temperatura baixar para 110°C, e continue a mexer sem parar.
2. Retire do fogo e acrescente a essência de anis, o corante – se quiser usar – e a farinha de trigo. Mexa bem e despeje a mistura na fôrma forrada, alisando a superfície com uma colher de madeira. Reserve para esfriar.
3. Retire o doce da fôrma usando as sobras de papel-manteiga e transfira para uma tábua de corte. Fatie o doce em 16 tiras. Use duas delas para fazer tiras menores, para formar o suporte, e prenda-as nas tiras restantes. Torça a tira por baixo do suporte e aperte a ponta para conseguir um aspecto pontudo. A bala fica muito macia e deve ser armazenada na horizontal em uma assadeira.

Rende 14 varinhas

Feijõezinhos de Todos os Sabores

Na sua primeira vez a bordo do Expresso de Hogwarts, Harry fica animado por poder dividir seus doces com Rony, pois nunca tinha tido essa oportunidade antes. Rony avisa que os feijõezinhos de todos os sabores podem ser de qualquer sabor mesmo, até de sabores nojentos como meleca (ver *Harry Potter e a Pedra Filosofal*, capítulo 6).

Durante a Guerra Civil, o fabricante de doces William Schrafft promoveu suas balas de goma, as jujubas, incentivando as pessoas a mandá-las para os soldados. Essas balas podem ser uma combinação de dois doces antigos: o manjar turco, por seu interior macio e grudento, e os *comfits*, um doce confeitado com nozes ou frutas secas no interior, com uma casquinha crocante. A jujuba se tornou tão popular que há nos Estados Unidos o Dia Nacional da Jujuba, celebrado em 22 de abril. Não é um feriado que se celebre tirando um descanso da escola ou do trabalho, mas sim comendo um montão de jujubas.

2 xícaras de suco de qualquer tipo
1 xícara de açúcar refinado
½ xícara de xarope de milho
¼ de colher (chá) de sal
2 colheres (sopa) de gelatina em pó
Suco de ½ limão (1 colher de sopa)
2 colheres (sopa) de amido de milho peneirado
Açúcar de confeiteiro para cobrir

1. Unte com óleo ou manteiga moldes de jujuba e organize-os em uma assadeira. Em uma panela grande (pois a mistura vai crescer loucamente), coloque o suco, o açúcar, o xarope de milho e o sal. Polvilhe a gelatina por cima. Espere alguns minutos para a gelatina amolecer e cozinhe em fogo médio, mexendo sem parar, até a mistura começar a ferver. Vá pincelando as laterais da panela com um pincel culinário mergulhado na água quente.
2. Prenda um termômetro culinário na panela e cozinhe até atingir 130°C, mexendo de vez em quando. Quando atingir 120°C, comece a mexer sem parar para evitar que a mistura queime. Fique de olho na panela para não derramar.

Feijõezinhos de Todos os Sabores

Continuação

3. Desligue o fogo e adicione o suco de limão e o amido de milho, mexendo com força para desfazer todos os grumos (não tem problema se ficarem alguns grumos). Coloque a mistura com uma colher nas cavidades dos moldes de jujuba.
4. Quando as balas esfriarem por completo, vire-as em um pedaço de papel-manteiga e passe no açúcar de confeiteiro para evitar que grudem (mesmo assim elas vão grudar, mas soltam com mais facilidade).

Observação: esse é o recheio das balinhas de goma. Para conseguir fazer a casquinha brilhosa e crocante que é a marca registrada da jujuba, é necessário um equipamento especial chamado de drageadeira. Os recheios das balinhas são macios e não mantêm a forma por muito tempo. Mas a vantagem de fazer em casa é a infinidade de variações de sabores que você pode criar. Use sucos exóticos ou bebidas como café ou qualquer outra. A sua imaginação é o limite.

Rende cerca de 450 recheios de jujuba

Quatro Tortas Britânicas Clássicas

O professor Slughorn gosta de comer. No "Clube do Slugue", que se reúne a bordo do Expresso de Hogwarts, ele oferece uma bandeja cheia de tortas sortidas (ver *Harry Potter e o Enigma do Príncipe*, capítulo 7). Presumindo que havia algumas tortas doces e algumas salgadas, incluímos os dois tipos. As quatro receitas de torta a seguir são receitas clássicas britânicas.

As tortas medievais eram recheadas de todos os tipos de comidas misturadas, como aves. As tortas de hoje tentam seguir a mesma linha, então temos tortas de frango e cogumelos, em que os ingredientes principais são apenas a ave e os cogumelos, enquanto na Idade Média eles teriam acrescentado uvas-passas e outros tipos de frutas secas e carnes.

Torta de Frango e Cogumelo

Massa da Torta

2 ½ xícaras de farinha de trigo
1 colher (chá) de sal
120 g de manteiga (8 colheres de sopa) gelada e cortada em pedaços
½ xícara (8 colheres de sopa) de gordura vegetal gelada e cortada em pedaços
½ a ¾ de xícara de água gelada

Recheio de Frango e Cogumelo

2 colheres (sopa) de óleo vegetal
1 cebola pequena bem picada
150 g de cogumelo Paris bem picado
2 colheres (sopa) de farinha de trigo
1 ¼ xícara de caldo de frango
250 g de peito de frango sem pele e sem osso, cortado em cubos de 5 mm
¼ de colher (chá) de tomilho em pó
Sal e pimenta-do-reino moída na hora a gosto
1 ovo grande batido com 1 colher (sopa) de água para pincelar a massa das tortas

Quatro Tortas Britânicas Clássicas

Continuação

1. Para fazer a massa, bata a farinha, o sal, a manteiga e a gordura vegetal em um processador de alimentos até ficar com uma consistência de farofa. Adicione ½ xícara de água gelada e bata por mais alguns segundos, apenas para a massa se juntar. Se estiver muito seca, adicione mais 1 colher de sopa de água de cada vez (melhor ficar mais úmida do que seca). Divida a massa em duas partes iguais, sove um pouco, modele em formato de discos e envolva em plástico-filme. Deixe esfriar por 1 hora ou até 3 dias.
2. Para fazer o recheio, aqueça o óleo em uma frigideira grande. Adicione a cebola e os cogumelos e refogue até ficar bem dourado. Polvilhe a farinha de trigo por cima e mexa com uma colher de pau até homogeneizar. Vá despejando o caldo de frango devagar enquanto mexe. Cozinhe até a mistura engrossar. Adicione o peito de frango cortado em cubos, o tomilho, o sal e a pimenta. Mexa bem para homogeneizar. Deixe ferver em fogo brando e cozinhe por cerca de 5 minutos. Retire do fogo, transfira para outra tigela e deixe esfriar até atingir temperatura ambiente.
3. Preaqueça o forno a 180°C. Retire a massa resfriada da geladeira. Em uma superfície polvilhada com bastante farinha, estique um dos discos até ficar bem fino. Use um prato de sobremesa de 15 cm para cortar 6 círculos. Encaixe os círculos de massa em uma fôrma para 6 muffins, deixando uma sobra de massa. Encha com bastante recheio de frango e cogumelos.
4. Estique o segundo disco de massa. Use um cortador de biscoitos de 10 cm de diâmetro para cortar 6 círculos. Pincele as sobras de massa com água e coloque os círculos menores por cima do recheio. Para cada torta, dobre a sobra de massa por cima do círculo de massa e pressione com os dedos para selar. Faça riscos com uma faca no topo de cada torta para deixar o vapor sair durante o cozimento. Pincele as tortas com o ovo batido. Asse por 1 hora até a torta ficar bem dourada, girando a fôrma dentro do forno na metade do tempo.

Rende 6 tortas

Observação: para poupar tempo e trabalho, você pode usar massa de torta ou massa folhada compradas prontas.

Quatro Tortas Britânicas Clássicas

Continuação

Uma pequena cidade em West Yorkshire chamada Denby Dale faz as maiores tortas de carne e batata para celebrar grandes eventos. A tradição começou em 1788 para celebrar o fato de o rei George III ter se recuperado de uma doença mental. Em 1988, a torta que foi assada para celebrar o 200º aniversário dessa tradição entrou para o *Livro Guinness dos Recordes* por ter 6 metros por 2 metros, com 45 centímetros de profundidade. Mas a torta assada no ano 2000 para celebrar a virada do milênio quebrou o recorde, com 12 metros por 2,5 metros e 1 metro de profundidade.

Torta de Carne e Batata

Massa da Torta

2 ½ xícaras de farinha de trigo

1 colher (chá) de sal

120 g de manteiga (8 colheres de sopa) gelada e cortada em pedaços

½ xícara (8 colheres de sopa) de gordura vegetal gelada e cortada em pedaços

½ a ¾ de xícara de água gelada

Recheio de Carne e Batata

2 colheres (sopa) de óleo vegetal

180 g de acém cortado em cubos de 5 mm

1 cebola pequena bem picada

2 colheres (sopa) de farinha de trigo

1 ½ xícara de caldo de frango

1 batata Asterix média descascada e cortada em cubos de 5 mm

1 cenoura pequena descascada e cortada em cubos de 5 mm

¼ de colher (chá) de sálvia em pó

Sal e pimenta-do-reino moída na hora a gosto

1 ovo grande batido com 1 colher (sopa) de água para pincelar a massa das tortas

Quatro Tortas Britânicas Clássicas

Continuação

1. Para fazer a massa, bata a farinha, o sal, a manteiga e a gordura vegetal em um processador de alimentos até ficar com uma consistência de farofa. Adicione ½ xícara de água gelada e bata por mais alguns segundos, apenas para a massa se juntar. Se estiver muito seca, adicione mais 1 colher de sopa de água de cada vez (melhor ficar mais úmida do que seca). Divida a massa em duas partes iguais, sove um pouco, modele em formato de discos, envolva em plástico-filme e deixe esfriar por 1 hora ou até 3 dias.
2. Para fazer o recheio, aqueça o óleo em uma frigideira grande. Coloque a carne e sele dos dois lados até a carne ficar com uma casquinha dourada, por cerca de 4 minutos de cada lado. Transfira para uma tigela. Acrescente a cebola à frigideira e refogue até dourar. Leve a carne de volta para a frigideira, polvilhe a farinha por cima e mexa com uma colher de madeira para homogeneizar. Vá despejando o caldo de frango devagar enquanto mexe. Deixe cozinhar em fogo brando, mexendo de vez em quando, por cerca de 1 hora e meia. Adicione a cenoura e a batata picadas, a sálvia, o sal e a pimenta-do-reino e deixe cozinhar por mais 30 minutos. Retire do fogo, transfira para outra tigela e deixe esfriar em temperatura ambiente.
3. Preaqueça o forno a 180°C. Retire a massa resfriada da geladeira. Em uma superfície polvilhada com bastante farinha, estique um dos discos até ficar bem fino. Use um prato de sobremesa de 15 cm para cortar 6 círculos. Encaixe os círculos de massa em uma fôrma para 6 muffins, deixando uma sobra de massa. Encha com bastante recheio de carne e batata.
4. Estique o segundo disco de massa. Use um cortador de biscoitos de 10 cm de diâmetro para cortar 6 círculos. Pincele as sobras de massa com água e coloque os círculos menores por cima do recheio. Para cada torta, dobre a sobra de massa por cima do círculo de massa de cima e pressione com os dedos para selar. Faça riscos com uma faca no topo de cada torta para deixar o ar sair durante o cozimento. Pincele as tortas com o ovo batido. Asse por 1 hora até a torta ficar bem dourada, girando a fôrma dentro do forno na metade do tempo.

Rende 6 tortas

Observação: para poupar tempo e trabalho, você pode usar massa de torta ou massa folhada compradas prontas.

Quatro Tortas Britânicas Clássicas

Continuação

Durante a Segunda Guerra Mundial, as cozinheiras domésticas não tinham dinheiro para preparar uma torta inteira, então as donas de casa econômicas e criativas inventaram uma forma de fazer os ingredientes renderem. Elas colocavam as frutas em uma frigideira e cobriam com uma mistura de farinha, algum tipo de gordura e açúcar, e assim nasceu o *crumble* de frutas (geralmente chamado de *crisp* nos Estados Unidos). A receita a seguir teria sido um exagero nos tempos da guerra, pois a farofinha crocante vai por cima e por baixo das frutas.

Torta de Maçã com Farofa

Massa e Cobertura de Farofa

1 xícara de farinha de trigo

½ xícara de açúcar mascavo

½ xícara de canela em pó

120 g (8 colheres de sopa) de manteiga gelada e cortada em pedaços

⅔ de xícara de nozes-pecã picadas

Recheio de Maçã

2 colheres (sopa) de manteiga

2 maçãs vermelhas descascadas, sem miolo e cortadas em cubos pequenos

2 maçãs verdes descascadas, sem miolo e cortadas em cubos pequenos

½ xícara de açúcar refinado

½ colher (chá) de canela em pó

¼ de colher (chá) de noz-moscada moída

Suco e raspas da casca de meio limão

1. Para fazer a massa e a farofa, misture a farinha de trigo, o açúcar mascavo e a canela. Espalhe os cubos de manteiga por cima e esfregue-os com os dedos na mistura de farinha até ficar com uma consistência de areia molhada. Acrescente as nozes-pecã.
2. Para fazer o recheio, aqueça a manteiga em uma frigideira grande até começar a espumar. Adicione as maçãs, o açúcar, a canela, a noz-moscada, as raspas e o suco de limão e mexa com uma colher de madeira. Deixe cozinhar em fogo médio/alto, mexendo constantemente até as maçãs ficarem macias e o líquido evaporar. Transfira para uma tigela e deixe esfriar em temperatura ambiente.
3. Preaqueça o forno a 180°C. Prepare uma fôrma para 12 muffins com forminhas de cupcake. Preencha cada forminha com uma colher de sopa de farofa e pressione com uma colher. Recheie cada torta com uma colher de sopa bem cheia do recheio de maçã. Polvilhe uma quantidade generosa de farofa por cima.
4. Asse por 40 minutos, girando a fôrma dentro do forno na metade do tempo de cozimento, até ver que o líquido de dentro está borbulhando por cima e a parte de cima está dourada. Retire do forno e deixe esfriar na fôrma.

Rende 12 tortas

Quatro Tortas Britânicas Clássicas

Continuação

Quem inventou a banoffe? Ninguém sabe ao certo. O restaurante Hungry Monk, na cidade de Jevington, leva a fama de ter criado essa torta de banana e caramelo criada nos anos 1970, mas como não foi patenteada, nunca saberemos. Esta receita contém uma das descobertas mais legais que já foram feitas. Se você cozinhar uma lata de leite condensado por algumas horas, ele vira um doce de leite delicioso!

Torta Banoffe

Massa da Torta

1 ¼ xícara de farinha de trigo

2 colheres (sopa) de açúcar refinado

¼ de colher (chá) de sal

8 colheres (sopa) de manteiga gelada e cortada em pedaços

4 a 6 colheres (sopa) de água gelada

Recheio da Banoffe

1 lata de leite condensado de 395 g

½ banana madura, mas ainda firme, cortada em fatias de 3 mm (só descasque e fatie a banana na hora de montar a torta)

Cobertura de Chantilly

½ xícara de creme de leite fresco

2 colheres (sopa) de açúcar de confeiteiro

½ colher (chá) de café instantâneo

Quatro Tortas Britânicas Clássicas

Continuação

1. Bata a farinha, o açúcar, o sal e a manteiga em um processador de alimentos até ficar com uma consistência de farofa. Adicione 4 colheres de sopa de água gelada e bata por alguns segundos até a massa se juntar. Se estiver muito seca, adicione mais 1 colher de sopa de água de cada vez (melhor ficar mais úmida do que seca). Sove um pouco, modele em formato de um disco e envolva em plástico-filme. Deixe esfriar por 1 hora ou até 3 dias.
2. Preaqueça o forno a 220°C. Retire a massa resfriada da geladeira. Em uma superfície polvilhada com bastante farinha, estique a massa até ficar com 3 mm de espessura. Corte 6 círculos de massa de 12 cm de diâmetro. Encaixe os círculos de massa em uma fôrma para 6 muffins. Faça um acabamento canelado bonito nas bordas. Leve as massas ao freezer por 15 minutos.
3. Coloque um pedaço de papel-alumínio no fundo das massas da torta, cobrindo as bordas. Encha com feijões ou bolinhas de cerâmica culinárias. Asse até que a massa esteja seca e firme, por cerca de 20 minutos. Retire o papel-alumínio, reduza a temperatura do forno para 180°C e asse até a massa ficar dourada, por mais cerca de 8 minutos. Retire as massas assadas do forno e deixe esfriar.
4. Coloque a lata de leite condensado em uma panela e cubra com água. Deixe ferver e cozinhe por 3 horas, sempre verificando se é necessário colocar mais água. Se o nível da água ficar muito baixo, a lata pode explodir. Desligue o fogo. Quando a lata estiver fria para manusear, tire da panela e deixe esfriar na geladeira.
5. Para preparar o chantilly, misture o creme de leite, o açúcar de confeiteiro e o café em uma tigela e bata até formar picos firmes.
6. Para montar as tortas, coloque duas fatias de banana no fundo de cada massa de torta. Coloque uma colher de sopa de doce de leite por cima das bananas. Não deixe de experimentar o doce de leite com uma colher enquanto faz as tortas e guarde o resto para usar depois. Finalize com uma quantia generosa de chantilly, ou use um saco de confeitar para fazer um acabamento bonito. Mantenha na geladeira até a hora de servir. Sirva em até 24 horas.

Rende 6 tortas

Observação: não tente fazer essa receita se você estiver distraído. Se a água acabar, a lata irá explodir. Você precisa ficar de olho no nível de água na panela. Para um resultado muito mais rápido, você pode fazer a massa de torta de biscoitos com manteiga. O recheio pode amolecer a massa da torta, mas ainda assim ficará deliciosa.

Faisão Assado

Malfoy está se sentindo deixado de lado, mas Harry prefere muito mais ficar com seus amigos do que aceitar o convite para jantar com o professor Slughorn a bordo do Expresso de Hogwarts, onde o professor oferece faisão para membros do seleto "Clube do Slugue" (ver *Harry Potter e o Enigma do Príncipe*, capítulo 7).

Foram os romanos que levaram esse delicioso presente para a Inglaterra. Mas não era um presente para qualquer um. Nos tempos feudais, os senhores se ocupavam com a caça e a falcoaria, enquanto os camponeses faziam armadilhas para pássaros e, nos dias de sorte, podiam até encontrar um faisão ou perdiz nas arapucas.

1 cebola cortada em fatias de 5 mm
2 talos de aipo cortados em pedaços grandes
2 cenouras cortadas em pedaços grandes
4 dentes de alho
1 faisão
Azeite de oliva para pincelar o faisão
Sal e pimenta-do-reino moída na hora
1 xícara de água

1. Preaqueça o forno a 190°C. Faça uma camada com as fatias de cebola em uma assadeira e espalhe o aipo, as cenouras e o alho por cima.
2. Passe o faisão pela água fria e seque com papel-toalha. Coloque o faisão na assadeira com o peito para cima e as asas amarradas para baixo. Pincele o azeite de oliva pelo faisão e tempere com sal e pimenta. Despeje a água na assadeira.
3. Coloque a assadeira no forno por 45 minutos ou até que saiam os sucos.
4. Retire o faisão do forno e deixe descansar por 20 minutos antes de cortar.

Serve 4 porções

FELIZ ANIVERSÁRIO
Harry

Capítulo Quatro

Receitas de um Gigante e de um Elfo

Hagrid é a pessoa mais corajosa que Harry já conheceu e, mesmo sendo um péssimo cozinheiro, há que se admirar seu espírito aventureiro na cozinha. Ele não se deixa intimidar nem por comidas que cozinheiros experientes preferem deixar os profissionais fazer. Ele não tem medo de tentar fazer caramelos (ainda que colem nos dentes) ou pães caseiros. O guarda-caças meio-gigante vive em uma cabana de madeira perto da entrada da Floresta Proibida. Ele se orgulha muito das duas tarefas que lhe foram confiadas: entregar Harry aos Dursley depois que seus pais foram mortos e trazê-lo de volta para Hogwarts quando ele atingiu a idade escolar. Hagrid tem um carinho especial por Harry e assim nasce uma amizade muito bonita entre os dois (ver *Harry Potter e a Pedra Filosofal*). Harry e seus amigos costumam visitar Hagrid para tomar chá e lá aprendem que experiência na cozinha nem sempre garante bons resultados. Eles fingem gostar dos bolos duros de Hagrid – que chegam a quebrar os dentes – ou do cozido de carne com garras. Mas não tenha medo: as receitas a seguir, diferente das de Hagrid, funcionam muito bem. Mas, se você quer ter uma experiência mais próxima da que Harry teve, siga as instruções especiais para que as suas receitas fiquem iguaizinhas às de Hagrid.

Biscoitos de Pedra

Este doce, se é que se pode chamar assim a gororoba que o Hagrid fez, é presença certa na mesa dele, já que foi mencionado nada menos do que três vezes ao longo da saga do Harry Potter. Embora os biscoitos de pedra do Hagrid não sejam nada especiais, esses aqui você vai achar bem gostosos (ver *Harry Potter e a Pedra Filosofal*, capítulo 8; *Harry Potter e o Cálice de Fogo*, capítulo 3; e *Harry Potter e o Enigma do Príncipe*, capítulo 11).

Esta receita, geralmente servida com chá, tem a aparência (mas não o gosto) de um rochedo escarpado, e os biscoitos só ficam duros feito pedra se forem deixados expostos ao ar por vários dias, que foi provavelmente o que Hagrid fez. Os biscoitos de pedra, ou *rock cakes*, não são tão antigos, provavelmente uma invenção da era vitoriana.

2 xícaras de farinha de trigo
½ xícara de açúcar refinado
1 colher (chá) de fermento químico
½ colher (chá) de canela em pó
¼ de colher (chá) de sal
120 g (8 colheres de sopa) de manteiga gelada e cortada em pedaços
1 ovo grande
⅓ de xícara de leite integral
1 xícara de uvas-passas

Rende 12 unidades

Observação: para fazer biscoitos de pedra duros como os de Hagrid, basta assá-los por mais tempo e comer só daqui a uma semana, por sua própria conta e risco!

1. Preaqueça o forno a 180°C, unte e enfarinhe uma assadeira grande para biscoitos. Misture a farinha de trigo, o açúcar, o fermento, a canela e o sal em uma tigela grande. Com as pontas dos dedos, vá esfarelando a manteiga junto com os ingredientes secos até a mistura ficar com consistência de areia molhada.
2. Bata o ovo com o leite e despeje por cima da farofa de trigo e manteiga. Envolva tudo usando uma espátula, formando uma massa dura. Acrescente as uvas-passas. Vá colocando colheradas de massa na assadeira, modelando os biscoitos em um formato redondo, a 5 cm de distância um do outro.
3. Asse por 25 minutos ou até o fundo ficar dourado, girando a fôrma na metade do tempo de cozimento.

Primeiro Bolo de Aniversário de Harry: Bolo de Chocolate em Camadas

É difícil imaginar uma mulher tão sem coração que nunca, nunquinha tenha preparado — ou ao menos comprado — um bolo de aniversário para o seu sobrinho órfão. Mas é isso que acontece com Harry Potter, que ganha de Hagrid seu primeiro bolo, em seu aniversário de onze anos (ver *Harry Potter e a Pedra Filosofal*, capítulo 4).

Os grãos de cacau eram tão preciosos que os antigos astecas os usavam como dinheiro. Os exploradores espanhóis os levaram consigo para a Espanha no século 16 e a partir de então foi só uma questão de tempo para o chocolate se espalhar pelo resto da Europa e para que o produto final fosse aperfeiçoado. Temos que agradecer aos holandeses por descobrirem como produzir chocolate e cacau em pó como conhecemos, e aos suíços por adicionarem leite, criando então o chocolate ao leite.

Bolo de Chocolate

120 g de chocolate meio amargo
1 xícara de farinha de trigo
½ xícara de cacau em pó
½ colher (chá) de fermento em pó
½ colher (chá) de sal
6 ovos grandes
1 ¾ xícara de açúcar refinado
2 colheres (chá) de extrato de baunilha
1 xícara de óleo vegetal

Cobertura de Chocolate

360 g (24 colheres de sopa) de manteiga
3 xícaras de açúcar de confeiteiro
¼ de xícara de cacau em pó
1 colher (chá) de extrato de baunilha
90 g de chocolate meio amargo derretido e resfriado

Glacê de Chocolate (opcional)

120 g de chocolate meio amargo picado
½ xícara de creme de leite fresco
1 colher (sopa) de manteiga

Cobertura Verde

½ xícara de açúcar de confeiteiro
4 colheres (sopa) de creme de leite fresco
Algumas gotas de corante alimentício verde

Primeiro Bolo de Aniversário de Harry: Bolo de Chocolate em Camadas

Continuação

1. Para fazer as camadas do bolo, preaqueça o forno a 180°C. Unte e enfarinhe duas fôrmas redondas de 20 cm e forre os fundos com papel-manteiga. Derreta o chocolate em uma tigela que vá ao micro-ondas e reserve. Passe a farinha de trigo, o cacau em pó, o fermento químico e o sal juntos por uma peneira.
2. Na batedeira, bata por cerca de 7 minutos os ovos, o açúcar e a baunilha em velocidade média/alta até ficar um creme claro e aerado, e triplicar de volume. Vá despejando o óleo enquanto bate. Passe para a velocidade baixa e adicione a mistura de farinha e, depois de incorporada, o chocolate derretido. Finalize misturando delicadamente com uma espátula de silicone. Divida a massa entre as duas fôrmas preparadas e asse por 30 minutos, girando e trocando o lugar das fôrmas no forno na metade do tempo do cozimento, até que, ao inserir um palito de dente no centro da massa, o palito saia com apenas uns farelos de massa grudados, sem secar totalmente. Deixe esfriar completamente nas fôrmas.
3. Para fazer a cobertura, misture a manteiga, o açúcar, o cacau em pó e o extrato de baunilha e bata em velocidade baixa para homogeneizar. Aumente a velocidade e bata até ficar leve e aerado. Adicione o chocolate derretido e bata para incorporar.
4. Se quiser fazer o glacê, coloque o chocolate, o creme de leite fresco e a manteiga em um recipiente que vá ao micro-ondas em potência alta por 1 minuto e meio. Deixe descansar por 2 minutos e depois mexa bem para homogeneizar. Reserve até esfriar o suficiente para espalhar no bolo.
5. Para o glacê verde, misture o açúcar de confeiteiro, o creme de leite fresco e o corante alimentício até homogeneizar. No começo, vai ficar um pouco duro de bater.
6. Para montar o bolo, passe uma faca em volta dos bolos para soltá-los e vire-os em cima de um prato de bolo ou de um suporte de papelão para bolo. Espalhe uma camada da cobertura na primeira camada. Coloque a segunda camada virada de cabeça para baixo e cubra a superfície e a lateral dos bolos com a cobertura. Se desejar, vá derramando o glacê por cima até a beirada do bolo, deixando escorrer pelas laterais. Com um saco de confeitar, faça um contorno na parte de baixo. Usando um bico próprio para escrever, encha um saco de confeitar com a cobertura verde e escreva "*Feliz Aniversário, Harry*" em cima. O bolo vai parecer feito em casa. É assim que deve ser, afinal, foi Hagrid que fez.

Serve 16 porções

Observação: você pode trocar o saco de confeitar por um saco plástico comum, desses em que embrulhamos sanduíches. Faça um buraco pequeno em um dos cantos, encha com a cobertura e aperte até ela passar pelo buraco. Para economizar tempo, use mistura para bolo de caixinha e cobertura de chocolate comprada pronta.

Pãezinhos do Hagrid

Quando Hagrid convida Harry e Rony para tomar chá em *Harry Potter e o Prisioneiro de Azkaban* (capítulo 14), Rony acha que Hagrid quer saber tudo sobre o ataque que quase sofreu de Sirius Black. Mas Hagrid quer conversar com eles sobre... a Hermione. Eles se sentam, sentindo-se culpados por dois motivos: por terem esquecido de ajudar Hagrid com o julgamento do Bicuço e por não estarem falando com a Hermione. Mas o sentimento de culpa não os impede de recusar os pãezinhos de Hagrid, afinal, eles já sabiam muito bem o que esperar.

Esses pãezinhos, que em inglês se chamam *Bath buns*, têm esse nome por conta da cidade de Bath, no sudoeste da Inglaterra, famosa não apenas por suas fontes e estações termais, mas também por esse pãozinho delicioso. Sua criação é atribuída, muito provavelmente de maneira injusta, a um médico do século 18 chamado William Oliver. Os historiadores se perguntam por que um médico que inventava comidas saudáveis (como biscoitos digestivos) para ajudar na digestão dos pacientes recomendaria uma massa tão pesada.

¼ de xícara de água morna
2 ¼ colheres (chá) de fermento biológico seco
½ xícara de leite integral
60 g (2 colheres de sopa) de manteiga
2 ½ xícaras de farinha de trigo
6 colheres (sopa) de açúcar refinado
1 colher (chá) de sal
2 ovos grandes em temperatura ambiente
Raspas da casca de 1 limão
Raspas da casca de 1 laranja
¾ de xícara de uvas-passas
1 colher (chá) de sementes de cominho
1 ovo grande batido com 1 colher (sopa) de água para pincelar os pãezinhos
Açúcar demerara para polvilhar

Pãezinhos do Hagrid

Continuação

1. Forre duas assadeiras com papel-manteiga e reserve. Unte com óleo ou manteiga uma tigela grande e reserve. Misture a água, o fermento e 1 colher de sopa de açúcar em uma tigela e reserve até o fermento espumar, em cerca de 10 minutos. Aqueça o leite e a manteiga em uma panela até a manteiga derreter. Reserve e mantenha em uma temperatura morna, sem aquecer demais.
2. Misture a farinha, o açúcar e o sal. Acrescente os ovos e as raspas de limão e de laranja na mistura de leite. Adicione a mistura de fermento, a mistura de leite, as uvas-passas e o cominho à farinha. Misture bem para homogeneizar. Sove a massa na tigela ou em uma superfície enfarinhada por 10 a 15 minutos, até a massa ficar macia e elástica. A massa fica grudenta, mas vai se soltando aos poucos à medida que você sova. Se continuar grudenta, acrescente mais farinha de trigo, uma colher de sopa de cada vez, até no máximo ½ xícara. Se você tiver uma batedeira, pode usá-la para sovar a massa usando o batedor em formato de gancho. A massa não pode ficar grudada nas laterais da tigela da batedeira.
3. Coloque a massa em uma tigela untada com óleo e vire-a para cobrir todos os lados com a gordura (ou passe um pouco de gordura por cima da massa). Cubra a tigela com plástico-filme e deixe descansar para crescer em um lugar sem correntes de ar até a massa dobrar de volume, por cerca de 1 hora e meia.
4. Vire a massa em uma superfície de trabalho limpa e divida ao meio. Divida ao meio novamente e então divida cada quarto da massa pela metade, e mais uma vez pela metade, formando 16 pedaços de massa. Enrole cada pedaço no formato de uma bolinha. Coloque as bolas de massa em assadeiras forradas. Deixe descansar até dobrar de volume, por cerca de 2 horas.
5. Preaqueça o forno a 180°C. Pincele o ovo batido por cima dos pãezinhos e polvilhe com açúcar demerara. Asse por 15 minutos até os pãezinhos ficarem bem dourados por cima. Gire e troque as assadeiras de lugar no forno na metade do tempo de cozimento. Retire do forno e transfira para uma grade para esfriar por completo.

Rende 16 pãezinhos

Observação: esses pãezinhos não se conservam bem. Eles devem ser consumidos no máximo algumas horas depois de assar.

Caramelo de Melado

O caramelo que gruda no dente do Hagrid acaba se mostrando bem útil: depois que Hagrid é levado para Azkaban, Harry dá um pouco do caramelo para o Canino ficar quieto. O Canino não consegue latir porque suas presas estão grudadas. Fazer caramelo não é fácil, então não é de surpreender que os de Hagrid não tenham dado muito certo (ver *Harry Potter e a Câmara Secreta*, capítulo 15). Há uma versão muito fácil do caramelo logo depois desta receita.

Fazer esses caramelos era moda nas faculdades para mulheres nos anos 1880. Os tempos certamente mudaram. Não sabemos quem inventou o caramelo, mas há quem diga que ele surgiu a partir de uma tentativa de fazer balas que deu errado. Parece que foi nos Estados Unidos que isso aconteceu.

1 xícara de açúcar granulado
1 xícara de açúcar mascavo
1 xícara de leite integral
1 xícara de creme de leite fresco
2 colheres (sopa) de melado
1 colher (chá) de extrato de baunilha

1. Unte com manteiga ou óleo uma fôrma quadrada de 20 cm, forre com papel-manteiga até as laterais para depois conseguir tirar mais fácil e reserve. Misture o açúcar refinado, o açúcar mascavo, o leite, o creme de leite fresco e o melado em uma panela média. Deixe cozinhar em fogo médio/alto, mexendo sem parar, até homogeneizar e dissolver tudo. Vá pincelando as laterais da panela com um pincel culinário embebido em água quente, para evitar a cristalização do açúcar. Prenda um termômetro culinário na lateral da panela e deixe cozinhar, mexendo sem parar, até marcar 115°C.
2. Retire a panela do fogo e mexa até a temperatura baixar alguns graus, para evitar que o caramelo queime. Adicione a baunilha. Deixe esfriar até atingir 46°C e bata ou mexa com força com uma colher de madeira até a mistura perder o brilho e engrossar bem, por 15 a 20 minutos. Retire a mistura da panela, despejando na fôrma forrada e alise a parte de cima. Você pode usar um pedaço de plástico-filme e a palma da sua mão para fazer isso.
3. Deixe esfriar por completo antes de cortar em quadradinhos de 2 cm.

Caramelo de Melado

Continuação

Rende 64 unidades

Observação: se a mistura ficar muito quente, o caramelo vai virar um torrão duro e granuloso na hora que você for mexer. Se não esquentar o suficiente, o caramelo não vai engrossar e vai virar uma meleca molenga. Você pode tentar recuperar colocando o caramelo de volta na panela com um pouco de água quente (não se preocupe, a água vai evaporar) e reaquecendo até atingir a temperatura correta.

Caramelo de Melado Superfácil

1 pote de 200 g de marshmallow de colher (1 ½ xícara)
340 g de chocolate branco partido ou cortado em pedaços pequenos
½ xícara de açúcar de confeiteiro
¼ de xícara de leite em pó
2 colheres (sopa) de melado
1 colher (chá) de extrato de baunilha

1. Unte com óleo ou manteiga uma fôrma quadrada de 20 cm e forre com papel-manteiga até as laterais para conseguir tirar mais fácil.
2. Coloque todos os ingredientes em um recipiente próprio para micro-ondas e deixe cozinhar na potência alta por 45 segundos. Mexa bastante. Não pule essa parte, pois o marshmallow pode borbulhar e acabar queimando.
3. Leve a tigela de volta ao micro-ondas por mais um minuto. A mistura vai engrossar. Despeje na fôrma forrada e alise a parte de cima, pressionando nas pontas, usando um pedaço de plástico-filme ou uma luva descartável de silicone.
4. Deixe o caramelo esfriar completamente antes de retirar da fôrma e cortar em quadrados de 2 cm.

Rende 64 unidades

Bolo de Frutas e Castanhas para Crianças

Hagrid quer oferecer um pedaço de bolo de frutas e castanhas para Harry e Rony, mas ele está muito nervoso. Ele teme que, a qualquer momento, será levado a Azkaban por um crime que não cometeu. Quando ouve batidas na porta, ele fica tão agitado que acaba derrubando o bolo no chão (ver *Harry Potter e a Câmara Secreta*, capítulo 14).

Era uma vez, na distante cidade de Dundee, na Escócia, uma fábrica que produzia geleia. Mas não produzia geleia o ano inteiro, então, no resto do ano, os fabricantes tiveram a ideia de produzir um bolo de frutas com casca de laranja, mas acrescentando também as amêndoas trazidas pelos comerciantes espanhóis. Assim surgiu esse bolo, que na Inglaterra se chama *Dundee cake*.

2 xícaras de farinha de trigo
½ xícara de farinha de amêndoas
½ colher (chá) de fermento químico
½ colher (chá) de sal
180 g (12 colheres de sopa) de manteiga
1 ½ xícara de açúcar refinado
2 ovos grandes
¼ de colher (chá) de extrato de amêndoas
Suco e raspas da casca de 1 laranja
1 xícara de geleia
¼ de xícara de suco de maçã
¼ de xícara de uvas-passas pretas
¼ de xícara de uvas-passas brancas
¼ de xícara de passas de corinto (ou mais uvas-passas de qualquer cor)
½ xícara de cascas de laranja cristalizadas
¼ de xícara de cerejas cristalizadas (opcional)
Amêndoas cruas inteiras para colocar por cima do bolo

Bolo de Frutas e Castanhas para Crianças

Continuação

1. Preaqueça o forno a 160°C. Unte e enfarinhe uma fôrma de 22 cm que tenha pelo menos 5 cm de profundidade ou uma fôrma redonda de aro removível de 22 cm de diâmetro e forre com papel-manteiga. Reserve. Misture a farinha de trigo, a farinha de amêndoas, o fermento e o sal.
2. Em outra tigela ou na batedeira, bata a manteiga e o açúcar até virar um creme leve e aerado. Vá adicionando os ovos, um de cada vez. Acrescente o extrato de amêndoas, o suco e raspas de laranja e a geleia para homogeneizar. Adicione o suco de maçã e misture bem. Adicione a mistura de farinha com a batedeira na velocidade baixa, raspando as laterais da tigela. Acrescente as uvas-passas, as cascas de laranja cristalizadas e as cerejas cristalizadas, se estiver usando.
3. Despeje a massa na fôrma preparada e alise a parte de cima com uma espátula de silicone. Coloque as amêndoas inteiras, fazendo vários círculos concêntricos em cima do bolo. Asse por 1 hora e, em seguida, reduza a temperatura do forno para 140°C por mais 1 hora, até que, ao inserir um palito de dente no meio do bolo, ele saia limpo.
4. Retire do forno e deixe esfriar por completo na fôrma. Quando estiver frio, vire o bolo em um prato redondo de papel e vire mais uma vez em um prato de servir, para ficar com as amêndoas voltadas para cima.

Rende 16 fatias grossas ou 32 fatias finas

Torta de Mel com Amêndoas, Gengibre e Pêssego

Harry está passando por maus bocados. É muito doloroso entrar na cabeça de Voldemort. Com o estômago embrulhado, ele levanta da mesa de repente. O monstro, a mais nova fonte de preocupações do seu mestre, lhe oferece esta torta de mel (ver *Harry Potter e as Relíquias da Morte*, capítulo 12).

Esta receita é preparada originalmente com xarope dourado, um subproduto do processo de refino do açúcar, assim como o melado. Ele tem um sabor delicioso. Como é difícil encontrar o xarope dourado no Brasil, você pode substituir por mel, melado, xarope de milho ou xarope de bordo.

Massa da Torta

1 xícara de farinha de trigo
½ xícara de farinha de amêndoas
¼ de xícara de açúcar refinado
¼ de colher (chá) de sal
120 g (8 colheres de sopa) de manteiga ou margarina gelada e cortada em pedaços
1 gema grande
1 colher (sopa) de creme de leite fresco
1 colher (chá) de extrato de baunilha puro

Recheio de Melado

1 pêssego grande cortado em fatias finas
½ xícara de mel
½ xícara de xarope de milho
2 xícaras de farinha de rosca feita na hora (ou 6 a 8 fatias de pão fresco batido no processador até virar uma farofa)
½ xícara de amêndoas picadas
1 colher (chá) de gengibre em pó
1 ovo grande batido com 1 colher (sopa) de água para pincelar

Torta de Mel com Amêndoas, Gengibre e Pêssego

Continuação

1. Bata a farinha de trigo, a farinha de amêndoas, o açúcar, o sal e a manteiga ou margarina em um processador de alimentos até ficar com uma consistência de farofa.
2. Bata a gema com o creme de leite fresco e a baunilha, acrescente ao recipiente do processador e bata por alguns segundos, até a massa formar uma bola. Retire a massa do processador de alimentos e sove bem rapidamente. Separe a massa, um pedaço com ⅓ da quantidade de massa e outro com ⅔, e modele dois discos. Envolva em plástico-filme e deixe na geladeira por 30 minutos, podendo ficar até 3 dias armazenada assim. Se a massa ficar muito dura, deixe descansar em temperatura ambiente por 10 a 15 minutos.
3. Preaqueça o forno a 180°C. Retire o disco maior da geladeira e polvilhe os dois lados com farinha. Em uma superfície de trabalho polvilhada com bastante farinha, estique a massa, encaixe-a em uma fôrma para torta de 20 cm de diâmetro e vá pressionando o fundo e as laterais com a massa. Essa massa é bem dura de trabalhar, mas também fácil de consertar, principalmente se você estiver usando margarina no lugar da manteiga (o sabor não vai ser tão bom, mas fazer o quê?). Você pode juntar a massa de novo, sovar e esticar novamente várias vezes e ela não vai ficar dura. Se ficar mole demais, coloque de volta na geladeira para firmar.
4. Coloque as fatias de pêssego no fundo da torta. Aqueça o mel com o xarope de milho no micro-ondas ou em uma panela para ficar mais líquido. Em uma tigela, misture essa calda com a farinha de rosca, as amêndoas picadas e o gengibre para homogeneizar. Coloque a mistura na torta e espalhe por igual por cima das fatias de pêssego, usando uma espátula de silicone.
5. Retire o disco menor da geladeira e polvilhe os dois lados com farinha. Em uma superfície de trabalho polvilhada com bastante farinha, estique a massa e, usando uma faca afiada, corte várias tiras. Coloque as tiras por cima da torta para fazer um acabamento em formato de treliça. Não tente enrolar as tiras, pois elas quebram com facilidade.
6. Pincele as tiras com o ovo batido e asse a torta por 45 minutos, até ficar bem dourada. Sirva quente ou em temperatura ambiente. Pode ser acompanhada de uma bola de sorvete de creme.

Serve 8 porções

Biscoitos Macios

Harry ainda está chocado por ter visto seu colega de escola ser assassinado por Voldemort e por quase ter perdido a vida também e, além de Rony e Hermione, Hagrid é uma das poucas pessoas com quem ele pode se abrir. E, de fato, vários dias depois desse episódio trágico, Harry vai até a cabana de Hagrid para tomar chá com biscoitos "massudos" (ver *Harry Potter e o Cálice de Fogo*, capítulo 37). Estes biscoitos, como os de Hagrid, são macios, mas, ao contrário dos de Hagrid, são superdeliciosos.

É biscoito ou bolacha? Independentemente do nome, os biscoitos são um alimento muito antigo. Na verdade, os romanos já faziam biscoitos secos, que eles fritavam e comiam com mel e pimenta. Passada a Idade Média, os cozinheiros aprenderam a misturar açúcar com ovos e a bater a manteiga com o açúcar, dando início assim à evolução dos muitos tipos de biscoitos e bolachas que existem por aí hoje.

1 ½ xícara de farinha de trigo
1 xícara de nozes ou amêndoas moídas
1 xícara de leite em pó desnatado
1 colher (chá) de bicarbonato de sódio
½ colher (chá) de sal
240 g (16 colheres de sopa) de manteiga em temperatura ambiente
¾ de xícara de açúcar mascavo
½ xícara de açúcar refinado
2 ovos grandes em temperatura ambiente
1 colher (chá) de extrato de baunilha
340 g (2 xícaras) de gotas de chocolate, amêndoas ou nozes picadas, ou 1 xícara de cada

Biscoitos Macios

Continuação

1. Preaqueça o forno a 180°C e forre duas assadeiras com papel-manteiga. Misture a farinha, as amêndoas ou nozes moídas, o leite em pó, o bicarbonato de sódio e o sal.
2. Na batedeira, bata a manteiga com os dois tipos de açúcar até virar um creme claro e aerado. Vá adicionando os ovos, um de cada vez. Adicione a baunilha e bata até homogeneizar. Adicione os ingredientes secos misturados, usando a velocidade mais baixa, até incorporar. Acrescente as gotas de chocolate, nozes e/ou amêndoas.
3. Usando uma colher de sorvete ou colher de sopa, coloque as porções de massa na assadeira forrada, num total de uma dúzia de biscoitos em cada assadeira, com um espaço de 5 cm entre eles.
4. Asse por 12 minutos, invertendo e girando as assadeiras na metade do tempo de cozimento. Os biscoitos ainda estarão pálidos, levemente dourados nas pontas e bem macios, portanto espere 5 ou 10 minutos antes de transferi-los com cuidado, com o papel por baixo, para uma grade para esfriar por completo. Eles vão firmar ao esfriar. Repita com o restante da massa.

Rende aproximadamente 40 biscoitos de 7 cm de diâmetro

Observação: para fazer biscoitos massudos como os de Hagrid, asse os biscoitos pela metade do tempo. Mas tome cuidado, pois massa de biscoito crua pode causar intoxicação alimentar ou, na melhor das hipóteses, uma dor de barriga!

Sopa de Cebola Francesa do Monstro

Dar o medalhão de Régulo para o Monstro foi uma boa ideia: Harry nunca tinha comido uma sopa de cebola tão gostosa (ver *Harry Potter e as Relíquias da Morte*, capítulo 12).

Por mais de 2000 anos, talvez até mais, sopa de cebola era uma comida de pobres. Mas esta sopa de cebola francesa é uma comida mais requintada, com um caldo de carne encorpado, torradinhas e queijo derretido.

4 cebolas médias
60 g (4 colheres de sopa) de manteiga derretida
1 baguete
½ xícara de queijo parmesão ralado
1 colher (chá) de sal
¼ de colher (chá) de pimenta-do-reino moída na hora
¼ de colher (chá) de açúcar
1 colher (sopa) de farinha de trigo
6 xícaras de caldo de frango ou carne (preferencialmente de carne)
Mais parmesão ralado para servir

1. Preaqueça o forno a 180°C. Descasque as cebolas, corte-as pela metade de uma ponta a outra e fatie o mais fino possível. Em uma panela funda pesada, aqueça a manteiga. Retire a panela do fogo.
2. Corte fora as extremidades da baguete e corte 6 fatias de 2 cm de espessura para fazer as torradinhas. Guarde o resto do pão para finalizar. Mergulhe um pincel culinário na manteiga aquecida na panela e pincele um lado de cada fatia com a manteiga. Coloque as fatias com o lado da manteiga para cima em uma assadeira e cubra-as com o queijo ralado. Torre o pão no forno por cerca de 10 minutos, ou até dourar.
3. Enquanto o pão está no forno, leve a panela de volta ao fogo e adicione as cebolas. Tempere com sal e pimenta. Adicione o açúcar e continue a mexer por cerca de 15 minutos em fogo médio/alto até a cebola caramelizar.
4. Polvilhe a farinha de trigo e mexa para incorporar à cebola. Vá adicionando o caldo aos poucos, sempre mexendo, e deixe a sopa ferver. Abaixe o fogo e deixe cozinhar em fogo brando por 30 minutos.
5. Sirva a sopa em tigelas aquecidas e coloque uma torradinha com queijo boiando no meio. Em seguida, coloque mais queijo ralado em volta da torrada.

Rende 6 porções

Ensopado de Carne com Bolinhos de Ervas

Harry está passando mal por causa do passeio que está fazendo de novo pela mente de Voldemort e o Monstro tenta oferecer um ensopado delicioso para ele. Mas como Harry não estava se sentindo nada bem, talvez um ensopado não fosse bem o que ele precisava no momento (ver *Harry Potter e as Relíquias da Morte*, capítulo 12).

Não é um prato sofisticado, mas não há nada melhor do que um bom ensopado para aquecer e satisfazer o corpo e o coração. Bolinhos são consumidos dentro de ensopados há séculos. Os escoceses costumavam acrescentar folhas de urtiga, brotos de espinheiro e folhas de dente-de-leão nos seus bolinhos — parecem até ingredientes que os alunos do curso de Poções de Hogwarts poderiam usar em suas receitas.

Bolinhos de Ervas

1 xícara de farinha
¼ de colher (chá) de sal
1 colher (chá) de pimenta-do-reino moída na hora
¼ de colher (chá) de sálvia desidratada
¼ de colher (chá) de tomilho desidratado
¼ de colher (chá) de manjerona desidratada
2 colheres (sopa) de salsinha fresca picada
60 g (4 colheres de sopa) de manteiga ou margarina gelada e cortada em pedaços pequenos
2 colheres (sopa) de leite
1 ovo grande

Ensopado de Carne

3 colheres (sopa) de óleo vegetal
750 g de acém, com a gordura aparada e cortado em cubos de 1 cm
1 cebola picada
1 colher (sopa) de farinha de trigo
400 ml de caldo de frango
Sal e pimenta-do-reino moída na hora
2 cenouras cortadas em cubos de 2 cm
2 talos de salsão cortados em pedaços de 2 cm
4 batatas Asterix descascadas, limpas e cortadas em cubos de 2 cm

Ensopado de Carne com Bolinhos de Ervas

Continuação

1. Para fazer os bolinhos, misture a farinha, o sal, o fermento, a pimenta-do-reino e as ervas. Adicione os pedaços de manteiga ou margarina e esfregue com a ponta dos dedos até ficar parecido com uma farofa grossa, sem nenhum resto de farinha seca.
2. Misture o leite e o ovo e adicione à mistura de farinha. Mexa com uma espátula de silicone até a mistura começar a formar uma bola. Pressione um plástico-filme por cima da massa e deixe na geladeira até a hora de usar.
3. Para fazer o ensopado, aqueça 1 colher de sopa de óleo em uma frigideira ou panela larga e sele a carne por partes, até ficar com uma casquinha dourada. Transfira para um prato. Adicione o restante do óleo na frigideira. Acrescente a cebola e refogue em fogo médio/baixo até ficar macia, raspando o fundo (os pedaços escuros) da panela com uma colher de madeira.
4. Adicione a farinha à panela e mexa até incorporar. Vá despejando o caldo de frango e mexa bem. Adicione sal, pimenta e a carne junto com os sucos que se formaram na panela e deixe cozinhar em fogo médio/alto, mexendo de vez em quando, até o molho engrossar e borbulhar. Abaixe o fogo e deixe cozinhar em fogo brando por 1 hora e meia.
5. Adicione as cenouras, o aipo e as batatas na panela e deixe cozinhar por 1 hora, mexendo de vez em quando. Retire a massa das bolinhas da geladeira. Umedeça as mãos para evitar que a massa grude e faça bolinhas de 2 cm de diâmetro. Coloque-as para cozinhar dentro do ensopado. Cubra a panela e deixe ferver em fogo baixo por mais 30 minutos até as bolinhas incharem e ficarem firmes quando tocadas com a ponta dos dedos, mas ainda bem macias.

Rende 6 porções

Pães Frescos

Café e pães frescos para o café da manhã, que delícia! Infelizmente, será a última refeição que o Monstro servirá para o nosso trio favorito. Depois de escaparem do Ministério da Magia, eles são obrigados a ir embora do largo Grimmauld e sentirão falta do empadão de carne e rins que Monstro prometeu fazer quando eles voltassem (ver *Harry Potter e as Relíquias da Morte*, capítulo 12).

Estes pãezinhos redondos são muito apreciados para o café da manhã, porque crescem e assam mais rápido do que pães de fôrma. Mesmo assim, ainda seria necessário acordar bem cedo para prepará-los para o café da manhã. Se você gosta de dormir um pouco mais, prepare os pãezinhos no dia anterior e deixe-os crescer na geladeira durante a noite. De manhã, você só precisa colocá-los no forno e prontinho! Pãezinhos frescos e quentinhos para o café da manhã.

¼ de xícara de água quente
1 colher (sopa) de fermento biológico seco
1 colher (sopa) de açúcar
60 g (4 colheres de sopa) de manteiga
½ xícara de leite integral
1 ovo grande
1 gema de ovo grande
2 ½ xícaras de farinha de trigo
⅓ de xícara de açúcar refinado
½ colher (chá) de sal

1. Misture a água, o fermento biológico e 1 colher de sopa de açúcar em uma tigela e deixe descansar até espumar. Leve a manteiga e o leite ao fogo em uma panela pequena e deixe aquecer até a manteiga derreter. Despeje em uma tigela e adicione o ovo e a gema. Em outra tigela, misture a farinha de trigo, o açúcar e o sal. Adicione as misturas de fermento e de leite à farinha e mexa com uma colher de madeira para incorporar. Sove na tigela ou em uma superfície de trabalho levemente enfarinhada até a massa ficar macia e elástica, por 10 a 15 minutos. Coloque em uma tigela untada, girando a massa para passar a gordura de todos os lados.

Pães Frescos

Continuação

Cubra a tigela com plástico-filme e deixe em um local aquecido e sem correntes de ar para crescer até dobrar de volume, por cerca de 2 horas.

2. Unte e enfarinhe uma assadeira. Coloque a massa na superfície de trabalho e corte-a pelo meio, depois mais uma vez pelo meio, formando quatro partes iguais. Corte cada um desses pedaços na metade novamente, resultando em oito pedaços de massa. Estique cada pedaço fazendo uma corda de 10 cm e depois enrole no formato de uma bola. Coloque os pães em uma assadeira e deixe crescer até dobrar de volume, de 2 a 3 horas.
3. Preaqueça o forno a 180°C. Asse os pãezinhos por 15 minutos até ficarem ligeiramente dourados, girando a fôrma no forno na metade do tempo do cozimento. Sirva bem quentinho. Os pãezinhos ficam massudos depois de algumas horas e ficam melhores se comidos logo depois de saírem do forno, partidos ao meio e recheados de manteiga e geleia.

Picadinho de Carne

A cena é bem aconchegante: em volta da mesa na cabana da Hagrid, com a chuva batendo na janela, a lareira crepitando, Harry, Rony e Hermione repassam tudo o que sabem sobre o Torneio Tribruxo. O ambiente é legal, a conversa está boa. A única coisa que falta é uma boa comida. Nossos heróis e nossa heroína não comeram muito do picadinho de carne depois de encontrar uma garra no prato (ver *Harry Potter e o Cálice de Fogo*, capítulo 16).

Os antigos britânicos costumavam fazer grandes assados aos domingos. Depois, usavam o resto da carne em pratos com molho ou coisa parecida para o resto da semana. Felizmente, hoje podemos comprar quantidades pequenas de carne e preparar na hora. Um pouquinho trabalhoso, o picadinho de carne vale o esforço e fica delicioso quando servido por cima de um purê de batatas, arroz ou macarrão (com massa fresca à base de ovos fica melhor ainda).

3 colheres (sopa) de óleo vegetal
750 g de acém, com a gordura aparada e cortado em cubos de 2 cm
1 cebola bem picada
1 talo de aipo bem picado
3 colheres (sopa) de farinha de trigo
3 xícaras de caldo de frango
1 colher (sopa) de extrato de tomate
300 g de cogumelos fatiados
Sal e pimenta-do-reino moída na hora

Picadinho de Carne

Continuação

1. Preaqueça o forno a 180°C. Aqueça uma colher de sopa de óleo em uma frigideira que vá ao forno. Coloque na frigideira metade da carne, em uma única camada, e sele dos dois lados em fogo alto até ficar com uma casquinha dourada. Transfira a carne para um prato grande. Limpe a frigideira e coloque mais uma colher de óleo. Repita com o restante da carne.
2. Limpe a frigideira e adicione o óleo que sobrou. Aqueça o óleo e coloque a cebola e o aipo. Refogue em fogo médio até a cebola dourar, raspando o fundo da panela, de 10 a 15 minutos.
3. Polvilhe a farinha por cima da cebola e do aipo e mexa para incorporar. Vá adicionando o caldo de carne enquanto mexe. Adicione o extrato de tomate, os cogumelos, o sal e a pimenta. Mexa bem e deixe o picadinho ferver. Desligue o fogo. Acrescente a carne e os sucos que podem ter soltado da carne.
4. Cubra a frigideira e leve ao forno. Asse por 2 horas. Mexa o picadinho a cada 30 minutos para o fundo não queimar e vá adicionando mais água se necessário. Sirva com purê, arroz ou macarrão.

Serve 4 porções

Observação: talvez não seja muito fácil colocar uma garra nesse picadinho, mas se você tiver um dragão de estimação e tiver cortado suas unhas, você pode adicionar as aparas.

Capítulo Cinco

Os Pratos da Cozinheira Preferida

A senhora Weasley é mãe do melhor amigo de Harry, Rony. Mesmo com sua figura gorducha, gentil e maternal, ela ainda assim é capaz de aterrorizar seus filhos – e também o seu marido, o senhor Weasley – se eles saírem da linha. A senhora Weasley é para o Harry Potter como uma mãe que ele nunca teve. O lugar preferido dele depois de Hogwarts é a Toca, a casa bagunçada dos Weasley, que sempre parece prestes a cair aos pedaços. É lá que Harry passa o tempo com Rony, seus irmãos e sua irmã, Gina, comendo refeições caseiras e sendo tratado como um membro da família. A senhora Weasley é a melhor cozinheira que Harry já conheceu, e que grande cozinheira ela é! Ela prepara tudo em casa, usando ingredientes frescos, e às vezes faz pratos dignos dos melhores chefs profissionais! É claro, a varinha ajuda bastante. Este capítulo replica a comida deliciosa da senhora Weasley, sem usar uma varinha. As comidas maravilhosas que você vai conseguir preparar, mesmo sendo um trouxa, vão surpreendê-lo!

Barrinhas Caseiras de Caramelo

Harry fica surpreso ao ver uma pilha de presentes ao lado da sua cama na manhã de Natal. Rony pergunta se ele esperava ganhar nabos. Mas Harry nunca tinha visto uma pilha de presentes assim em momento algum — nem em comemorações, nem em aniversários —, então ele fica encantado com o suéter tecido à mão (ou à varinha) e as barrinhas de caramelo que a senhora Weasley lhe manda de presente de Natal (ver *Harry Potter e a Pedra Filosofal*, capítulo 12). Abaixo dessa receita, você vai encontrar uma versão superfácil das barrinhas de chocolate caseiras.

Uma boa barrinha de caramelo deve ter uma textura um pouco granulada, mas também macia e cremosa. Pode levar algum tempo para conseguir acertar. Embora nos Estados Unidos essas barrinhas sejam feitas de chocolate, na Inglaterra normalmente são feitas de caramelo. E as duas são deliciosas.

2 xícaras de açúcar granulado
2 xícaras de leite integral
2 colheres (sopa) de xarope de milho
30 g (2 colheres de sopa) de manteiga
¼ de xícara de creme de leite fresco
¼ de colher (chá) de sal
1 colher (chá) de extrato de baunilha

1. Unte com manteiga uma fôrma quadrada de 20 cm. Forre com papel-manteiga, de modo que o papel suba para os lados, para conseguir tirar mais fácil depois.
2. Misture o açúcar, o leite, o xarope de milho, a manteiga, o creme de leite fresco e o sal em uma panela grande e deixe a mistura borbulhar. Cozinhe em fogo médio/alto, mexendo o tempo todo, até a manteiga derreter e os ingredientes se misturarem. Vá pincelando as laterais da panela com um pincel culinário mergulhado em água quente para desfazer os cristais de açúcar.
3. Prenda um termômetro culinário na lateral da panela e continue cozinhando e mexendo o tempo todo, até a temperatura atingir 105°C. Deixe cozinhar mais, mexendo sem parar, até a temperatura atingir 115°C. Esse processo pode levar mais de 30 minutos, então tenha paciência.

Barrinhas Caseiras de Caramelo

Continuação

4. Retire a panela do fogo e espere esfriar, até atingir 45°C. Retire o termômetro, acrescente a baunilha e bata com força por cerca de 10 minutos, usando uma colher de madeira, até que o creme perca o brilho e engrosse bastante. Você precisa confiar no processo, porque no começo vai parecer que não está dando certo. Despeje a mistura na fôrma forrada e alise a parte de cima. Você pode usar um pedaço de plástico-filme e a palma da sua mão para fazer isso.
5. Deixe esfriar completamente antes de cortar em quadradinhos de 2 cm.

Rende 64 unidades

Observação: se o creme ficar muito quente, o caramelo vai virar uma pedra dura e granulosa quando você tentar bater. Se não esquentar bem, o caramelo não vai engrossar e vai ficar uma meleca. Você pode tentar recuperá-lo colocando de volta na panela com um pouco de água (não se preocupe, a água vai evaporar) e reaquecendo até atingir a temperatura correta.

Barrinhas Caseiras de Caramelo com Chocolate

200 g (1 ½ xícara) de marshmallow de colher
340 g de chocolate branco picado ou cortado em pedaços pequenos
½ xícara de açúcar de confeiteiro
¼ de xícara de leite em pó
2 colheres (sopa) de xarope de milho
1 colher (sopa) de extrato de baunilha

1. Unte com manteiga uma fôrma quadrada de 20 cm. Forre com papel-manteiga, de modo que o papel suba para os lados, para conseguir tirar mais fácil depois.
2. Coloque todos os ingredientes em um recipiente próprio para micro-ondas e deixe cozinhar na potência alta por 45 segundos. Mexa bem. Não pule essa parte, pois o marshmallow pode subir e queimar.
3. Coloque a tigela de volta no micro-ondas por mais um minuto e mexa bem. A mistura terá engrossado. Despeje na fôrma untada e alise a parte de cima, pressionando as bordas com um pedaço de plástico-filme ou com uma luva de silicone descartável.
4. Deixe o caramelo esfriar completamente antes de tirar da fôrma e cortar em quadradinhos de 2 cm.

Rende 64 unidades

Pão Irlandês

A senhora Weasley sempre parece ter alguma comida à mão. Harry chega na Toca no meio da noite, sendo levado por Dumbledore depois de se encontrar com o professor Slughorn (ver *Harry Potter e o Enigma do Príncipe*, capítulo 5), e mesmo assim ela consegue servir uma deliciosa refeição, acompanhada de um pão irlandês fresquinho.

Os irlandeses não gostavam muito de pães levedados (por culpa de utensílios de cozinha inadequados), então eles devem ter ficado muito felizes quando descobriram a utilidade do bicarbonato de sódio, pois assim podiam preparar pães rápidos e fáceis com esse ingrediente. E é isso que eles fazem desde o final do século 19. Este pão é servido com sopas e ensopados e também rende uma torrada maravilhosa.

4 xícaras de farinha de trigo, mais um pouco para polvilhar
1 ½ colher (chá) de bicarbonato de sódio
1 ½ colher (chá) de cremor tártaro
1 colher (chá) de sal
3 colheres (sopa) de açúcar refinado
60 g (4 colheres de sopa) de manteiga
1 ovo grande batido
1 ½ xícara de buttermilk (leitelho)

1. Preaqueça o forno a 220°C. Unte e enfarinhe uma fôrma redonda de 22 cm.
2. Em uma tigela grande, misture a farinha, o bicarbonato de sódio, o cremor tártaro, o sal e o açúcar. Esfregue a manteiga com a ponta dos dedos até incorporar bem. A mistura ainda terá um aspecto farinhento, por causa da alta proporção de farinha que leva. Com uma colher de madeira, acrescente o ovo e o leitelho até que comece a formar uma massa. Despeje a massa em uma superfície polvilhada com farinha e sove rapidamente até incorporar bem. Faça um círculo com a massa e polvilhe a parte de cima com mais farinha. Coloque a massa na fôrma untada e corte um X de cerca de 1 cm de profundidade em cima da massa.
3. Asse por 15 minutos, reduza a temperatura para 180°C e asse por mais 40 minutos até o fundo ficar bem dourado.
4. Deixe esfriar completamente em uma grade antes de servir. O pão irlandês fica mais gostoso no dia em que é feito, mas dá para fazer uma torrada deliciosa com ele depois do primeiro dia. Sirva com sopa ou ensopado.

Rende 1 pão

Pudim Caramelado

Parece que Harry gosta de tudo que tem caramelo. Ele sempre escolhe a torta de caramelo e parece gostar bastante do pudim caramelado que a senhora Weasley preparou para ele na Toca na noite antes de ele partir para Hogwarts (ver *Harry Potter e a Câmara Secreta*, capítulo 5).

Na Inglaterra, este pudim é feito com um ingrediente chamado *treacle*, que, como o melado, é feito durante o processo de refino do açúcar. A versão mais escura é parecida com melado e a versão mais clara é chamada também de *golden syrup*, ou xarope dourado, mas ambas são muito difíceis de encontrar por aqui. Nesta receita, usa-se o melado como um bom substituto.

2 ½ xícaras de farinha de trigo
1 colher (chá) de bicarbonato de sódio
1 colher (chá) de fermento químico
¼ de colher (chá) de sal
240 g (16 colheres de sopa) de manteiga em temperatura ambiente
½ xícara de açúcar refinado
1 xícara de melado
3 ovos grandes em temperatura ambiente
Suco e raspas da casca de 1 limão
⅔ de xícara de leite em temperatura ambiente

1. Encha uma panela grande com água e coloque uma tigela rasa de cabeça para baixo dentro da panela. Leve para ferver. Unte e enfarinhe uma fôrma de pudim de 2 l, uma fôrma de bolo redonda ou uma tigela de vidro com tampa. Reserve.
2. Misture a farinha, o bicarbonato de sódio, o fermento químico e o sal em uma tigela e reserve. Em uma tigela grande, bata a manteiga, o açúcar e ⅓ de xícara de melado, até virar um creme claro e aerado. Vá adicionando os ovos um de cada vez. Acrescente o suco e as raspas da casca de limão e mexa até incorporar. Vá intercalando a mistura de farinha com o leite, adicionando à batedeira na velocidade mais baixa e sempre terminando com a farinha. Use uma espátula de silicone para raspar as laterais e o fundo da tigela e faça movimentos circulares com a espátula para misturar bem.

Pudim Caramelado

Continuação

3. Despeje ½ xícara de melado no fundo da fôrma ou tigela de vidro. Depois, transfira a massa da batedeira para a fôrma e alise a parte de cima com uma espátula de silicone. Cubra bem com a tampa e coloque na panela, por cima da tigela de ponta-cabeça. Encha a panela de água até metade da altura da fôrma. Cubra a panela e deixe cozinhar em fogo baixo por 2 horas e meia. Verifique a panela de vez em quando para ver se é necessário acrescentar mais água (não deixe a panela ficar sem água).
4. Retire o pudim da panela. Retire a tampa e vire o pudim em um prato para servir. Sirva com o melado quente que sobrou por cima.

Rende 8 porções

Chocolate Quente

Depois de Harry ter sido levado embora do carro do senhor Weasley, ele curte o resto do verão com Rony na Toca. Na última noite antes do começo das aulas, ele se deleita com um jantar delicioso preparado pela senhora Weasley, que termina com uma sobremesa e um chocolate quente (ver *Harry Potter e a Câmara Secreta*, capítulo 5).

Antes de Coenraad van Houten nascer, as pessoas bebiam chocolate quente com piscinas de gordura boiando por cima. Foi o químico holandês que descobriu como separar a manteiga de cacau dos grãos, no início do século 19. Além disso, ele inventou o cacau em pó alcalino, que é infinitamente melhor do que cacau em pó natural. Todos os chocólatras devem muita gratidão a van Houten.

2 colheres (sopa) de açúcar refinado
2 colheres (sopa) de cacau em pó, preferencialmente alcalino
60 g de chocolate meio amargo picado
3 xícaras de leite integral
½ colher (chá) de extrato de baunilha
Chantilly para servir (opcional)
Cacau em pó para servir (opcional)

1. Misture o açúcar e o cacau em pó em uma panela pequena. Adicione o chocolate e o leite e deixe cozinhar em fogo médio/alto, mexendo sem parar, até ficar quente e começar a borbulhar. Retire do fogo e adicione a baunilha.
2. Sirva o chocolate quente imediatamente em quatro xícaras de chá. Você pode servir com uma colherada de chantilly por cima, polvilhado com cacau em pó.

Serve 4 porções

Observação: para fazer um chocolate quente rápido, coloque 1 colher de chá bem cheia de cacau em pó, 3 a 4 colheres de chá bem cheias de açúcar e um pinguinho de extrato de baunilha em uma caneca grande. Despeje um pouco de água fervente e mexa bem até dissolver. Adicione mais água fervente até atingir ¾ da caneca. Mexa bem e depois adicione leite e/ou creme de leite até encher a caneca. Para fazer um café moca instantâneo, adicione uma colher de chá de café instantâneo em pó. Para fazer chocolate quente mexicano, adicione ¼ de colher de chá de canela junto com o açúcar e o cacau antes de mexer, ou use um pedaço de pau de canela para mexer o chocolate quente, para dar um toque de canela. Para um chocolate quente mais cremoso, troque o chocolate amargo por chocolate branco. Outra opção é colocar minimarshmallows na caneca de chocolate quente, em vez do chantilly.

Crocantes de Nozes

No terceiro ano dos garotos em Hogwarts, a senhora Weasley manda a Harry vários docinhos deliciosos e um deles é este crocante de nozes. Mas Harry mal nota essas delícias de dar água na boca quando vê a Firebolt que algum benfeitor misterioso lhe mandou (ver *Harry Potter e o Prisioneiro de Azkaban*, capítulo 11).

Estes crocantes de nozes são um dos doces mais deliciosos do mundo e, quando você vê, já comeu meio quilo deles sem nem se dar conta. É um doce muito antigo, e por um bom motivo. É fácil de fazer, basta ter bastante atenção à temperatura.

1 xícara de açúcar refinado
½ xícara de xarope de milho
¼ de xícara de água
¼ de colher (chá) de sal
30 g (2 colheres de sopa) de manteiga
1 ½ xícara de castanhas cruas picadas (amêndoas, nozes-pecã, amendoim ou qualquer tipo de castanha que você goste)
½ colher (chá) de extrato de baunilha
½ colher (chá) de bicarbonato de sódio

1. Unte com óleo ou manteiga uma fôrma alta e forre com papel-manteiga. Prenda um termômetro culinário em uma panela com capacidade para 4 litros. Coloque o açúcar, o xarope de milho, a água e o sal na panela e deixe cozinhar em fogo médio/alto, mexendo sem parar, até a temperatura atingir 140°C.
2. Adicione a manteiga e as castanhas e deixe cozinhar mais um pouco, mexendo sem parar, até a temperatura atingir 150°C. Retire do fogo e adicione a baunilha e o bicarbonato de sódio (a mistura vai borbulhar e subir bastante).
3. Despeje a mistura na fôrma preparada e espalhe o máximo que conseguir com uma colher de madeira, até chegar a 5 mm de espessura. Deixe esfriar por completo antes de quebrar em pedaços e comer.

Rende aproximadamente 500 g

Caramelo Toffee Clássico

As proezas da senhora Weasley na cozinha são mesmo impressionantes. Até mesmo os mais habilidosos cozinheiros domésticos preferem não se arriscar a fazer caramelo toffee em casa. E não é que a senhora Weasley manda ovos de Páscoa recheados de caramelos caseiros para Harry, Rony e Hermione? Para decepção de Hermione, o ovo que ela ganha é bem menor. Parece que a senhora Weasley tem lido fofocas sobre a Hermione no Semanário das Bruxas (ver *Harry Potter e o Cálice de Fogo*, capítulo 28).

O caramelo toffee é um doce feito com bastante manteiga e pode ser duro ou macio, mas não tem nada a ver com aqueles caramelos grudentos que quase arrancam os dentes. É muito fácil errar esta receita. É preciso ficar bem atento à temperatura e mexer o tempo todo para não deixar queimar. Não se desespere se você não conseguir nas primeiras tentativas. Vale a pena aprender a fazer este docinho delicioso.

**A lecitina de soja evita que a gordura se separe. É possível encontrar esse ingrediente nas lojas de comida saudável, mas também é possível fazer o caramelo toffee sem isso.*

1 xícara de açúcar refinado
½ xícara de xarope de milho
180 g (12 colheres de sopa) de manteiga
½ xícara de creme de leite fresco
¼ de colher (chá) de cremor tártaro
¾ de colher (chá) de sal
1 colher (chá) de lecitina de soja (opcional)*
1 colher (chá) de extrato de baunilha

1. Unte com óleo ou manteiga uma fôrma alta e forre por baixo e dos lados com papel-manteiga, para conseguir tirar mais fácil. Coloque o açúcar, o xarope de milho, a manteiga, o creme de leite, o cremor tártaro, o sal e a lecitina de soja em uma panela média e deixe cozinhar em fogo médio/alto, mexendo sem parar, até incorporar tudo. Abaixe o fogo para médio/baixo. Vá pincelando as laterais da panela com um pincel culinário mergulhado na água quente para desfazer os cristais de açúcar. Esses cristais na lateral da panela podem fazer com que o caramelo toffee cristalize.

Caramelo Toffee Clássico

Continuação

2. Prenda um termômetro culinário na panela. Deixe cozinhar mais, mexendo sem parar, até a temperatura atingir 150°C.
3. Retire a panela do fogo e adicione a baunilha em seguida. Imediatamente, despeje a mistura na fôrma preparada e espalhe até as extremidades da fôrma, usando uma colher de madeira. É preciso trabalhar ligeiro, porque o doce endurece bem rápido. Deixe esfriar completamente na fôrma.
4. Quando o doce estiver completamente frio, tire da fôrma usando as sobras de papel-manteiga como alças. Retire o papel-manteiga e quebre o caramelo toffee em lascas.

Rende cerca de 1 quilo

Observação: para fazer um caramelo toffee de noz-pecã, adicione 2 xícaras de nozes-pecã cruas quando o caramelo atingir a temperatura de 140°C e mexa sem parar até chegar à temperatura de 150°C. Proceda como descrito acima. Para fazer caramelo toffee de chocolate e noz-pecã, espalhe 220 g de chocolate derretido no lado mais liso, sem as nozes-pecã. Para fazer caramelo toffee de chocolate, espalhe 450 g de chocolate derretido de ambos os lados.

Muffins Gigantes de Mirtilo com Farofa Crocante

Harry está muito nervoso na manhã da sua fatídica audiência, mas a senhora Weasley lhe oferece diversas opções de café da manhã no largo Grimmauld, e este bolinho é uma delas. No final das contas, não faz diferença qual das opções Harry escolhe, porque ele mal consegue mastigar (ver *Harry Potter e a Ordem da Fênix*, capítulo 7).

Quando o fermento químico foi descoberto nos Estados Unidos na virada do século 19, logo depois foram inventados os muffins, sendo que o de mirtilo é um dos mais apreciados. Os americanos não guardaram a descoberta para si e, portanto, esses bolinhos individuais também são consumidos no café da manhã na Inglaterra.

Rende 12 unidades

Observação: para fazer muffins de maçã e canela, adicione 2 colheres de chá de canela em pó à farinha na primeira etapa. Exclua a baunilha e as raspas da casca de limão da segunda etapa e substitua os mirtilos por maçãs em cubinhos. Asse da mesma forma.

2 xícaras de farinha de trigo
2 colheres (chá) de bicarbonato de sódio
¼ de colher (chá) de sal
2 ovos em temperatura ambiente
1 xícara de açúcar refinado
120 g (8 colheres de sopa) de manteiga derretida
Raspas da casca de 1 limão siciliano
1 colher (chá) de extrato de baunilha
1 xícara de creme azedo em temperatura ambiente
400 g de mirtilos lavados e secos
Açúcar demerara para polvilhar

1. Preaqueça o forno a 180°C. Unte e enfarinhe uma fôrma para 12 muffins. Em uma tigela, misture a farinha, o bicarbonato de sódio e o sal. Reserve.
2. Em uma tigela grande, bata os ovos. Acrescente o açúcar e continue batendo até virar um creme leve e fofo. Acrescente a manteiga derretida, sempre mexendo bem rápido. Acrescente as raspas da casca do limão siciliano e a baunilha. Alternadamente, vá colocando um pouco da mistura de farinha e um pouco do creme azedo, sempre começando e terminando com a farinha. A massa fica bem grossa. Acrescente os mirtilos.
3. Divida a massa entre as forminhas de muffin (a massa deve chegar até a borda das fôrmas). Polvilhe a parte de cima dos muffins com o açúcar demerara. Asse os muffins por 25 minutos, girando a fôrma na metade do tempo de cozimento, até que a parte de cima fique bem dourada.

Torta de Frutas Secas e Nozes

Tortas de frutas secas e nozes são bem natalinas, e é claro que a senhora Weasley manda algumas dessas tortas de presente de Natal para Harry, junto com outras delícias (ver *Harry Potter e o Prisioneiro de Azkaban*, capítulo 11).

Se você comer torta de frutas secas e nozes nos doze dias que antecedem o Natal, de preferência em casas diferentes, você terá um bom ano, diz uma velha superstição de Yorkshire. Essas tortas natalinas costumavam ser feitas à base de carne misturada com maçãs, frutas secas, gordura, açúcar, especiarias e conhaque. Há uns duzentos anos, a carne bovina começou a ser deixada de lado — ainda bem. Essa receita usa manteiga em vez de banha, pois não é muito fácil encontrar gordura animal no mercado.

Massa da Torta

2 ½ xícaras de farinha de trigo
2 colheres (sopa) de açúcar refinado
½ colher (chá) de sal
120 g (8 colheres de sopa) de manteiga gelada e cortada em pedaços
½ xícara (8 colheres de sopa) de gordura vegetal gelada e cortada em pedaços grandes
½ a ¾ de xícara de água gelada

Recheio de Frutas Secas e Nozes

½ xícara de uvas-passas pretas
½ xícara de uvas-passas brancas
½ xícara de passas de corinto ou mais uvas-passas, pretas ou brancas
Suco e raspas da casca de 1 limão
Suco e raspas da casca de 1 laranja
1 xícara de suco de maçã
2 maçãs verdes descascadas, sem caroço e picadas
2 maçãs doces (como Fuji ou Gala), descascadas, sem caroço e picadas
1 xícara de açúcar mascavo
¼ de colher (chá) de sal
1 colher (chá) de canela em pó
¼ de colher (chá) de noz-moscada moída
⅛ de colher (chá) de pimenta-da-jamaica moída
⅛ de colher (chá) de cravo em pó
60 g (4 colheres de sopa) de manteiga
1 ovo grande batido com 1 colher (sopa) de água, para pincelar as tortas
1 colher (sopa) de canela em pó misturada com 3 colheres (sopa) de açúcar, para polvilhar

Torta de Frutas Secas e Nozes

Continuação

1. Para fazer a massa, bata a farinha, o açúcar, o sal, a manteiga e a gordura vegetal no processador de alimentos até ficar com uma consistência de farofa. Adicione ½ xícara de água e processe alguns segundos até que a massa vire uma bola. Adicione mais 1 colher de sopa de água de cada vez se a massa estiver seca (melhor que fique mais úmida do que muito seca). Divida a massa ao meio e sove cada metade ligeiramente. Forme discos com as massas, embrulhe em plástico-filme e leve à geladeira por 1 hora ou por até 3 dias.
2. Para fazer o recheio, misture todos os ingredientes do recheio, exceto a manteiga, em uma panela grande. Deixe cozinhar em fogo médio/alto, mexendo sem parar, até a mistura ferver. Abaixe o fogo e deixe cozinhar em fogo brando por 1 hora e meia. Aumente o fogo novamente, deixe ferver e cozinhe, mexendo sem parar, até o líquido evaporar e a mistura ficar bem espessa, por cerca de 10 minutos. Retire a panela do fogo e adicione a manteiga. Deixe esfriar até atingir a temperatura ambiente e depois leve para gelar.
3. Abra um disco de massa sobre uma superfície enfarinhada até atingir 1 cm de espessura. Use um cortador de biscoitos redondo de 10 cm de diâmetro para cortar 10 círculos de massa. Não estique a massa novamente. Se render menos de 10 círculos, não tem problema (a massa vai ficar dura se você esticar novamente). Coloque os círculos de massa em uma fôrma para 12 muffins.
4. Recheie cada tortinha com uma colher de sopa bem cheia do recheio de frutas secas e nozes (vai sobrar bastante recheio; leia a observação para saber como usar o restante). Em uma superfície enfarinhada, estique o segundo disco até a massa ficar com 1 cm de espessura. Use um cortador de biscoitos redondo de 7 cm para cortar mais 10 círculos de massa. Umedeça as bordas das tortas e feche-as, colocando os círculos de massa por cima e pressionando as bordas com um garfo (ou com os dedos).
5. Preaqueça o forno a 180°C. Pincele a parte de cima das tortas com o ovo batido e polvilhe com açúcar e canela. Com uma faca, faça fendas para deixar o vapor sair durante o cozimento. Encha as forminhas de muffins que ficaram vazias com água. Asse por 30 a 40 minutos, até dourar bem. Deixe as tortas esfriarem completamente na fôrma. Passe uma faca pelas bordas da fôrma para retirar as tortas.

Rende cerca de 10 tortas

Observação: existem várias maneiras deliciosas de usar o recheio de frutas secas e nozes que sobrar. Para fazer um cobbler de frutas secas e nozes, coloque o restante do recheio em uma fôrma quadrada de 20 centímetros untada e, por cima, distribua o restante da massa. Pincele com o resto do ovo batido, polvilhe com açúcar de canela e leve ao forno junto com as tortas. Você também pode misturar uma xícara do recheio a um litro de sorvete de creme amolecido e congelar novamente até firmar (ver Sorvete de Frutas Secas e Nozes no capítulo 8). Os adultos podem adicionar ¼ de xícara de conhaque à manteiga na segunda etapa para fazer um recheio mais autêntico. O recheio se conserva bem na geladeira por vários meses. Para economizar tempo, você pode usar massa de torta congelada ou massa folhada comprada pronta.

Crumble de Ruibarbo com Creme de Baunilha

O primeiro jantar de Harry na sede da Ordem da Fênix é uma refeição espetacular, seguida de uma sobremesa incrível preparada pela cozinheira preferida do Harry. A cordialidade inspirada pela boa comida desaparece rapidinho, logo depois de comerem essa sobremesa de ruibarbo com creme de baunilha, quando Sirius permite que Harry pergunte o que quiser sobre a Ordem da Fênix (ver *Harry Potter e a Ordem da Fênix*, capítulo 5).

No século 16, era comum comer compota de ruibarbo para fins medicinais. Mas não funcionava muito bem — não acabou com a peste bubônica. Três séculos depois, o ruibarbo finalmente encontrou o seu lugar nas tortas e fica muito melhor assim do que como remédio. Se você experimentar esta receita, vai entender por que Harry repetiu três vezes.

Recheio de Ruibarbo

500 g de ruibarbo congelado
½ xícara de açúcar refinado
1 colher (chá) de raspas de casca de limão
1 colher (chá) de bicarbonato de sódio

Cobertura Crocante

1 xícara de farinha de trigo
1 xícara bem cheia de açúcar mascavo
½ xícara de noz-pecã
½ colher (chá) de canela em pó
60 g (4 colheres de sopa) de manteiga gelada e cortada em pedaços

Creme de Baunilha

¼ de xícara de açúcar refinado
1 pitada de sal
1 colher (sopa) de amido de milho
1 xícara de leite integral e ½ xícara de creme de leite fresco ou 1 ½ xícara de leite integral
3 gemas de ovos grandes
1 ½ colher (chá) de extrato de baunilha

Crumble de Ruibarbo com Creme de Baunilha

Continuação

1. Preaqueça o forno a 180°C. Misture o ruibarbo, o açúcar, as raspas de limão e o bicarbonato de sódio em uma assadeira de 20 cm. Asse por 10 minutos.
2. Enquanto o ruibarbo assa, faça a cobertura crocante. Misture a farinha, o açúcar mascavo, as nozes-pecã e a canela em uma tigela. Adicione a manteiga e esfregue com a ponta dos dedos até a mistura ficar parecida com areia úmida.
3. Retire o ruibarbo do forno, mexa um pouco e coloque a cobertura crocante por cima, espalhando até as bordas com os dedos. Leve a assadeira de volta ao forno e asse por 50 minutos ou até que o ruibarbo borbulhe nas bordas.
4. Para fazer o creme de baunilha, misture o açúcar, o sal e o amido de milho em uma panela pequena de fundo grosso. Junte o leite e o creme de leite fresco e continue mexendo até dissolver o amido de milho. Cozinhe em fogo médio/alto mexendo sem parar até esquentar bem, mas sem borbulhar. Abaixe o fogo e tempere as gemas (ver Dicas Úteis), transfira a mistura de gemas para a panela e cozinhe o creme, mexendo sempre. Aumente o fogo para a temperatura média e continue cozinhando, até o creme engrossar e começar a borbulhar. Retire a panela do fogo e passe o creme por uma peneira. Adicione a baunilha e mexa bem. Sirva o crumble de ruibarbo junto com o creme de baunilha quente.

Rende 8 porções

Observação: o bicarbonato de sódio ajuda a neutralizar a acidez do ruibarbo, deixando-o um pouco mais suave e palatável. Se você prefere uma sobremesa mais ácida, não precisa acrescentar o bicarbonato de sódio.

Sopa de Cebola Cremosa

Antes do início do ano letivo, Dumbledore leva Harry à Toca no meio da noite, e a senhora Weasley serve uma tigela generosa de sopa de cebola quentinha (ver *Harry Potter e o Enigma do Príncipe*, capítulo 5). Esta sopa encorpada e cremosa é o prato perfeito para servir para um viajante cansado que chega na sua casa à uma da manhã. Sirva com fatias grossas de Pão Irlandês (capítulo 5).

Foram os romanos que levaram cebolas para a Grã-Bretanha — embora os romanos não falassem muito sobre elas em seus livros de receitas. O único livro de receitas romano que temos hoje, chamado de *Apicius*, mal menciona o uso de cebolas, porque os romanos não gostavam do mau hálito que elas deixavam na boca. Mas hoje temos pastilhas de menta, então podemos mandar ver nas cebolas!

30 g (2 colheres de sopa) de manteiga
2 cebolas grandes cortadas no sentido do comprimento e em fatias de 3 mm de espessura
4 xícaras de caldo de frango ou legumes
Pimenta-do-reino moída na hora
Sal
2 xícaras de leite integral
⅓ de xícara de farinha

1. Aqueça a manteiga em uma panela com capacidade para 4 litros. Adicione a cebola à panela e cozinhe em fogo baixo até caramelizar a cebola, por cerca de 30 minutos.
2. Adicione o caldo de frango ou de legumes, sal e pimenta a gosto. Deixe ferver, reduza o fogo e deixe refogar até as cebolas ficarem bem macias, por cerca de 30 minutos.
3. Misture ⅓ de xícara de leite com a farinha em uma tigela, usando um batedor até desfazer os grumos. Vá adicionando essa mistura de leite e farinha devagar à sopa, mexendo sempre. Cozinhe, sem parar de mexer, até a sopa engrossar. Adicione o restante do leite e deixe aquecer, sem ferver.

Rende 6 porções

Almôndegas com Molho de Cebola da Molly

Na manhã do julgamento de Harry, o senhor Weasley encontra Quim Shacklebolt no Ministério da Magia. Eles fingem não se conhecer, mas o senhor Weasley consegue falar baixinho que Molly está preparando almôndegas para o jantar, caso ele queira fazer uma visita (ver *Harry Potter e a Ordem da Fênix*, capítulo 7).

Não há muito o que dizer sobre almôndegas. Não precisa ter muita criatividade para moer um pouco de carne, misturar com outras coisas, modelar e cozinhar. Antigamente, uma mistura de carne moída com migalhas de pão e temperos era usada como recheio ou para comer pura. Você pode encontrar essa receita em livros antigos de receitas inglesas, sob o nome de *forcemeat balls*. Já a receita a seguir cria uma variação interessante da clássica receita de espaguete com almôndegas.

Almôndegas

½ xícara de farinha de rosca
2 ovos grandes
¼ de xícara de água
1 cebola bem picada
2 colheres (sopa) de salsinha fresca picada
½ colher (chá) de sal
¼ de colher (chá) de pimenta-do-reino moída
¼ de colher (chá) de noz-moscada moída
500 g de carne moída com pouca gordura

Molho de Cebola

2 colheres (sopa) de óleo vegetal
1 cebola picada
1 colher (sopa) de farinha de trigo
400 ml de caldo de frango

1. Em uma tigela grande, misture a farinha de rosca, os ovos, a água, a cebola, a salsinha, o sal, a pimenta e a noz-moscada. Acrescente a carne e misture bem.
2. Para fazer o molho de cebola, aqueça o óleo em uma frigideira e acrescente a cebola picada. Cozinhe em fogo médio, mexendo de vez em quando, até a cebola ficar bem dourada. Acrescente a farinha e mexa. Vá despejando o caldo de frango e deixe cozinhar, mexendo sem parar, até o molho engrossar e borbulhar. Modele a massa das almôndegas na forma de bolas de 4 cm de diâmetro e coloque-as para cozinhar no molho. Deixe cozinhar em fogo brando, com a panela tampada, por 15 minutos, até que as almôndegas estejam cozidas. Vá raspando o fundo da panela de vez em quando para evitar que queime. Sirva com arroz, purê de batatas ou macarrão.

Rende 6 porções

Couve-de-Bruxelas com Castanhas

Enquanto preparam uma montanha de couves-de-bruxelas para a senhora Weasley, Harry e Rony têm uma discussão acalorada sobre o fato de o professor Snape ter se oferecido para ajudar Draco Malfoy. Para o desgosto de Rony, ele e Harry precisam preparar meticulosamente cada couvezinha sem usar magia (ver *Harry Potter e o Enigma do Príncipe*, capítulo 16).

Os romanos — grande novidade — levaram as castanheiras para a Grã-Bretanha. Por muitos anos, esse tipo de castanha, conhecida como castanha portuguesa, era moída e misturada com farinha, mas hoje o jeito mais comum de consumi-las é assando-as. É muito comum comer castanhas portuguesas com couve-de-bruxelas no Natal.

500 g de couve-de-bruxelas
1 xícara de água
½ colher (chá) de sal
30 g (2 colheres de sopa) de manteiga
1 xícara de castanhas picadas
2 colheres (sopa) de açúcar mascavo
1 pitada de noz-moscada ralada

1. Coloque as couves-de-bruxelas, água e sal e leve para ferver em uma panela média. Abaixe o fogo e cozinhe por 7 minutos, até as couves ficarem macias. Escorra a água e corte as couves-de-bruxelas em quatro partes.
2. Aqueça a manteiga em uma frigideira até levantar uma espuma. Acrescente as couves, as castanhas, o açúcar mascavo e a noz-moscada. Deixe cozinhar, mexendo sem parar, até aquecer bem. Sirva imediatamente.

Rende de 4 a 6 porções

Sorvete Duplo de Morango

Quem não gostaria de ter uma cozinheira como a senhora Weasley em casa? Imagine só encerrar um jantar durante a semana com um sorvete de morango feito em casa. Harry saboreou essa sobremesa esplêndida para encerrar um jantar esplêndido na noite antes de ir ver a fatídica partida internacional de quadribol (ver *Harry Potter e o Cálice de Fogo*, capítulo 5).

"Sem dúvidas Deus poderia ter feito uma fruta melhor, mas sem dúvidas Deus não fez", disse o doutor William Butler, um escritor do século 16. Naquela época, as pessoas comiam morango com creme de leite, que continua sendo um sucesso até hoje — e, para ficar ainda melhor, que tal misturar esses dois ingredientes e transformá-los em um sorvete?

500 g de morangos picados
¼ de xícara de açúcar refinado
1 xícara de geleia de morango
1 ½ xícara de leite
1 ½ xícara de creme de leite fresco
3 gemas grandes

1. Misture os morangos com o açúcar e deixe descansar por 1 hora para soltar o líquido da fruta. Escorra bem e separe o suco. Reserve.
2. Misture a geleia de morango, o leite e o creme de leite em uma panela média e cozinhe em fogo alto, mexendo sempre, até que a geleia derreta e a mistura esteja homogênea. Não deixe ferver. Tempere as gemas (ver Dicas Úteis) e leve a mistura de gemas à panela, sem parar de mexer. Deixe cozinhar até o creme engrossar um pouco. Não deixe ferver. Passe a mistura por uma peneira.
3. Misture o líquido do morango reservado. Coloque um pedaço de plástico-filme diretamente sobre a superfície para evitar que se forme uma película e deixe esfriar até chegar à temperatura ambiente. Em recipientes separados, leve à geladeira os morangos picados e o creme, até o creme esfriar completamente, por cerca de 6 horas.
4. Usando uma sorveteira, bata a base do sorvete conforme o manual de instruções. Adicione os morangos reservados 2 minutos antes de parar de bater, apenas para incorporar. Transfira para um recipiente hermético e congele até ficar firme.

Rende cerca de 6 xícaras

Torta Aberta de Maçã

Por mais bravo que ele esteja, nada afeta o apetite do Rony. Enquanto come essa torta, ele ralha com sua mãe porque ela o está obrigando a limpar o próprio quarto. Isso sim é impressionante! (ver *Harry Potter e as Relíquias da Morte*, capítulo 6).

Um livro de receitas inglês do século 14 chamado *The Forme of Cury* — sim, havia livros de receita naquela época — fala sobre tortas. Este é um tipo de torta baixa e aberta, sem massa por cima. Isso é tudo o que você precisa saber sobre tortas.

Massa da Torta

1 ¼ xícara de farinha de trigo
½ xícara de açúcar refinado
¼ de colher (chá) de sal
120 g (8 colheres de sopa) de manteiga gelada e cortada em pedacinhos
1 gema grande
3 colheres (sopa) de creme de leite fresco
1 colher (chá) de extrato de baunilha

Recheio

5 colheres (sopa) de manteiga
4 maçãs vermelhas descascadas, sem os miolos e fatiadas
½ xícara de açúcar refinado dividida em duas partes iguais e mais um pouco para polvilhar
½ colher (chá) de canela moída
4 maçãs verdes descascadas, sem os miolos e fatiadas

Torta Aberta de Maçã

Continuação

1. Para fazer a massa, bata a farinha, o açúcar, o sal e a manteiga no processador de alimentos até ficar com uma consistência de farofa. Misture a gema, o creme de leite e a baunilha e coloque junto no processador. Processe por alguns segundos apenas até a massa virar uma bola e, em seguida, sove-a ligeiramente. Modele a massa em formato de disco, embrulhe em plástico-filme e leve à geladeira por 1 hora ou por até 3 dias. Se a massa ficar muito dura, deixe descansar em temperatura ambiente para amolecer por cerca de 15 minutos.
2. Preaqueça o forno a 200°C. Abra a massa sobre uma superfície enfarinhada e coloque-a em uma fôrma de torta de 23 cm com fundo removível. Vá colocando as laterais delicadamente na fôrma e pressione a massa nos lados. Apare as sobras de massa da fôrma passando um rolo de macarrão por cima. Faça vários furos no fundo da massa com um garfo.
3. Coloque uma camada de papel-alumínio por cima da massa da torta e encha com grãos de feijão ou bolinhas de cerâmica culinárias. Asse até que a massa esteja firme, mas ainda clara, por cerca de 20 minutos. Retire o fundo da torta do forno e remova o papel-alumínio e os pesos.
4. Para fazer o recheio, derreta 2 colheres de sopa de manteiga em uma frigideira grande. Quando começar a espumar, acrescente as maçãs vermelhas, ¼ de xícara de açúcar e a canela. Cozinhe em fogo médio/alto, mexendo sempre, até as maçãs ficarem macias. Continue cozinhando e vá pressionando o fundo da panela com o maior copo medidor resistente ao calor que você tiver, para esmagar boa parte das maçãs. Cozinhe, mexendo sempre, até que as maçãs estejam douradas e todo o líquido seja absorvido. O tempo total de cozimento deve ser de cerca de 20 minutos. Transfira as maçãs para um prato e deixe esfriar em temperatura ambiente.
5. Limpe a frigideira com papel-toalha e aqueça 2 colheres de sopa de manteiga. Quando a manteiga espumar, adicione as maçãs verdes e ¼ de xícara de açúcar que sobrou. Cozinhe em fogo médio/alto, mexendo sempre, até as maçãs começarem a ficar macias. Transfira-as para um prato e deixe esfriar até atingir temperatura ambiente.
6. Preaqueça o forno a 180°C. Espalhe a maçã vermelha cozida em uma camada uniforme sobre o fundo da torta. Disponha as fatias de maçã verde em círculos concêntricos por cima da maçã vermelha esmagada. Derreta o restante da manteiga e pincele sobre as fatias de maçã. Polvilhe generosamente com açúcar e leve ao forno até as bordas das maçãs ficarem bem douradas, por cerca de 25 minutos. Sirva quente ou em temperatura ambiente com uma bola de sorvete de creme.

Rende 8 porções

Frango Assado com Ervas e Purê de Batatas com Alho e Cebola

O apetite de Harry volta depois que ele é inocentado de todas as imputações contra ele, e o bruxo fica feliz quando vê que a senhora Weasley preparou frango assado com batatas. Mas ainda é difícil para ele comer quando se lembra de Dumbledore, o que faz sua cicatriz arder (ver *Harry Potter e a Ordem da Fênix*, capítulo 9).

Ervas são muito importantes para os alunos da Escola de Magia e Bruxaria de Hogwarts e também para bruxas e bruxos de muitas histórias. Os Wiccas e outros pagãos (muitas vezes chamados de bruxos) as usam em seus rituais, e os naturólogos usam ervas em seus remédios. Já nós usamos ervas para dar sabor à comida, como no delicioso frango da receita a seguir.

Frango com Ervas

1 cebola média fatiada
6 dentes de alho descascados
2 colheres (sopa) de manteiga amolecida ou margarina
¼ de colher (chá) de tomilho em pó
¼ de colher (chá) de sálvia em pó
1 colher (sopa) de salsinha fresca picada
1 frango de 1,5 kg
Sal e pimenta-do-reino moída na hora
½ xícara de água

Purê de Batatas

1 kg (cerca de 6 unidades) de batatas-inglesas descascadas e cortadas em quatro partes
2 colheres (sopa) de óleo vegetal
1 cebola média picada
2 dentes de alho triturados
½ xícara de óleo vegetal
1 xícara de caldo de frango
Sal e pimenta-do-reino moída na hora

Frango Assado com Ervas e Purê de Batatas com Alho e Cebola

Continuação

1. Preaqueça o forno a 180°C e faça uma camada de fatias de cebola e dentes de alho em uma assadeira.
2. Misture a manteiga ou margarina com o tomilho, a sálvia e a salsinha e espalhe por baixo da pele do peito e das coxas do frango. Você terá que soltar a pele primeiro, erguendo pela dobra da pele e colocando seus dedos por baixo. Coloque o frango na assadeira, com o lado do peito para cima, por cima da cebola e do alho e tempere com sal e pimenta. Coloque a água na assadeira.
3. Asse por 50 minutos. Gire a assadeira, aumente a temperatura para 240°C e asse por mais 30 minutos, até que o termômetro culinário marque 75°C ao ser inserido na coxa do frango.
4. Enquanto o frango assa, prepare o purê de batatas. Cubra as batatas com água em uma panela grande e deixe ferver. Reduza o fogo e deixe cozinhar em fogo baixo até as batatas ficarem macias.
5. Aqueça 2 colheres de óleo em uma frigideira e adicione a cebola. Refogue a cebola em fogo médio, mexendo sem parar, até os pedaços ficarem bem dourados, por cerca de 10 minutos. Acrescente o alho e refogue até levantar o cheiro, por cerca de 15 segundos. Retire do fogo.
6. Escorra as batatas. Adicione a mistura de alho e cebola, ½ xícara de óleo vegetal, o caldo de frango, sal e pimenta. Esmague com um esmagador de batatas.

Rende 4 porções

Quatro Tortas Deliciosas

Determinados a não deixar Harry morrer de fome na casa dos Dursley, seus amigos lhe enviam docinhos e bolos, enquanto a senhora Weasley manda comidas mais substanciosas! Ela lhe envia diversas tortas de carne, junto com um bolo de frutas, para que ele faça refeições melhores do que um simples pedaço de grapefruit (ver *Harry Potter e o Cálice de Fogo*, capítulo 3). As quatro tortinhas individuais abaixo são receitas inglesas clássicas.

Tortas individuais de carne são um lanche bem tradicional na Inglaterra, então não é surpresa alguma que a senhora Weasley tenha mandado várias para o Harry.

Tortinhas Individuais de Carne

Massa da Torta

2 ½ xícaras de farinha de trigo

1 colher (chá) de sal

120 g (8 colheres de sopa) de manteiga gelada e cortada em pedaços

½ xícara (8 colheres de sopa) de gordura vegetal gelada e cortada em pedaços

½ a ¾ de xícara de água gelada

Recheio

3 colheres (sopa) de óleo vegetal

250 g de acém com a gordura aparada e cortado em cubos de 1 cm

1 cebola média bem picada

100 a 150 g de cogumelos picados

1 colher (sopa) de farinha de trigo

1 xícara de caldo de frango

⅛ de colher (chá) de tomilho moído

1 colher (sopa) de extrato de tomate

Sal e pimenta

1 ovo grande batido com 1 colher (sopa) de água, para pincelar o topo das tortas

Quatro Tortas Deliciosas

Continuação

1. Para fazer a massa, bata a farinha, o sal, a manteiga e a gordura vegetal em um processador de alimentos até ficar com uma consistência de farofa. Adicione ½ xícara de água e bata por mais alguns segundos, apenas para a massa se juntar. Se estiver muito seca, adicione mais 1 colher de sopa de água de cada vez (melhor ficar mais úmida do que seca). Divida a massa em duas partes iguais, sove um pouco cada uma das partes, modele em formato de discos, envolva em plástico-filme e deixe refrigerar por 1 hora até no máximo 3 dias.
2. Para fazer o recheio, aqueça 1 colher de sopa de óleo em uma frigideira e frite a carne em fogo alto, metade de cada vez, até formar uma casquinha marrom. Transfira para um prato e reserve. Adicione o óleo restante na frigideira e leve ao fogo médio. Adicione a cebola e os cogumelos e refogue, mexendo e raspando o fundo, até que as cebolas estejam bem douradas. Adicione a farinha e mexa bem. Vá acrescentando o caldo de frango e mexendo até incorporar. Leve a carne de volta para a frigideira; adicione o tomilho, o extrato de tomate, o sal e a pimenta. Cozinhe por 2 horas. Transfira para uma tigela, cubra com plástico-filme e deixe esfriar até atingir temperatura ambiente.
3. Preaqueça o forno a 220°C. Em uma superfície polvilhada com bastante farinha, estique um dos discos até ficar bem fino. Use um cortador de biscoitos de 12 cm para cortar círculos. Encaixe os círculos de massa em uma fôrma para 6 muffins. Encha com bastante recheio de carne.
4. Estique o segundo disco de massa. Use um cortador de biscoitos de 8 cm de diâmetro para cortar seis círculos. Estique a sobra de massa e corte mais um círculo de 12 cm e um de 8 cm, para fazer mais uma torta (se for esse o caso, use uma fôrma para 12 muffins e encha o restante das forminhas com água). Pincele as sobras de massa com água e coloque os círculos menores por cima do recheio, pressionando com os dedos para selar as tortas. Pincele as tortas com o ovo batido e faça fendas com uma faca no topo de cada torta para deixar o vapor sair durante o cozimento. Asse por 10 minutos, depois abaixe o fogo para 180°C e asse por mais 20 minutos, até as tortinhas ficarem bem douradas.

Rende 6 ou 7 tortinhas

Observação: para economizar tempo, você pode usar massa de torta congelada ou massa folhada comprada pronta.

Quatro Tortas Deliciosas

Continuação

A tradicional carne de carneiro desta torta não é muito consumida hoje em dia, então você terá que usar carne de cordeiro. Para a nossa sorte, já não se costuma mais usar açúcar, frutas secas e especiarias doces nas tortas de cordeiro, e essas receitas são salgadas desde o século 18. Assim como as tortas a seguir, de vitela e carne suína, as tortas de cordeiro são tradicionalmente preparadas com uma massa feita à base de água quente, mas esta receita usa a mesma massa usada anteriormente para que a torta fique macia.

Tortinhas Individuais de Cordeiro

Recheio de Cordeiro

500 g de carne de cordeiro ou carneiro, com a gordura aparada e cortada em cubos de 1 cm (reservar os ossos para o caldo)
2 colheres (sopa) de óleo vegetal, dividido em duas partes iguais
1 cebola pequena picada
1 colher (sopa) de farinha de trigo
1 xícara de caldo de cordeiro ou carneiro
Pimenta-do-reino moída na hora

Caldo de cordeiro

Ossos de cordeiro ou carneiro
1 folha de louro
½ cenoura
½ talo de salsão
¼ de cebola
½ colher (chá) de sal
1 colher (chá) de folhas de alecrim desidratado
Vários ramos de salsinha
Vários ramos de endro

Massa da Torta

2 ½ xícaras de farinha de trigo
1 colher (chá) de sal
120 g (8 colheres de sopa) de manteiga gelada e cortada em pedaços
½ xícara (8 colheres de sopa) de gordura vegetal gelada e cortada em pedaços
½ a ¾ de xícara de água gelada
1 ovo grande batido com 1 colher (sopa) de água, para pincelar o topo das tortas

Quatro Tortas Deliciosas

Continuação

1. Para fazer o caldo, cubra os ossos com água em uma panela pequena, acrescente a folha de louro e deixe ferver. Abaixe o fogo e deixe cozinhar em fogo brando por 1 hora. Adicione a cenoura, o salsão, a cebola, o sal, o alecrim, a salsinha e o endro e deixe cozinhar por mais meia hora. Coe o caldo por uma peneira e deixe esfriar. Use um separador de gordura ou deixe esfriar e retire a camada de gordura que se forma em cima. Retire 1 xícara de caldo e reserve.
2. Para fazer o recheio, aqueça 1 colher de sopa de óleo em uma frigideira grande e frite o cordeiro ou carneiro em fogo alto, metade de cada vez, até formar uma casquinha marrom. Transfira a carne para um prato. Adicione o óleo restante na frigideira. Refogue a cebola em fogo médio/baixo, mexendo e raspando o fundo, até que as cebolas estejam bem macias. Adicione a farinha e mexa bem. Vá acrescentando a xícara de caldo que você reservou. Deixe cozinhar, sem parar de mexer, até engrossar e borbulhar. Leve a carne de volta para a frigideira, junto com o líquido que possa ter soltado, e a pimenta-do-reino. Cozinhe por 1 hora e depois deixe esfriar até atingir temperatura ambiente.
3. Para fazer a massa, bata a farinha, o sal, a manteiga e a gordura vegetal em um processador de alimentos até ficar com uma consistência de farofa. Adicione ½ xícara de água e bata por mais alguns segundos, para a massa se juntar. Se estiver muito seca, adicione mais 1 colher de sopa de água de cada vez (melhor ficar mais úmida do que seca). Divida a massa em duas partes iguais, sove um pouco cada uma das partes, modele em formato de discos e envolva em plástico-filme e deixe refrigerar por 1 hora até no máximo 3 dias.
4. Para montar as tortas, preaqueça o forno a 220°C e forre duas assadeiras com papel--manteiga. Estique cada disco de massa até ficar com 3 mm de espessura. Use um cortador de biscoitos de 10 cm para cortar círculos de massa. Coloque uma colher de sopa do recheio na metade dos círculos. Umedeça as bordas e cubra com os círculos de massa que sobraram. Use um garfo passado na farinha para fazer uma borda canelada e selar as tortas. Pincele os topos com ovo batido e faça fendas com uma faca na massa de cima para deixar o vapor sair durante o cozimento. Disponha as tortas na assadeira e asse por 15 minutos, girando a assadeira e trocando as duas de lugar no forno na metade do tempo do cozimento. Abaixe o fogo para 180°C e asse por mais 5 minutos, até as tortinhas ficarem bem douradas.

Rende de 6 a 8 tortinhas

Observação: para poupar tempo e evitar o trabalho de fazer o caldo em casa, você pode substituir por 1 xícara de caldo de frango ou carne comprado pronto. Você também pode usar massa de torta congelada ou massa folhada comprada pronta.

Quatro Tortas Deliciosas

Continuação

É interessante encontrar uma comida que as pessoas comem desde a Idade Média. A torta de vitela pertence à família de "tortas altas", feitas com uma massa à base de água quente, que se firmam sozinhas, sem necessidade de usar uma fôrma de muffin para prepará-la — embora usando a fôrma seja mais fácil. A torta de vitela tradicional leva presunto ou presunto com ovos, mas ficaria um pouco exagerado em uma tortinha individual, então esta receita só usa vitela.

Tortas de Vitela

Recheio de Vitela

500 g de carne de vitela, com a gordura aparada e picada em cubos (reservar os ossos para o caldo)
1 colher (chá) de endro fresco picado
½ colher (chá) de tomilho em pó
¼ de cebola bem picada
Pimenta-do-reino moída na hora

Caldo de Vitela

Ossos de vitela
1 folha de louro
½ cenoura
½ talo de salsão
¼ de cebola
½ colher (chá) de sal
Vários ramos de salsinha
Vários ramos de endro

Massa de Torta à Base de Água

2 xícaras de farinha de trigo
1 colher (chá) de sal
½ xícara de água
½ xícara (8 colheres de sopa) de gordura vegetal
1 ovo grande batido com 1 colher (sopa) de água, para pincelar o topo das tortas

Aspic

1 xícara de caldo de vitela
1 colher (sopa) ou 1 envelope de gelatina sem sabor

Quatro Tortas Deliciosas

Continuação

1. Para fazer o caldo, cubra os ossos com água em uma panela pequena, acrescente a folha de louro e deixe ferver. Abaixe o fogo e deixe cozinhar em fogo brando por 1 hora. Adicione a cenoura, o salsão, a cebola, o sal, a salsinha e o endro e deixe cozinhar por mais meia hora. Deixe esfriar até atingir temperatura ambiente. Tire a gordura do caldo deixando esfriar e retirando a camada de gordura que se forma em cima. Retire 1 xícara de caldo e reserve.
2. Para fazer o recheio, misture a vitela, o endro, o tomilho, a cebola e a pimenta-do-reino em uma tigela.
3. Para fazer a massa, misture a farinha e o sal em uma tigela. Leve a gordura vegetal e a água para ferver em uma panela pequena. Faça um buraco no meio da farinha e despeje a mistura de água com gordura vegetal. Misture com uma colher de madeira e, em seguida, sove por alguns segundos até a massa ficar bem lisa.
4. Preaqueça o forno a 180°C. Para montar as tortas, estique ¾ da massa até atingir 3 mm de espessura. Use um cortador de biscoitos redondo de 10 cm para cortar dez círculos de massa (a massa pode ser sovada rapidamente e esticada novamente para cortar mais círculos). Coloque os círculos de massa na fôrma de muffin. Divida o recheio entre as tortas. Estique o restante da massa até atingir 6 mm de espessura. Use um cortador de biscoitos redondo de 7 cm para cortar dez círculos de massa. Use um cortador de biscoitos redondo de 2 cm para fazer orifícios no centro dos círculos. Pincele as bordas das tortas com água e coloque os círculos de massa por cima das tortas nas fôrmas de muffin, pressionando com os dedos para selar. Pincele o topo das tortas com ovo batido. Encha todas as forminhas de muffin vazias até a metade com água antes de levar a assadeira ao forno. Asse por 45 minutos a 1 hora, até que as tortinhas estejam bem douradas.
5. Enquanto as tortinhas estão assando, faça o aspic. Ferva a xícara de caldo de vitela reservada e misture com a gelatina, até o pó dissolver. Reaqueça se necessário quando as tortas terminarem de assar. Usando um funil, despeje lentamente o caldo pelos orifícios da massa, enquanto as tortas ainda estão quentes. Você deve usar quase todo o caldo. Deixe as tortas esfriarem em temperatura ambiente e leve à geladeira até resfriar. Sirva as tortas geladas.

Rende 10 tortas

Observação: para poupar tempo e evitar o trabalho de fazer o caldo em casa, você pode substituir por 1 xícara de caldo de carne comprado pronto.

Quatro Tortas Deliciosas

Continuação

Esta torta, alta como a anterior, tem sua origem em Melton Mowbray, em Leicestershire (pronuncia-se "lester-xãr"), na região central da Inglaterra. Nas receitas antigas, costumava-se adicionar picles de nozes, mas as receitas modernas não usam mais.

Tortas de Carne Suína de Melton Mowbray

Recheio de Carne Suína

1 kg de paleta de porco com ⅓ de gordura

6 fatias de bacon picadas

1 colher (chá) de sálvia fresca ou ½ colher (chá) de sálvia em pó

1 filé de anchova ou 1 colher (chá) de óleo da conserva dos filés de anchova

½ colher (chá) de pimenta-da-jamaica moída

Sal e pimenta a gosto

1 ovo grande batido com 1 colher (sopa) de água, para pincelar o topo das tortas

1 colher (sopa) ou 1 envelope de gelatina sem sabor

Mostarda inglesa para servir

Caldo de Carne Suína

1,5 kg de ossos de porco

3 xícaras de água

1 folha de sálvia fresca

1 colher (sopa) de tomilho fresco

1 folha de louro

1 cebola cortada em quatro partes iguais

Massa de Torta à Base de Água

2 xícaras de farinha de trigo

2 pitadas de sal

¼ de xícara (4 colheres de sopa) de banha de porco ou gordura vegetal

¼ de xícara de leite integral

¼ de xícara de água

Farinha de trigo para polvilhar

Quatro Tortas Deliciosas

Continuação

1. Para fazer o caldo, misture todos os ingredientes em uma panela de fundo grosso. Deixe ferver. Tampe a panela e abaixe o fogo, deixando cozinhar em fogo brando por 1 hora. Coe o caldo para separar as partes sólidas e leve o líquido de volta à panela. Deixe ferver até reduzir o volume a 1 ¼ de xícara. Reserve e deixe esfriar.
2. Para fazer a massa, misture a farinha e o sal em uma tigela. Em uma panela, leve a gordura vegetal ou a banha de porco junto com o leite e a água ao fogo alto até a gordura derreter. Deixe ferver. Misture bem a gordura com os líquidos e vá despejando na tigela com a farinha. Misture bem. Coloque a massa em uma superfície polvilhada com farinha. Modele a massa no formato de uma bola e polvilhe com farinha. Envolva em plástico-filme e deixe descansar por 30 minutos.
3. Para fazer o recheio, corte a carne de porco em cubos de 5 mm ou coloque pedaços de carne de porco em um processador de alimentos e pulse até picar em pedaços grandes. Coloque a carne de porco em uma tigela grande junto com o bacon, a sálvia, a anchova picada ou o óleo de anchova e a pimenta-da-jamaica. Adicione ¼ de xícara do caldo e misture bem. Prove o tempero aquecendo uma pequena quantidade de água em uma frigideira até ferver e cozinhe um pouco da mistura de carne de porco (1 colher de chá) nela. Experimente o recheio e ajuste o sal e a pimenta a gosto.
4. Para montar as tortas, preaqueça o forno a 200°C. Decida qual será o tamanho das tortas prontas. Esta receita pode ser feita em uma fôrma de muffin, fôrma de cupcake ou ramequins de cerâmica de 120 ml. Tire ¾ da massa e coloque em uma superfície polvilhada com farinha. Estique até a massa ficar com 3 mm de espessura. Para fazer a parte do fundo da massa, corte círculos de 10 cm, se estiver usando as fôrmas de muffin ou cupcake, ou círculos de 12 cm se estiver usando os ramequins. Coloque os círculos de massa nas fôrmas ou ramequins e pressione a massa no fundo e nas laterais de cada uma.
5. Encha as fôrmas com os fundos das tortas até a borda. Dobre o excesso de massa das laterais por cima do recheio. Abra a massa restante e corte círculos de 7 cm para cobrir as fôrmas de muffin, cupcake ou os ramequins. Coloque as tampas sobre o recheio e pressione levemente para selar. Faça um pequeno orifício no centro de cada topo. Estique novamente a massa que sobrar. Usando cortadores de massa pequenos, recorte formas decorativas para colocar por cima das tortas. Pincele o topo de cada torta com ovo batido. Asse as tortas por 20 minutos. Abaixe a temperatura do forno para 180°C e deixe assar por 2 horas.
6. Retire as tortas do forno, pincele com o ovo batido novamente e leve ao forno por mais 10 minutos. Retire e deixe esfriar nas fôrmas.
7. Leve o caldo reduzido para ferver, retire do fogo, acrescente a gelatina e mexa para dissolver. Usando um funil, coloque o caldo com a gelatina no orifício do topo de cada torta, dividindo o caldo igualmente entre as tortas. Este é um processo lento e todo o líquido deve ser usado. Deixe esfriar de um dia para o outro.
8. Para servir, retire da fôrma e sirva com mostarda inglesa de qualidade.

Rende 8 tortas

Ensopado de Carne e "Guinness" para Crianças

Não há nada dizendo que os Weasley são irlandeses, mas todos eles são ruivos, sardentos e passionais. Certo, não devemos julgar por estereótipos, mas sabe como é. Então, é possível que na noite em que Harry chegou ao largo Grimmauld, a senhora Weasley tenha servido um clássico ensopado irlandês.

Há uma cena maravilhosa, em que a senhora Weasley exibe o seu temperamento forte com Fred e Jorge, e eles, ao tentar usar magia para tudo que precisam fazer à mesa, quase derrubam o ensopado e por pouco não acertam uma faca em Sirius (ver *Harry Potter e a Ordem da Fênix*, capítulo 5).

Embora seja a bebida alcoólica favorita na Irlanda desde 1700, quando Arthur Guinness abriu uma cervejaria em Dublin, a Guinness tem outra utilidade. Sua coloração escura e sabor de cevada tostada funcionam muito bem em ensopados.

2 colheres (sopa) de óleo vegetal, mais um pouco se necessário
1 kg de acém, com as gorduras aparadas e cortado em cubos de 2 cm
1 cebola picada
2 colheres (sopa) de farinha de trigo
400 ml de caldo de frango
½ xícara de Coca-Cola
2 colheres (sopa) de extrato de tomate
¼ de xícara de ameixa seca picada
1 colher (chá) de sálvia em pó
Suco de 1 limão
Sal e pimenta-do-reino a gosto
6 batatas-inglesas descascadas e cortadas em cubos de 2 cm
2 cenouras descascadas e picadas
¼ de xícara de salsinha fresca picada

Ensopado de Carne e "Guinness" para Crianças

Continuação

1. Aqueça o óleo em uma panela de ferro ou alguma outra panela grande e sele a carne por partes, levando ao fogo alto por 4 a 5 minutos até formar uma casquinha marrom. Transfira a carne para um prato grande. Se necessário, adicione mais 2 colheres de sopa de óleo na panela e coloque a cebola. Refogue a cebola em fogo médio/baixo até ficar macia, raspando o fundo da panela com uma colher de madeira.
2. Adicione a farinha à panela e mexa bem. Vá despejando o caldo e a Coca-Cola e deixe cozinhar em fogo médio/alto até engrossar e borbulhar. Leve a carne de volta à panela, junto com os líquidos que se soltaram, e acrescente também o extrato de tomate, as ameixas secas picadas, a sálvia, o suco de limão, o sal e a pimenta. Deixe o ensopado cozinhar em fogo baixo por 1 hora e meia.
3. Acrescente as batatas, as cenouras e a salsinha e continue cozinhando em fogo baixo por mais 1 hora, mexendo de vez em quando e acrescentando mais caldo ou água se necessário para evitar que o ensopado fique muito seco ou queime.

Rende de 6 a 8 porções

Observação: para fazer o ensopado para adultos, substitua a Coca-Cola por Guinness. Não use outro tipo de cerveja. Adicione 2 colheres de sopa de açúcar mascavo junto com os outros ingredientes do passo 3.

Se você acha que colocar ameixa seca no ensopado parece nojento, seja corajoso e experimente. Você não vai nem vê-las, mas o sabor fica incrível.

Purê de Nabo

Percy teve o que mereceu quando invadiu o jantar de Natal dos Weasley e acabou com purê de nabo por todo o rosto. Com todas as comidas deliciosas que geralmente são servidas na mesa de Natal, os Weasley provavelmente não sentiram falta dos nabos (ver *Harry Potter e o Enigma do Príncipe*, capítulos 16 e 17).

Acabou o açúcar enquanto você estava fazendo pudim? Sem problemas: basta cozinhar alguns nabos e acrescentá-los ao creme do pudim. Era isso que se fazia na Idade Média, já que não havia muito açúcar disponível. Nabos sempre foram bastante consumidos na Europa, mas não tanto em outros lugares. Quem sabe esta receita possa ajudar a fazer dos nabos um de seus legumes preferidos.

700 g de nabos (cerca de 10 unidades pequenas) descascados e picados
400 ml de caldo de frango
2 colheres (sopa) de manteiga
¼ de xícara de leite
1 pitada de noz-moscada ralada
Sal e pimenta-do-reino a gosto

Leve uma panela média com os nabos e o caldo de frango para ferver. Reduza o fogo e deixe cozinhar em fogo brando até ficar macio. Escorra os nabos e adicione a manteiga, o leite, a noz-moscada, sal e pimenta. Esmague com um esmagador de batatas.

Rende de 4 a 6 porções

Bolo de Pomo de Ouro Gigante

A senhora Weasley prepara um bolo gigante em formato de pomo de ouro para o aniversário de dezessete anos de Harry, e que bolo! Até o sinistro Ministro da Magia, Rufus Scrimgeour, que chega de surpresa, não consegue deixar de olhar para o bolo por alguns segundos (ver *Harry Potter e as Relíquias da Morte*, capítulo 7).

Na Idade Média, o ponto alto de um banquete real acontecia quando os cozinheiros traziam a sutileza, uma criação artística gigante feita em *marchpane*, uma palavra arcaica que quer dizer *marzipã*. O livro de receitas *The Forme of Cury*, do século 14, explica como colorir os alimentos usando açafrão e outras flores e ervas, e até mesmo pão queimado para deixar a comida preta. O livro também traz instruções sobre como modelar alimentos em vários formatos, como de rosas ou de castelo medieval. Na verdade, os cozinheiros costumavam modelar suas iguarias em formato de castelo, com fosso, pavão e tudo o mais. O prazer de fazer a comida se parecer com outra coisa permanece vivo e hoje ainda usamos massas modeláveis e comestíveis como o marzipã, a massa de modelar à base de chocolate branco desta receita ou a pasta americana, entre outras.

2 meias-luas de Pão de Ló Simples (receita a seguir)

Buttercream Rápido de Baunilha (receita a seguir)

Açúcar de confeiteiro para polvilhar

Massa de Modelar à Base de Chocolate Branco (receita a seguir), ou 700 g de pasta americana marfim comprada pronta

Tinta spray alimentícia dourada

Bolo de Pomo de Ouro Gigante

Continuação

1. Tire as casquinhas mais duras da parte que será o miolo do bolo, e vire as meias-luas com o lado do miolo para baixo. Com uma faca, tire a cúpula arredondada de um dos bolos e coloque-o, com o lado cortado para baixo, em cima de um suporte de bolo. Faça tiras de papel-manteiga ou papel-alumínio e prenda em volta, colocando uma parte por baixo do bolo para ele ficar parado no lugar.
2. Espalhe uma camada generosa de glacê no bolo e coloque a segunda meia-lua por cima. Agora você tem uma bola inteira. Cubra todo o bolo com *buttercream.*
3. Polvilhe uma superfície com bastante açúcar de confeiteiro. Pegue cerca de ⅔ da massa de modelar (ou pasta americana), forme um disco e polvilhe os dois lados com açúcar de confeiteiro para evitar que grude. Vá pressionando a massa até formar um disco maior e estique-a até ficar com 30 cm de diâmetro. Dobre a massa em quatro, levante-a e desdobre-a com cuidado por cima do bolo. Devagar, vá alisando as laterais e prenda as bordas. Use uma faca afiada para cortar o excesso de massa que ficar na parte de baixo.
4. Divida quase toda a massa que sobrou em duas partes iguais para fazer as asas. Use o restante da massa para decorar seu bolo em formato de pomo de acordo com a sua imagem favorita. Pressione as peças de massa modelada no bolo para montar. Estique dois pedaços pequenos e corte em formato de asas. Faça cortes pela superfície para fazer as penas e depois pendure-as no cabo de dois garfos. Passe a tinta spray alimentícia dourada.
5. Para finalizar, passe a tinta spray alimentícia dourada por todo o bolo. Você precisará passar várias camadas de tinta para conseguir fazer o tom dourado. Enfie as pontas das duas asas com os garfos nas laterais do bolo.

Bolo de Pomo de Ouro Gigante

Continuação

Pão de Ló Simples

2 ¼ xícaras de farinha de trigo

¾ de colher (chá) de sal

¾ de colher (chá) de fermento químico

9 ovos grandes em temperatura ambiente

2 ¼ xícaras de açúcar refinado

1 colher (sopa) de extrato de baunilha

1 ½ xícara de óleo

1. Coloque a grade do forno na posição do meio e preaqueça a 180°C. Unte e enfarinhe duas fôrmas em formato de meia-lua de 20 cm de diâmetro. Em uma tigela grande, misture a farinha, o sal e o fermento.
2. Na batedeira, bata os ovos, o açúcar e a baunilha em velocidade média/alta até ficar um creme amarelo-claro e triplicar de volume. Vá despejando o óleo devagar, batendo em velocidade média/alta. Desligue a batedeira, adicione a farinha e misture na velocidade mais baixa apenas até incorporar. Termine de misturar com uma espátula de silicone.
3. Divida a massa entre as duas fôrmas e asse por 1 hora. As bordas ficarão escuras e, ao inserir um palito próximo do meio, ele deve sair úmido. Deixe esfriar completamente nas fôrmas.

Rende 2 bolos

Buttercream Rápido de Baunilha

450 g de manteiga em temperatura ambiente

4 xícaras de açúcar de confeiteiro

1 colher (sopa) de extrato de baunilha

Bata todos os ingredientes na batedeira em velocidade baixa até virar um creme homogêneo. Aumente a velocidade para média/alta e bata até o creme ficar leve e aerado, por cerca de 5 minutos.

Massa de Modelar à Base de Chocolate Branco

450 g de chocolate branco derretido

½ xícara de xarope de milho levemente aquecido

1. Vá despejando o xarope de milho no chocolate branco e misture usando uma espátula de silicone. O chocolate vai talhar (endurecer). Tire o chocolate da tigela e coloque por cima de uma folha de plástico-filme. Coloque plástico-filme por cima para selar e pressione até ficar no formato de um disco ou retângulo. Em seguida, coloque em um saco plástico com vedação. Reserve por várias horas ou de um dia para o outro para endurecer.
2. Tire um pedaço de massa do disco e comece a sovar. No começo, a massa fica dura e granulosa, mas ela vai amolecendo aos poucos com a sova. Trabalhe com porções que fiquem fáceis de manusear e repita até todo o chocolate estar macio com consistência de massinha de modelar. Guarde bem embalado em plástico-filme até a hora de usar.

Canapés

Harry observa, irônico, que ninguém vai liquidar Voldemort enquanto Harry está ocupado fazendo petiscos e vol-au-vents (embora eles possam até ser bons projéteis em programas de comédia). Ele está se sentindo frustrado porque a senhora Weasley o está mantendo tão ocupado com os preparativos para o casamento de Gui e Fleur que acaba ficando sem tempo para fazer planos (ver *Harry Potter e as Relíquias da Morte*, capítulo 6).

Canapé, em francês, significa "sofá". Qual é a relação? Precisa de um pouco de criatividade, mas aí vai: assim como nós nos sentamos em um sofá, as coberturas desse petisco elegante se sentam em um pedaço de pão frito ou de uma torrada.

Canapés

1 pão de fôrma para sanduíche de boa qualidade
Manteiga para untar a frigideira

Coberturas

Creme azedo com anchovas: *creme azedo, filés de anchova em conserva de azeite de oliva, tomates-cereja*
Azeitonas com queijo: *maionese, fatias grossas de queijo muçarela, azeitonas verdes sem caroço*
Salmão defumado: *cream cheese, salmão defumado, cebolinha picada*
Palitos de dente para manter as coberturas no lugar

1. Para preparar os canapés, use um cortador de biscoitos de 5 cm de diâmetro para cortar círculos de pão. Leve uma frigideira para aquecer em fogo médio. Passe um pedaço de manteiga gelada pela superfície da frigideira quente. Coloque quantos pedaços de pão couberem na frigideira. Toste cada lado do pão em fogo médio até dourar, alguns minutos de cada lado. Repita o processo de passar a manteiga na frigideira antes de colocar mais pães. Faça tantos quantos desejar.
2. Para os canapés de creme azedo com anchovas, passe o creme azedo pelos canapés. Seque os filés de anchova dando batidinhas com um papel-toalha e, em seguida, corte em três partes iguais e coloque por cima do creme azedo, 1 filé por canapé. Enfie um palito de dentes atravessando um tomate-cereja e pressione para prender por cima da anchova.
3. Para os canapés de azeitona e queijo, use um cortador de 5 cm para fazer círculos de queijo. Passe a maionese pelos canapés. Coloque os círculos de queijo por cima da maionese. Enfie um palito de dentes atravessando uma azeitona e pressione para prender por cima do queijo.
4. Para fazer os canapés de salmão defumado, espalhe o cream cheese nos canapés. Coloque um pedaço de salmão defumado por cima e polvilhe com a cebolinha picada.

Rende a quantidade desejada

Vol-au-Vents

A senhora Weasley é mesmo uma cozinheira de mão cheia. Além de preparar toda a comida para o casamento do seu filho, ela também inclui petiscos elegantes, clássicos e chiques, como estes vol-au-vents (ver *Harry Potter e as Relíquias da Morte*, capítulo 6).

Marie-Antoine Carême, conhecido como o rei dos chefs e o chef dos reis, inventou este belo e delicioso petisco por volta de 1900. Seu nome em francês quer dizer "voo ao vento". Você pode rechear essas cestinhas de massa folhada com o que quiser. A sua imaginação é o limite. Os recheios não precisam ser cozidos, embora tradicionalmente se use um recheio misturado com *velouté*, que é um molho engrossado com trigo e manteiga.

Massa Folhada

A massa folhada precisa ser feita com pelo menos um dia de antecedência, pois ela é demorada. Montar as cestinhas de massa é bem trabalhoso, então, para poupar tempo, você pode usar cestinhas de massa folhada congeladas. Prepare-as de acordo com as instruções da embalagem.

Bloco de Manteiga

360 g (24 colheres de sopa) de manteiga cortada em pedaços
½ colher (chá) de suco de limão
½ xícara de farinha de trigo

Massa

3 xícaras de farinha de trigo
1 colher (chá) de sal
60 g (4 colheres de sopa) de manteiga gelada e cortada em cubos de 6 mm
1 xícara mais 2 colheres (sopa) de água gelada
1 ½ colher (sopa) de suco de limão

Recheio de Mirtilo e Chantilly

220 g de cream cheese
½ xícara de açúcar refinado
1 colher (chá) de extrato de baunilha
1 xícara de creme de leite fresco
450 g de mirtilos lavados e escorridos
1 colher (sopa) de geleia de mirtilo

Vol-au-Vents

Continuação

Recheio de Tomate e Queijo Feta

140 g de queijo feta cortado em cubos de 6 mm

1 xícara de tomates-cereja cortados pela metade no sentido do comprimento

2 colheres (chá) de azeite de oliva

2 colheres (chá) de vinagre balsâmico

½ colher (chá) de manjericão desidratado

1 pitada de sal

Pimenta-do-reino moída na hora a gosto

Recheio de Azeitona e Peito de Peru Defumado

1 xícara de peito de peru defumado cortado em cubos (pedaços de 6 mm)

1 xícara de azeitonas verdes pequenas (picadas se forem grandes)

1 colher (sopa) de maionese

Pimenta-do-reino moída na hora

Mostarda inglesa

1. Para fazer o bloco de manteiga, misture com os dedos a manteiga, o suco de limão e a farinha. Sove rapidamente até homogeneizar. Modele na forma de um quadrado e envolva entre duas folhas de papel-manteiga. Estique o bloco de manteiga na forma de um quadrado de 14 cm. Leve à geladeira até a hora de usar.
2. Para fazer a massa folhada, misture a farinha e o sal. Adicione a manteiga e vá esfarelando com os dedos até ficar com uma consistência de farofa. Adicione a água e o suco de limão e misture bem. Sove rapidamente até formar uma massa irregular. Faça uma bola com a massa, achate ligeiramente e, usando uma faca afiada, faça um corte em forma de X passando pelo meio da massa, atravessando de um lado para o outro, chegando quase até a outra borda. Envolva em plástico-filme e leve à geladeira por 1 hora.
3. Retire a massa da geladeira e coloque sobre uma superfície polvilhada com farinha. Estique cada ponta do X, abrindo a partir do centro da massa, de forma a criar um quadrado irregular. Polvilhe farinha por cima e estique a massa até formar um quadrado de 25 cm. Remova o bloco de manteiga da geladeira e retire-o do papel-manteiga. Coloque-o por cima do quadrado de massa de modo que os cantos do bloco apontem para o meio das laterais do quadrado de massa (formando um losango). Dobre a massa por cima da manteiga e aperte as pontas. Estique a massa, formando um retângulo de 5 mm de espessura. Dobre o retângulo em três partes, como uma carta. Envolva em plástico-filme e leve à geladeira por 1 hora. Esta etapa é chamada de primeira dobra.

Vol-au-Vents

Continuação

4. Para fazer a segunda dobra, retire a massa da geladeira e coloque-a deitada na horizontal em uma superfície polvilhada com farinha. Estique a massa, formando um retângulo de 5 mm de espessura. Dobre o retângulo em três partes, como uma carta. Envolva em filme plástico e leve à geladeira por 1 hora. Repita as dobras mais três vezes, deixando a massa na geladeira por 1 hora entre cada dobra. Esta receita rende cerca de 1 quilo de massa folhada. Você não precisará de toda a massa para fazer os *vol-au-vents*.
5. Para fazer as cestinhas de massa, forre duas assadeiras com papel-manteiga. Corte ⅔ da massa e estique sobre uma superfície enfarinhada até ficar com 1 cm de espessura. Use um cortador de 8 cm para cortar doze círculos de massa. Use um cortador de 6 cm para retirar a parte central dos círculos, formando anéis finos. Coloque os anéis de um lado da folha de papel-manteiga. Junte a massa e estique novamente esses miolos que sobraram até ficar bem fino (você precisará enfarinhar a superfície de trabalho e os topos dos círculos de massa mais uma vez). Use cortadores de 8 cm para cortar mais círculos com a massa que você esticou de novo. Faça furos nesses círculos com um garfo e coloque-os nas assadeiras preparadas, seis círculos por assadeira. Pincele as bordas com água e grude com cuidado os anéis nas bordas para formar as cestinhas. Leve as cestinhas à geladeira por 1 hora.
6. Preaqueça o forno a 200°C. Retire uma assadeira da geladeira e forre cada cestinha com pequenos pedaços de papel-alumínio. Preencha o papel-alumínio com feijão ou bolinhas de cerâmica culinárias. Asse por 10 minutos. Abaixe o fogo para 180°C e asse por mais 20 minutos até que a massa esteja firme. Retire o papel-alumínio e os pesos e asse por mais 3 a 5 minutos até dourar. Aumente o fogo para 200°C e repita com a segunda assadeira. Deixe esfriar completamente sobre uma grade antes de rechear.
7. Para fazer o recheio doce de mirtilo com chantilly, bata o cream cheese, o açúcar e a baunilha na batedeira até ficar cremoso e aerado, por cerca de 4 minutos. Em outra tigela, bata o creme de leite até formar picos firmes. Misture os dois cremes. Divida a mistura entre os doze vol-au-vents. Cubra com o máximo de mirtilos que puder. Derreta a geleia no micro-ondas por cerca de 20 segundos e pincele os topos dos mirtilos com a geleia derretida, usando um pincel culinário. Leve à geladeira até a hora de servir.
8. Para fazer o recheio de queijo feta e tomate, misture todos os ingredientes do recheio e preencha as cestinhas.
9. Para fazer o recheio de peito de peru defumado com azeitona, misture todos os ingredientes do recheio, exceto a mostarda, e preencha as cestinhas. Depois que as cestinhas estiverem recheadas, regue com um fio de mostarda.

Rende 12 unidades

Capítulo Seis

Café da Manhã Antes da Escola

O café da manhã é uma refeição importante não só para os trouxas, mas também para os bruxos — e é ainda mais importante em Hogwarts porque é quando as corujas chegam para entregar as cartas e encomendas enviadas pelas famílias dos alunos. O fluxo de corujas pode ser assustador se alguém estiver recebendo correspondência de fãs ou de críticos, como a Hermione, depois de ter aparecido em um artigo escrito por Rita Skeeter (ver *Harry Potter e o Cálice de Fogo*, capítulo 28), ou como o Harry, após sua fatídica entrevista com Rita Skeeter ter sido publicada no Pasquim (ver *Harry Potter e a Ordem da Fênix*, capítulo 26).

Quantos alimentos você come no seu café da manhã? Se você for como a maioria das pessoas, é possível que pegue só uma coisa rápida para comer pelo caminho antes de sair de casa. Talvez no final de semana a sua família faça um café da manhã mais caprichado. Agora imagine um café da manhã com bacon, ovos, linguiças, pão torrado, tomates fritos, cogumelos, salmão defumado, embutidos, feijões, torrada com geleia e até mingau de aveia com creme e melado.

Quanta comida logo cedo! Mas é assim um café da manhã tradicional na Inglaterra. Em 1700, as classes mais altas e a classe média vitoriana comiam isso tudo e muito mais. Essa refeição pesada também é chamada de café da manhã inglês completo, mas hoje os ingleses comem praticamente as mesmas coisas que os americanos: cereais matinais ou um muffin com café pela manhã. Mas não se preocupe: se você é um fã mais tradicional de Harry Potter, ainda é possível encontrar o café da manhã inglês completo em alguns hotéis e pousadas, se decidir ir para a Inglaterra.

No Salão Principal, encontramos uma mistura de receitas modernas e tradicionais. Alguns dias, Harry encontra pela manhã um cereal sem graça, mas às vezes ele se delicia com torrada e geleia, mingau com melado, salmão defumado, linguiças e tomates fritos.

Este capítulo não traz uma receita de torrada, embora os livros de receitas vitorianos dedicassem capítulos à arte de fazer uma boa torrada. Hoje, que temos torradeiras e fornos, é bem simples fazer torrada: basta prestar atenção. Se você não quiser fazer sua própria geleia, pode encontrar esta deliciosa cobertura para torrada no supermercado mais próximo. Você pode encontrar mel ou melado em lojas de produtos naturais e em alguns supermercados e lojas virtuais.

Salsichas Caseiras com Ervas e Especiarias

Nada tem mais a cara de uma refeição em Hogwarts do que um belo prato de salsichas. Você verá salsichas no menu em todos os livros da saga — principalmente no banquete de boas-vindas que dá início ao novo ano escolar (ver *Harry Potter e o Cálice de Fogo*, capítulo 12). Naquela cena memorável, Dumbledore começa a anunciar o Torneio Tribruxo — e é rudemente interrompido pelo professor Olho-Tonto Moody, que invade o Salão Principal e, sem cumprimentar ninguém, ataca um prato de salsichas à sua frente.

Os gregos não ficavam apenas correndo nus e jogando discos uns nos outros, usando coroas de louro. Eles também comiam salsichas, como descrito em uma comédia do dramaturgo grego Epicarmo, brilhantemente intitulada... *A Salsicha*. Há mais de dois milênios, os gregos descobriram que é possível usar e conservar todos os restos de carne e partes indesejadas do animal, misturando com bastante sal e modelando no formato de salsicha. Há várias formas e receitas diferentes de salsicha, e uma delas é uma mistura de carne moída fresca com farinha de rosca, modelada na forma de bolinhos ou salsichas, para então ser frita.

250 g de carne de vitela moída
250 g de carne de porco ou boi moída
1 xícara de farinha de rosca
1 colher (chá) de raspas de limão
1 colher (chá) de sal
¼ de colher (chá) de noz-moscada moída
1 colher (chá) de sálvia moída
⅛ de colher (chá) de manjerona desidratada
⅛ de colher (chá) de tomilho desidratado
¼ de colher (chá) de pimenta-do-reino moída na hora
2 gemas grandes
2 colheres (sopa) de manteiga ou margarina

1. Em uma tigela grande, misture bem todos os ingredientes, menos as 2 colheres de sopa de manteiga ou margarina.
2. Aqueça a manteiga ou margarina em uma frigideira em fogo médio/alto.
3. Molde a carne em forma de salsicha e frite de todos os lados, virando frequentemente, até que as salsichas estejam bem douradas.

Rende 6 porções

Tomates Fritos

Numa manhã, após um encontro arrepiante com um dementador no Expresso de Hogwarts, Harry recupera a tranquilidade e o bom humor com a ajuda dos seus amigos — e com salsicha e tomates fritos para o café da manhã (ver *Harry Potter e o Prisioneiro de Azkaban*, capítulo 6).

Você sabia que até meados do século 18 os britânicos achavam que tomates eram venenosos? Mas eles não estavam tão errados assim. Os tomates de fato são parentes próximos da planta tóxica beladona e as hastes e folhas do tomate contêm toxinas. Portanto, quando o tomate chegou à Inglaterra no final do século 16, ele era cultivado como uma planta ornamental exótica. Mas felizmente alguém percebeu que eles eram comestíveis e foi então que eles começaram a aparecer nos livros de culinária do século 18.

3 colheres (sopa) de óleo vegetal
2 tomates maduros médios cortados em fatias de 5 mm de espessura
Farinha de trigo para passar nos tomates
Sal e pimenta-do-reino moída na hora a gosto
Torrada com manteiga feita na hora de servir

1. Aqueça o óleo em uma frigideira em fogo médio/alto.
2. Passe os tomates na farinha e frite dos dois lados até ficarem dourados.
3. Transfira os tomates para um prato forrado com papel-toalha e tempere com sal e pimenta-do-reino. Sirva imediatamente com a torrada feita na hora.

Rende 4 porções

Ovos Mexidos com Bacon da Fazenda

Gilderoy Lockhart parece adorar constranger o Harry, seja antes do início do ano letivo ou no primeiro dia de aulas, quando servem ovos e bacon no café da manhã no Salão Principal (ver *Harry Potter e a Câmara Secreta*, capítulo 6). Coitado do Harry, obrigado a preparar o café da manhã na casa dos Dursley, em que também serve ovos e bacon no dia do aniversário do Duda, depois de ser avisado para não queimar a comida (ver *Harry Potter e a Pedra Filosofal*, capítulo 2).

Quem não gosta de ovos com bacon numa manhã aos finais de semana, com tempo livre para preparar e saborear um bom café da manhã? Sinta-se em casa com o Harry com este antigo clássico matinal. Acrescente uns tomates fritos junto com uma torrada e uma tigela de mingau para fingir que você está comendo um verdadeiro café da manhã britânico, que contém comida demais para pessoas normais, mesmo que seja para comer de vez em quando.

2 fatias de bacon picadas
2 ovos grandes
1 colher (sopa) de leite ou creme de leite
Sal e pimenta-do-reino a gosto
30 g de queijo cheddar inglês ralado

1. Leve uma frigideira para aquecer em fogo médio/alto. Adicione o bacon picado. Deixe fritar, mexendo de vez em quando, até atingir a crocância desejada.
2. Quebre os ovos em uma tigela pequena e bata com um garfo até homogeneizar completamente. Acrescente o leite ou creme de leite e bata para misturar bem. Adicione sal e pimenta e bata mais um pouco. Despeje os ovos batidos por cima do bacon frito na frigideira e, assim que começar a firmar (ficar cozido), mexa com uma colher de madeira, movendo em círculos até cozinhar por completo.
3. Com uma colher, coloque os ovos em um prato e polvilhe com o queijo cheddar ralado.

Rende 1 porção

Geleia de Laranja Doce

Sempre tem geleia nos livros do Harry Potter — de fato, os britânicos adoram esse doce. Em uma cena de café da manhã, a Hermione, determinada a não falar sobre sua agenda lotada, pede para Rony lhe passar a geleia para evitar responder suas perguntas (ver *Harry Potter e o Prisioneiro de Azkaban*, capítulo 6).

Que tal uma história bem melosa? Um mercador escocês levou para a sua esposa um monte de laranjas amargas de Sevilha, bastante intragáveis. Em vez de dizer "O que você quer que eu faça com isso?", como uma dona de casa comum poderia ter dito, ela foi até a cozinha para fazer uma experiência, e assim nasceu a geleia de laranja.

Rende um pote de geleia de 400 ml

3 laranjas

2 xícaras de açúcar

2 xícaras de água

1. Coloque as laranjas em uma panela média e cubra com água. Deixe ferver, abaixe o fogo e deixe cozinhar em fogo baixo por 1 hora e meia. Retire as laranjas da panela e transfira para uma tábua de corte. Descarte a água de cozimento e lave a panela.
2. Descasque as laranjas e raspe a pele branca por baixo da casca, usando uma colher de metal. Descarte a pele, pois ela é amarga. Pique a casca da laranja e coloque na panela limpa. Pique as laranjas descascadas, descarte as sementes e processe em um liquidificador ou processador de alimentos até virar um creme liso. Passe por uma peneira, pressionando com uma espátula de silicone para tirar o máximo de suco possível. Descarte a polpa e adicione o suco à panela, junto com o açúcar e a água. (Quando a mistura ferver, vai subir bastante, então use uma panela bem grande em que caiba pelo menos o dobro do volume inicial.)
3. Deixe cozinhar em fogo médio/alto, mexendo sem parar, até o açúcar dissolver e a geleia começar a borbulhar. Prenda um termômetro culinário na lateral da panela e continue cozinhando, mexendo o tempo todo, até a temperatura marcar 105°C. Retire do fogo.

Observação: se você não tiver um termômetro culinário, você pode fazer o teste da textura. Coloque uma pequena quantidade de geleia em um pires e leve à geladeira para esfriar. Desligue o fogo. Quando a geleia esfriar, empurre uma das pontas com o dedo. Se a geleia ficar com um aspecto enrugado, significa que está pronta. Caso contrário, leve a geleia de volta ao fogo, deixe cozinhar por mais alguns minutos e teste novamente.

Mingau com Creme e Melado

O que é mais substancioso do que uma tigela de mingau cremoso e fumegante? Harry enche a barriga com essa comida supersaudável enquanto pergunta a Rony sobre seus compromissos. Rony está preocupado com a aula de Poções junto com a Sonserina: será que o professor Snape vai favorecer a Sonserina, como estão dizendo por aí? Mal sabe ele! (ver *Harry Potter e a Pedra Filosofal*, capítulo 8). Até a malvada professora Umbridge, com seus olhos de sapo, come mingau enquanto os professores ousam discutir a fuga em massa de Azkaban na frente dela (ver *Harry Potter e a Ordem da Fênix*, capítulo 25).

Geralmente, quando ouvimos a palavra "mingau", lembramos da imagem da *Cachinhos dourados e os três ursos*, mas é também uma comida de verdade, que as pessoas comem em todo o mundo, inclusive no Reino Unido. Os escoceses, por exemplo, comem mingau desde antes da chegada dos anglo-saxões nos séculos 5 e 6.

4 xícaras de água
1 xícara de aveia em flocos finos
Leite ou creme de leite para servir
Melado para servir

1. Leve a água para ferver em uma panela média. Vá colocando a aveia devagar, mexendo sem parar. Deixe cozinhar em fogo baixo, mexendo de vez em quando, por cerca de 30 minutos, até a aveia absorver toda a água.
2. Sirva com leite ou creme de leite e uma quantidade generosa de melado ou mel. Não misture o melado com a aveia, senão você perderá o seu sabor caramelizado delicioso.

Rende 4 porções

Bacon Frito Crocante

Harry está muito preocupado que o dragão da sua primeira tarefa do torneio Tribruxo possa lhe fritar vivo para ficar com vontade de comer o bacon frito crocante servido na manhã antes do torneio. Ele está muito nervoso e, para dizer a verdade, apavorado demais para comer qualquer coisa, mas fica aliviado só de pensar que preferia encarar um dragão do que ter que voltar para a casa dos Dursley (ver *Harry Potter e o Cálice de Fogo*, capítulo 20).

Os britânicos tiveram muito mais sorte do que seus contemporâneos de outros países. Em tempos difíceis, eles tinham mais comida do que o resto da Europa. Era possível encontrar bacon mesmo quando uma forte crise assolou o país uns 700 anos atrás. Por volta de 1800, as classes mais baixas comiam bacon quase todos os dias no café da manhã.

8 fatias de bacon

1. Aqueça uma frigideira grande. Adicione o bacon e frite dos dois lados até ficar crocante.
2. Retire o bacon e coloque em um prato forrado com papel-toalha. Repita com todo o bacon restante.

Rende 4 porções

Ovos Mexidos com Queijo e Cebolinha

Na manhã de uma partida de quadribol, o capitão Oliver Wood, muito animado, serve ovos mexidos para os membros do seu time. O tempo está excelente. O que poderia dar errado? O que ele ainda não sabe é que a partida será cancelada por causa de mais alguns ataques misteriosos (ver *Harry Potter e a Câmara Secreta*, capítulo 14).

Ovos são mesmo uma comida espetacular. Eles podem ser usados de diversas formas, desde simplesmente cozidos para serem comidos puros (e aqui também há milhões de métodos de cozimento) até para enriquecer massas de pães e bolos, servindo como um fermento ou emulsificante, ou para engrossar molhos e cremes... a lista não acaba mais. E isso sem falar em tudo que você pode fazer com as claras e gemas separadas. Mas, para o nosso objetivo aqui, basta mexer os ovos para preparar um café da manhã delicioso e saudável.

1 colher (sopa) de manteiga
6 ovos grandes
¼ de xícara de creme de leite fresco
½ colher (chá) de sal
Pimenta-do-reino moída na hora
1 colher (sopa) de cebolinha fresca picada
½ xícara de queijo muçarela ralado
Torrada com manteiga para servir
Tomates para servir

1. Aqueça a manteiga em uma frigideira grande. Bata os ovos com o creme de leite, o sal, a pimenta-do-reino e a cebolinha. Adicione o queijo ralado. Despeje os ovos na frigideira e deixe cozinhar em fogo médio/baixo, mexendo sem parar e delicadamente até firmar.
2. Para servir, coloque mais cebolinha picada por cima. Sirva com torradas com manteiga e tomates.

Rende de 3 a 4 porções

Pãezinhos de Canela

Para desviar das perguntas sobre o que Gina estava prestes a contar para Harry, Percy (esse deve ter a consciência pesada!) pede pãezinhos de canela de café da manhã. Mas Gina ia contar a Harry algo muito mais importante... Que bom que Percy interrompeu, ou ela estragaria o plano (ver *Harry Potter e a Câmara Secreta*, capítulo 16).

Esses pãezinhos de canela, que em inglês são conhecidos como *cinammon rolls*, são um clássico de café da manhã. A maioria das pessoas não sabe, mas a canela que compramos normalmente é casca de cássia, que tem um gosto parecido com o da canela, mas é mais abundante e, portanto, mais barata. Dizem que a canela de verdade tem um sabor superior, mas quem saberá dizer?

Massa

¼ de xícara de água morna
1 colher (sopa) de fermento biológico em pó
1 colher (sopa) de açúcar refinado
⅔ de xícara de leite integral
60 g (4 colheres de sopa) de manteiga
3 xícaras de farinha de trigo
½ colher (chá) de sal
2 ovos grandes
⅓ de xícara de açúcar refinado

Recheio de Canela

1 colher (sopa) de manteiga derretida
¼ de xícara de açúcar mascavo
1 colher (sopa) de canela em pó

Glacê

1 xícara de açúcar de confeiteiro peneirado
115 g de cream cheese amolecido
1 colher (sopa) de creme de leite fresco
½ colher (sopa) de extrato de baunilha

Pãezinhos de Canela

Continuação

1. Misture a água, o fermento e 1 colher de sopa de açúcar em uma tigela e reserve até começar a borbulhar. Aqueça o leite e a manteiga em uma panela pequena ou no micro-ondas para derreter a manteiga. Reserve. Misture a farinha e o sal; reserve. Em outra tigela, bata os ovos e o açúcar e acrescente-os à mistura de leite e manteiga. Adicione o fermento e o ovo com leite à farinha e mexa para homogeneizar (se for fazer a massa à mão, misture primeiro ½ xícara da farinha com o ovo até ficar homogêneo. Em seguida, adicione o resto da farinha à massa). Sove a massa na tigela da batedeira usando o gancho de massa ou à mão, até a massa ficar lisa e elástica, por cerca de 10 minutos.
2. Unte e enfarinhe uma fôrma de 20x30 cm. Coloque a massa em uma superfície ligeiramente enfarinhada e estique até formar um retângulo de 40x30 cm. Pincele uma colher de sopa de manteiga derretida sobre a massa. Misture o açúcar mascavo e a canela e espalhe sobre a massa, deixando cerca de 5 mm de massa sem o recheio. Enrole a partir do lado mais comprido. Corte as pontas irregulares.
3. A melhor forma de cortar os rolinhos é com fio dental. Parece loucura, mas a faca faz muita pressão e esmaga o rolinho. Primeiro, deslize um pedaço de fio dental por baixo do rocambole de massa até chegar ao meio. Levante as duas pontas do fio para cima da massa e cruze-as, puxando até a massa para fazer um corte preciso. Continue cortando dessa forma: corte cada metade ao meio novamente e depois corte cada quarto de massa em três fatias, fazendo doze rolinhos ao total. Coloque os rolinhos na fôrma untada e deixe crescer até os rolinhos estarem se tocando e atingirem as laterais da fôrma, por 1 hora e meia a 2 horas.
4. Coloque a grade do forno na posição do meio e preaqueça o forno a 180°C. Asse os rolinhos por 20 minutos até dourarem, girando a fôrma na metade do tempo de cozimento. Retire do forno. Deixe esfriar na fôrma por 10 minutos, depois vire a fôrma e coloque os rolinhos de cabeça para cima em um prato de servir.
5. Para fazer o glacê, bata os ingredientes com uma colher de madeira até ficar cremoso. Espalhe o glacê por cima dos rolinhos enquanto eles ainda estiverem quentes, ou use um saco de confeitar com um bico número 3 para decorar. Coma imediatamente. Os rolinhos não se conservam bem e devem ser comidos poucas horas depois de assados.

Rende 12 pãezinhos

Observação: se você quiser fazer os pãezinhos de canela para o café da manhã, prepare-os no dia anterior até o passo 3, mas em vez de deixá-los crescer, cubra com plástico-filme e deixe-os crescer na geladeira durante a noite. Leve ao forno pela manhã. Você também pode preparar o glacê com antecedência. Basta deixar em temperatura ambiente antes de usar.

Salmão Defumado

Rony fica muito zangado com Hermione por incitar os elfos domésticos nas cozinhas de Hogwarts. Ela não entende: os elfos domésticos gostam de ser escravos. Agora ele tem certeza de que a comida que eles vão mandar das cozinhas vai ser horrível, mas, na manhã seguinte, ele fica aliviado por ver que o peixe defumado estava bom como sempre.

Esse peixe defumado se chama *kipper* na Inglaterra e é preparado com salmão cortado, limpo e defumado a frio. Geralmente é uma comida que se come no café da manhã, com ovos e torrada. É difícil encontrar *kippers* fora da Inglaterra. Lá, eles são vendidos como lanches, em pedaços ou filés de peixe salgado e defumado, que podem ser comidos direto da embalagem. Se você não se importa em gastar um dinheirão em comida, pode pedir essa iguaria em lojas on-line que vendam itens importados do Reino Unido.

4 filés de salmão defumado
Manteiga para servir
Sal e pimenta-do-reino a gosto

1. Grelhe ou leve ao forno os filés de salmão defumado por 5 minutos. Retire do forno ou da grelha e pincele-os com manteiga. Tempere com sal e pimenta.
2. Sirva com torradas.

Rende 4 porções

Capítulo Sete

Almoço e Jantar no Salão Principal

O Salão Principal é esplêndido. Olhe só para o teto — espera, onde está o teto? Está lá, mas é encantado para parecer o céu lá fora, refletindo o clima e o horário. Quatro mesas compridas, uma para cada casa, se prolongam por toda a enorme sala, que tem também uma mesa menor reservada para a equipe, que fica sentada na parte superior. Comidas fantásticas aparecem em um passe de mágica nas travessas diante dos alunos, das quais eles podem se servir e encher seus pratos dourados. Toda essa abundância vem das cozinhas, que ficam abaixo do Salão Principal, de onde os elfos domésticos mandam a comida com ajuda da magia (ver *Harry Potter e o Cálice de Fogo*, capítulo 21).

A cozinha prepara almoços e jantares fartos com pratos especiais de dar água na boca, como filé, torta de fígado e torta de batata. Sobremesas divinas — como a preferida de Harry, a torta de melado — são servidas em todas as refeições.

Harry provavelmente não sabia disso, mas o conceito consagrado de fazer três refeições por dia é bastante moderno. Duas refeições por dia, o café da manhã e o jantar — talvez com um lanche rápido entre elas, ou uma refeição leve após o jantar, chamada de ceia —, eram a norma até o século 19, quando o jantar começou a ser servido cada vez mais tarde durante a noite. A refeição ao meio-dia era reservada a mulheres e crianças, enquanto os homens faziam uma refeição abundante de manhã antes de sair para o trabalho e outra grande refeição ao chegar em casa.

Não preciso nem dizer que fico muito feliz porque inventaram o almoço e todos os homens trabalhadores que não dão o devido valor a essa refeição deveriam ser mais gratos por ela (embora eu imagine que um café da manhã inglês completo pela manhã possa manter o estômago cheio por vários dias). Em alguns países, come-se o jantar à tarde e depois uma refeição mais leve à noite, mas, em Hogwarts, parece que tanto o almoço quanto o jantar eram refeições bem fartas. Balançar varinhas para lá e para cá e fazer magia deve mesmo abrir o apetite.

Bom e Velho Rosbife Inglês

Rony acabou de descobrir que o ouro de *leprechaun* era falso e não para de se queixar sobre isso enquanto se serve de rosbife e pudim de Yorkshire. Como sempre, nada estraga o seu apetite e, mesmo reclamando de ser pobre, ele continua encarando uma batata espetada no garfo (ver *Harry Potter e o Cálice de Fogo*, capítulo 28).

Os ingleses têm fama de fazer um excelente rosbife. Esse prato é tão importante para os bretões que eles têm até uma música sobre ele, chamada "The Roast Beef of Old England", que, por sua vez, inspirou uma pintura famosa de uma pessoa segurando um pedaço enorme de carne crua. Curiosamente, o exército norte-americano toca essa música quando servem rosbife em algum jantar formal.

1 pedaço de prime rib de 2 a 2,5 kg
3 colheres (sopa) de sal
1 colher (sopa) de pimenta-do-reino moída na hora

1. Preaqueça o forno a 180°C. Unte as grades de uma assadeira com grelha.
2. Tempere a peça de carne com bastante sal e pimenta. Leve a assadeira ao forno e deixe assar até que a temperatura marque 50°C no termômetro culinário se quiser a carne malpassada, por cerca de 1 hora e 20 minutos; 52°C se quiser a carne de malpassada a ao ponto, por cerca de 1 hora e meia; 55°C se quiser a carne ao ponto, por cerca de 1 hora e 35 minutos; ou 60°C se quiser bem passada, por cerca de 1 hora e 45 minutos.
3. Retire a carne assada do forno e embrulhe com um pedaço de papel-alumínio. Deixe descansar por 15 a 20 minutos antes de cortar e servir. O tempo de descanso é importante, pois o rosbife vai continuar a cozinhar por causa do calor residual. O tempo de descanso permite que os líquidos da carne assentem por toda a peça.

Rende 8 porções

Pudim de Yorkshire

Rosbife e pudim de Yorkshire combinam tão bem quanto ervilhas e cenouras. São quase sempre servidos juntos, e um almoço após uma aula sobre pelúcios com Hagrid não poderia ser diferente (ver *Harry Potter e o Cálice de Fogo*, capítulo 28).

Não havia tanta carne suficiente para todo mundo, então como era possível servir menos carne, mas ainda assim deixar todos os convidados satisfeitos? Donas de casa econômicas sempre serviram pudim de Yorkshire antes do rosbife para controlar os apetites. Antigamente, quando se assava o rosbife em um espeto a céu aberto, elas costumavam colocar uma fôrma por baixo do rosbife para coletar os respingos quentes. E, durante o cozimento, a massa absorvia os líquidos que continuavam pingando da carne.

1 xícara de farinha de trigo
½ colher (chá) de sal
2 ovos grandes
3 colheres (sopa) de manteiga derretida
1 xícara de leite integral
2 colheres (sopa) de óleo vegetal

1. Misture a farinha e o sal em uma tigela grande. Em outra tigela, bata os ovos até virar um creme, depois acrescente a manteiga e o leite. Despeje a mistura de ovos na mistura de farinha e bata até ficar com uma consistência homogênea. Leve à geladeira por 30 minutos.
2. Preaqueça o forno a 180°C. Despeje o óleo vegetal em uma fôrma de 20 cm ou uma travessa refratária e coloque-a no forno enquanto estiver aquecendo. O óleo precisa estar quente antes de você colocar a massa na fôrma.
3. Retire a massa da geladeira. Com cuidado, coloque a massa na fôrma quente. Asse por 10 minutos. Reduza o fogo para 180°C e deixe assar por mais 10 minutos, até a massa estufar e dourar nas bordas. Sirva quente ou morno.

Rende 6 porções

Costeletas de Porco Empanadas

No Baile de Inverno, o banquete no Salão Principal é um pouco diferente do que se costumava fazer. Em vez de as comidas aparecerem magicamente na mesa, foi colocado um menu diante de cada conviva. Dumbledore mostra como aquilo funciona ordenando ao seu prato o que quer comer, que, no seu caso, é costeletas de porco (ver *Harry Potter e o Cálice de Fogo*, capítulo 23).

Se você fosse uma pessoa qualquer vivendo antigamente, talvez tivesse uma criação de porcos para ajudar na alimentação doméstica. Quase todas as famílias pobres tinham um porco. É muito barato alimentar porcos, já que eles comem restos e podem fazer a própria forragem. Eles também produzem bastante carne e se diz que tudo, menos os olhos e o grunhido, pode ser aproveitado (tente não pensar demais sobre isso).

4 bistecas de porco de 180 g
Sal e pimenta-do-reino moída na hora a gosto
1 xícara de farinha de trigo
2 ovos grandes batidos
2 xícaras de farinha de rosca temperada

1. Retire as bistecas da embalagem e dê batidinhas com um papel-toalha para secar. Tempere com sal e pimenta.
2. O processo de empanar consiste em três etapas. A cobertura é composta de várias camadas. Cubra bem o alimento em todas as etapas do processo. Você precisará de uma tigela ou pacote plástico grande para a farinha de trigo, uma tigela para os ovos e uma tigela para a farinha de rosca.
3. Coloque as bistecas na tigela com farinha de trigo e vire-as para cobrir uniformemente (ou coloque as bistecas em um saco com farinha e chacoalhe para cobrir por igual). Retire as bistecas da farinha de trigo e transfira-as para a tigela com ovos, virando para cobrir uniformemente. Retire as bistecas do ovo e deixe o excesso escorrer de volta na tigela. Coloque as bistecas cobertas de ovo na terceira tigela, com farinha de rosca, e vire para cobrir completamente.

Costeletas de Porco Empanadas

Continuação

4. Encha uma frigideira de fundo grosso com óleo, até atingir 6 mm de altura, e aqueça a 180°C. Se você não tiver um termômetro para verificar a temperatura, observe quando o óleo começar a fazer movimentos (dançar) na frigideira. Quando isso acontecer, jogue um pouco de farinha de rosca no óleo. Se o óleo chiar, significa que está pronto para a fritura. Se o óleo estiver soltando fumaça, significa que está muito quente. Se isso acontecer, retire a frigideira do fogo e deixe esfriar até parar de soltar fumaça. Em seguida, leve a frigideira de volta ao fogo.
5. Coloque com cuidado as bistecas empanadas no óleo e frite-as por 4 minutos de cada lado até ficarem douradas e a temperatura interna atingir 60°C. Use uma pinça para virar as bistecas. Não use um garfo, pois se as bistecas forem espetadas muitas vezes, acabarão ficando secas.
6. Retire as bistecas do óleo e coloque em um prato forrado com papel-toalha para escorrer a gordura.

Rende 4 porções

Cozido de Costeletas de Cordeiro

Harry come, deprimido, suas costeletas de cordeiro com batatas, porque acabou de levar uma bronca da capitã do time de quadribol por receber uma detenção da professora Umbridge — como se fosse culpa dele — e agora sabe que ela nunca vai liberá-lo para os treinos de quadribol. Isso sem falar da pilha de trabalhos esperando por ele depois da detenção com a professora. Bom, ele ficaria ainda mais deprimido se soubesse de todos os horrores que a professora Umbridge guardou para ele (ver *Harry Potter e a Ordem da Fênix*, capítulo 13).

"Cordeiro" se refere ao filhote de ovelha com até um ano de idade. Depois de comemorar seu primeiro aniversário, sua carne fica dura e com sabor mais forte e ele passa a ser chamado de carneiro. Como a carne de cordeiro é bem gordurosa, costuma ser cozida junto com um ácido, como vinho (que contém ácido tânico), para equilibrar o teor de gordura.

3 colheres (sopa) de óleo vegetal
4 costeletas de cordeiro
Sal
Pimenta-do-reino moída na hora
1 cebola média picada
1 colher (sopa) de farinha de trigo
1 xícara de vinho tinto para adultos ou 1 xícara de caldo de frango para crianças
1 colher (chá) de alecrim desidratado
½ colher (chá) de sálvia desidratada

Cozido de Costeletas de Cordeiro

Continuação

1. Aqueça 1 colher de sopa de óleo em uma frigideira grande.
2. Tempere as costeletas de cordeiro com sal e pimenta dos dois lados. Sele as costeletas dos dois lados em fogo alto até formar uma casquinha marrom e transfira-as para um prato grande.
3. Limpe um pouco da gordura da frigideira, deixando os pedaços escuros do fundo. Aqueça mais 2 colheres de sopa de óleo. Acrescente a cebola e refogue até dourar. Polvilhe a farinha por cima da cebola e mexa bem até homogeneizar. Vá despejando o vinho ou o caldo, sem parar de mexer. Acrescente o alecrim e a sálvia. Cozinhe e mexa, raspando o fundo (os pedacinhos marrons), até que o molho comece a engrossar e borbulhar.
4. Leve as costeletas de volta à frigideira. Cubra a frigideira e deixe cozinhar em fogo baixo por 15 a 20 minutos, até a carne ficar macia. Sirva com o molho que se formou na frigideira. Se sobrar mais molho, sirva à parte na mesa.

Rende 4 porções

Frango Assado Clássico

Na casa dos Dursley, nunca deixavam Harry comer tanto quanto ele queria. Então, no seu primeiro banquete em Hogwarts, seus olhos devem ter ficado arregalados de espanto ao ver tantos pratos, como este frango assado, aparecendo na mesa diante dele (ver *Harry Potter e a Pedra Filosofal*, capítulo 7).

A galinha é a ave mais consumida no mundo. Isso porque, comparando a vacas, ovelhas e cabras, ela é muito mais barata e fácil de criar e pode ser preparada de inúmeras maneiras, com pouquíssimo desperdício.

1 cebola média cortada em fatias grossas de 6 mm
2 talos de aipo cortados em pedaços de 4 cm
2 cenouras cortadas em pedaços de 4 cm
4 dentes de alho descascados
1 frango inteiro de 1,5 kg
Óleo de oliva para pincelar
Sal e pimenta-do-reino moída na hora
1 xícara de água

1. Preaqueça o forno a 180°C. Coloque as rodelas de cebola em uma assadeira e espalhe o aipo, a cenoura e os dentes de alho por cima.
2. Seque o frango dando batidinhas com um papel-toalha. Coloque o frango na assadeira, com o lado do peito para cima e asas dobradas para baixo. Não é necessário amarrar o frango. Pincele o azeite de oliva sobre o frango e tempere com sal e pimenta. Despeje a água na assadeira.
3. Leve a assadeira ao forno e deixe assar por 50 minutos. Aumente a temperatura para 230°C. Gire a assadeira e continue assando por 30 a 40 minutos, até a temperatura marcar 80°C em um termômetro culinário inserido na coxa do frango. Retire o frango do forno e deixe descansar por 20 minutos antes de cortar.

Rende 4 porções

Batatas Cozidas com Vinagrete de Ervas

Essas batatas cozidas são um dos muitos pratos que surpreendem Harry ao aparecerem magicamente diante dele em seu primeiro banquete em Hogwarts (ver *Harry Potter e a Pedra Filosofal*, capítulo 7).

Quando pensamos na "história da batata" (se é que vale a pena pensar nessa história), o que vem à mente é a história da Irlanda e da Grande Fome. Mas, de início, os irlandeses não gostavam muito de batatas. Os espanhóis trouxeram batatas da América do Sul em 1500 e foi só muito tempo depois que os ingleses e irlandeses começaram a consumir esse tubérculo. Eles achavam que a batata era venenosa, porque, assim como o tomate, pertence à família das solanáceas.

1,5 kg de batatas pequenas
¼ de xícara de azeite de oliva
2 colheres (sopa) de vinagre de estragão (pode ser substituído por outro tipo de vinagre, como balsâmico)
Sal a gosto
Pimenta-do-reino moída na hora a gosto
2 colheres (sopa) de endro fresco picado

1. Esfregue as cascas das batatas e coloque-as em uma panela. Encha a panela com água até cobrir as batatas. Deixe ferver, reduza o fogo e deixe cozinhar em fogo baixo até que as batatas possam ser espetadas com facilidade usando um garfo, por cerca de 25 minutos.
2. Escorra as batatas e transfira para uma tigela grande.
3. Acrescente o azeite, o vinagre, o sal, a pimenta e o endro e misture bem. Sirva-as mornas.

Rende 6 porções

Observação: o vinagrete tradicional é feito misturando os ingredientes para formar uma emulsão temporária (um processo que mistura o óleo no vinagre), mas nesta receita nós facilitamos o processo e simplesmente misturamos todos os ingredientes juntos.

Batata Assada com Alho e Alecrim

Rony enche a boca com uma quantidade tão grande de batata que ninguém consegue entender uma palavra que ele diz. Mas o que ele pode fazer? Ele está faminto! O banquete de início do ano levou um tempão para começar, porque a seleção de alunos foi muito demorada, com o Chapéu Seletor cantando uma música interminável avisando a todos para se unirem diante dos tempos turbulentos que estavam por vir (ver *Harry Potter e a Ordem da Fênix*, capítulo 11).

Se você está lendo este livro desde o começo, já sabe que levou muito tempo (dois séculos, na verdade) desde que a batata foi levada à Inglaterra até ela começar a ser consumida no país. Algumas pessoas sabiam que era seguro comer batatas, mas ninguém acreditava nelas. Então elas apelaram para alguns truques. Um sujeito chamado Benjamin Thompson percebeu que o governo poderia economizar bastante dinheiro se alimentasse os pobres com batatas. Ele cozinhava batatas às escondidas até elas se desmancharem e ninguém conseguia identificar que alimento era aquele. Senão, ninguém comia. Espertinho... Mas assim as pessoas ficaram bem-alimentadas, o governo economizou um bom dinheiro e todo mundo ficou feliz.

6 batatas Asterix (cerca de 1 kg) escovadas e picadas em cubos de 1 cm
¼ de xícara de azeite de oliva
1 colher (chá) de sal
1 colher (chá) de alecrim desidratado
2 dentes de alho triturados
Pimenta-do-reino moída na hora

1. Preaqueça o forno a 200°C. Misture as batatas com o azeite, o sal, o alecrim, o alho e a pimenta-do-reino, cuidando para cobrir bem as batatas com os temperos.
2. Espalhe as batatas em uma assadeira grande e rasa ou em uma fôrma com bordas. Asse as batatas por cerca de 1 hora, até ficarem crocantes nas bordas e macias no meio. Na metade do tempo do cozimento, retire as batatas do forno para misturar o tempero novamente e, em seguida, leve de volta ao forno para terminar de assar.

Rende 4 porções

Purê de Batatas Aerado

Rony está morrendo de fome — como sempre — no banquete do início do ano letivo, quando o Torneio Tribruxo será anunciado. Ele enche o prato de purê de batatas, sob os olhos melancólicos do Nick Quase Sem Cabeça (ver *Harry Potter e o Cálice de Fogo*, capítulo 12).

Há mil e uma maneiras de preparar batatas e parece que pelo menos metade dessas maneiras foi mencionada nos livros do Harry Potter. Mas este é o melhor jeito de comer batatas. Para fazer purê, use batatas com alto teor de amido, como as batatas-inglesas. Batatas mais secas, como a Asterix, não se desmancham mesmo depois de cozinhar por bastante tempo e são melhores para assar ou colocar em cozidos. Elas não são muito boas para fazer purê.

6 batatas-inglesas (cerca de 1,2 kg) descascadas e cortadas em quatro partes iguais
120 g (8 colheres de sopa) de manteiga
1 xícara de leite integral
2 colheres (chá) de sal
Pimenta-do-reino moída na hora

1. Coloque as batatas em uma panela e cubra com água. Leve para ferver e em seguida abaixe o fogo e deixe cozinhar em fogo baixo por 25 minutos até que as batatas se desmanchem ao serem espetadas com um garfo.
2. Escorra as batatas. Adicione a manteiga, o leite, o sal e a pimenta. Esmague as batatas com um esmagador até o purê ficar leve e aerado.

Rende 4 porções

Observação: dá para se divertir e variar o purê de batatas clássico. Cozinhe 2 dentes de alho descascados junto com as batatas e esmague-os junto, acrescentando uma pitada de alho em pó. Ou acrescente 1 cebola refogada e 1 colher de sopa de cebola em pó. Ou cubra com queijo cheddar. Ou ainda misture suas ervas preferidas picadas ao purê. E sirva com um montão de molho por cima.

Batatas Assadas com Casca

Harry está prestes a participar do seu primeiro baile de Halloween em Hogwarts, com tudo o que tem direito, até com morcegos de verdade (para ver, não para comer), quando o professor Quirrell entra correndo pelo Salão Principal para avisar a todos sobre um troll, o que dá início a um verdadeiro caos no salão. Harry não consegue terminar de comer a batata assada que estava querendo pegar, mas ele tem aventuras muito mais emocionantes para viver do que comer batatas (ver *Harry Potter e a Pedra Filosofal*, capítulo 10).

Outro fato interessante sobre batatas: elas costumavam ser chamadas de "maçã da terra" em inglês (*earth apple*) e em alemão (*Erdapfel*). Elas ainda levam esse nome em francês (*pommes de terre*), hebraico (*tapuchei adama*), holandês (*aardapel*) e outras línguas.

6 batatas-inglesas limpas
Sal e pimenta-do-reino moída na hora
Manteiga, creme azedo ou iogurte natural para servir

1. Preaqueça o forno a 200°C. Corte as batatas pela metade no sentido do comprimento e espalhe-as em uma assadeira com o lado cortado virado para cima.
2. Asse as batatas por 1 hora a 1 hora e meia, até que a parte de cima esteja crocante e dourada e as batatas possam ser facilmente perfuradas com um garfo. Tempere com sal e pimenta a gosto e sirva com bastante manteiga, creme azedo ou iogurte natural.

Rende 6 porções

Observação: para preparar uma refeição completa e bem farta, asse as batatas inteiras, corte-as ao meio e tire o miolo com uma colher. Esmague a batata assada e misture com um pouco de atum e maionese — usando as proporções de atum e maionese de sua preferência — e leve esse creme de volta às batatas. Se quiser, coloque no forno por mais alguns minutos para reaquecer e deixar tudo na mesma temperatura.

Batatas Fritas

Batatas fritas, um dos três pratos feitos com batatas no primeiro banquete de Hogwarts de Harry, aparecem como mágica na mesa diante dele. Harry experimenta todas as comidas, menos os docinhos de hortelã (ver *Harry Potter e a Pedra Filosofal*, capítulo 7).

Para fazer os franceses comerem batatas — como outros povos, eles também não gostavam muito da ideia —, o cientista Antoine-Augustin Parmentier usou a criatividade. Ele deu à Rainha Maria Antonieta flores de batata para usar como adorno e plantou um campo de batatas com muita proteção em volta. Ele imaginou, com razão, que os moradores ficariam curiosos sobre a plantação valiosa. De fato, eles entravam secretamente à noite para roubar batatas, que passaram a plantar e, por fim, a comer, descobrindo que as batatas eram muito boas, no final das contas. Que manobra! Mas funcionou. Os franceses ficaram tão gratos ao senhor Parmentier que hoje há um prato que leva o seu sobrenome, cujo ingrediente principal são batatas, é claro. Como esta receita se divide em duas etapas, planeje com bastante antecipação se quiser servir batatas fritas em uma refeição.

6 batatas-inglesas descascadas
Óleo vegetal para fritar
Sal a gosto

1. Corte uma fatia fina de todos os quatro lados das batatas, fazendo com que as batatas virem um retângulo. Corte as batatas em fatias de 1 cm de espessura no sentido do comprimento. Vire as primeiras fatias do lado mais largo e agora corte no sentido do comprimento para formar palitos de 1 cm de espessura. Lave as batatas em água fria até a água sair clara e seque com um pano. Mantenha as batatas enroladas no pano até a hora de fritar (você pode guardar as fatias que sobraram para fazer purê).

Batatas Fritas

Continuação

2. Encha uma panela média com óleo até atingir 5 cm de altura. Prenda um termômetro culinário na panela e aqueça o óleo até atingir 180°C. Vá colocando as batatas aos poucos, deixando a temperatura do óleo subir até 180°C antes de colocar mais batatas na panela. Frite cada porção até as batatas ficarem com uma cor amarelo-escura, por cerca de 5 minutos. Transfira as batatas para um papel-toalha para escorrer. Guarde a panela com óleo para o próximo passo.
3. Antes de servir, reaqueça a panela com óleo até atingir 180°C. Frite as batatas novamente em partes até ficarem douradas e crocantes, por cerca de 2 minutos, deixando a temperatura do óleo subir até 180°C antes de colocar mais batatas para fritar. Transfira para um papel-toalha, tempere com sal e sirva.

Rende de 4 a 6 porções

Observação: óleo de amendoim é um dos melhores óleos para fritura, por causa do seu alto ponto de fumaça e porque deixa os alimentos bem crocantes. Mas é supercaro, então você pode usar outro óleo vegetal, como de canola, para fritar.

Ervilhas Amanteigadas

O momento em que mais se fala de comida nos livros do Harry Potter é no seu primeiro banquete em Hogwarts. São mencionados cerca de 25 pratos, inclusive ervilhas. Quem consegue comer tanto em uma única refeição? (ver *Harry Potter e a Pedra Filosofal*, capítulo 7)

Os romanos levaram ervilhas para a Grã-Bretanha, o que foi muito bom, pois elas passaram a fazer parte da dieta dos camponeses medievais, que comiam ervilhas na forma de uma sopa bem espessa. Se um dia você quiser roubar um legume, ervilhas são uma boa escolha. Seus pés são tão altos e tão cheios de flores que podem muito bem esconder ladrões. Tanto é que, na Idade Média, foram decretadas leis para protegê-los (os pés de ervilha, não os ladrões).

500 g de ervilhas congeladas
1 xícara de água
½ colher (chá) de sal
¼ de colher (chá) de pimenta
2 colheres (sopa) de manteiga
1 colher (sopa) de açúcar refinado

1. Coloque as ervilhas e a água em uma panela e deixe ferver. Abaixe o fogo e deixe cozinhar em fogo brando por cerca de 5 minutos, até as ervilhas ficarem macias. Escorras as ervilhas e leve-as de volta à panela.
2. Adicione o sal, a pimenta, a manteiga e o açúcar. Misture bem até que a manteiga derreta e todos os ingredientes estejam incorporados.

Rende 6 porções

Observação: por mais difícil que seja de acreditar, ervilhas congeladas têm uma vantagem em relação às ervilhas frescas. Diferente da maioria dos alimentos, as ervilhas começam a desenvolver mais amido e perder sabor poucas horas depois de serem colhidas, portanto, ao comprá-las no supermercado, elas já não estão mais saborosas. Como as ervilhas congeladas são colhidas e congeladas no momento em que estão mais frescas, elas funcionam melhor nesta receita.

Cenouras Glaceadas

Também havia cenouras entre os vários pratos servidos no banquete no Salão Principal após a cerimônia de seleção que colocou Harry na Grifinória (ver *Harry Potter e a Pedra Filosofal*, capítulo 7).

Os pilotos de guerra britânicos, em uma tentativa de esconder a tecnologia de radar dos alemães, diziam que sua poderosa visão noturna se devia à grande quantidade de cenouras que comiam. Os alemães, por incrível que pareça, acreditaram na história. Cenoura realmente faz bem para a visão noturna, mas não substituem radares. E também não fazem ninguém poder deixar de usar óculos.

1 kg de cenouras (7 ou 8 unidades médias) descascadas e cortadas em rodelas de 5 mm de espessura
2 colheres (sopa) de manteiga
2 colheres (sopa) de açúcar mascavo
2 colheres (sopa) de mel
½ colher (chá) de sal

1. Leve para ferver em uma panela as cenouras com a manteiga, o açúcar mascavo, o mel e o sal e vá mexendo com uma colher de madeira. Abaixe o fogo e deixe a cenoura cozinhar em fogo baixo, com a tampa, por cerca de 10 minutos, até que a cenoura esteja macia.
2. Tire a tampa da panela e aumente o fogo, fervendo até que todo o líquido evapore. Quando o líquido começar a reduzir, vá mexendo sem parar. Continue cozinhando até que a calda comece a ficar marrom, sempre mexendo e raspando o fundo da panela.

Rende 4 porções

Molho de Carne Clássico

Molho de carne não é bem uma comida, mas sim algo que se põe por cima da comida. Tanto no primeiro banquete de Harry em Hogwarts quanto no seu primeiro jantar de Natal, servem esse molho de carne, provavelmente para colocar por cima de todos aqueles pratos à base de batata (ver *Harry Potter e a Pedra Filosofal*, capítulos 7 e 12).

É impressionante observar como os cozinheiros britânicos eram sofisticados nos séculos 13 e 14. Eles faziam molho usando um purê de amêndoas moídas, caldo, gengibre e açúcar, para ser servido com coelho, frango, enguia ou ostras. A expressão "um banquete digno de um rei" certamente fazia bastante sentido naquela época. Com toda a certeza, os camponeses não se alimentavam com esse tipo de iguaria!

3 colheres (sopa) de óleo vegetal
3 colheres (sopa) de farinha de trigo
2 xícaras de caldo de frango, peru ou carne
½ xícara de molho da assadeira de frango, peru ou carne, sem a gordura que fica na superfície (ver observação)
Sal a gosto

1. Aqueça o óleo em uma panela pequena. Acrescente a farinha e mexa até ela dourar e começar a espumar. Vá despejando o caldo devagar, mexendo sem parar. Adicione o molho da assadeira.
2. Deixe cozinhar, mexendo de vez em quando, até o molho engrossar e começar a borbulhar.
3. Prove e ajuste o tempero a seu gosto.

Rende cerca de 2 ½ xícaras

Observação: este molho não é exatamente autêntico. Tecnicamente, o molho de carne não pode ter espessantes e é feito apenas reduzindo o caldo de carne. Se não tiver molho da assadeira disponível, use apenas o caldo.

Ketchup Inglês de Tomate

Se vale a pena mencionar o ketchup que havia no primeiro banquete de Harry em Hogwarts, é porque não devia ser aquele tipo industrializado comum. Os elfos domésticos com certeza prepararam um ketchup muito especial, que mandaram para o Salão Principal para acompanhar toda a refeição (ver *Harry Potter e a Pedra Filosofal*, capítulo 7).

Inicialmente, o ketchup na Inglaterra era feito com picles de cogumelos e sem tomates, e embora o ketchup de tomates seja basicamente o único tipo feito hoje em dia, ketchup na verdade quer dizer qualquer condimento concentrado que contenha bastante vinagre e açúcar. É fácil fazer ketchup em casa, e o gosto é delicioso — mas, ironicamente, sai mais caro fazer ketchup em casa do que comprar no mercado.

1 kg (cerca de 4 unidades grandes) de tomates maduros cortados em quatro partes iguais
1 cebola média cortada em pedaços grandes
2 dentes de alho cortados em pedaços grandes
¼ de xícara de açúcar mascavo
½ xícara de vinagre de vinho branco
1 colher (chá) de sal
1 xícara de água
1 pedaço de pau de canela
5 cravos inteiros
5 bagas de pimenta-da-jamaica
5 bagas de pimenta-do-reino

1. Coloque todos os ingredientes em uma panela grande. Leve para ferver e depois abaixe o fogo e deixe cozinhar em fogo brando até os tomates ficarem bem macios, por cerca de 30 minutos.
2. Retire a panela do fogo. Passe o conteúdo da panela por uma peneira grande colocada em cima de uma tigela grande e vá pressionando com uma espátula de silicone até extrair todo o líquido. Descarte a polpa, pele, sementes e especiarias que sobraram.
3. Leve o molho de tomate cozido de volta à panela e deixe ferver, sem tampar, mexendo de vez em quando, até reduzir e ficar bem espesso, por cerca de 30 minutos.

Rende cerca de ¾ de xícara

Pudim de Carne e Rins

Malfoy acaba de ser atacado pelo hipogrifo Bicuço — por culpa dele mesmo, pois não estava prestando atenção em Hagrid, que ensinava que não se podia ofender esses animais tão sensíveis. Mas é a primeira aula de Hagrid como professor, e Hermione está tão preocupada por ele poder ter problemas que mal consegue comer seu pudim de carne e rins (ver *Harry Potter e o Prisioneiro de Azkaban*, capítulo 6).

Este prato clássico inglês surgiu em meados do século 19. Para ficar mais autêntico, leve o prato à mesa na tigela em que foi preparado, embrulhado em um pano ou tecido branco. O prato tradicional britânico é feito com sebo de boi, mas margarina ou manteiga também alcançam resultados satisfatórios. Sirva com batatas cozidas e couve-de-bruxelas ou com purê de batatas e ervilhas e cenouras cozidas no vapor para fazer uma refeição britânica tradicional.

Massa de "Sebo"

2 xícaras de farinha de trigo
½ colher (chá) de sal
¼ de colher (chá) de pimenta-do-reino
180 g (12 colheres de sopa) de manteiga ou margarina cortada em pedaços grandes
½ a ¾ de xícara de água

Recheio

500 g de acém cortado em cubos de 6 mm
3 colheres (sopa) de óleo vegetal
1 cebola média bem picada
1 dente de alho triturado
3 colheres (sopa) de farinha de trigo
1 xícara de caldo de frango
3 colheres (sopa) de extrato de tomate
½ colher (chá) de sal
¼ de colher (chá) de pimenta-do-reino moída na hora
500 g de rins de cordeiro ou boi cortados em cubos de 6 mm

Pudim de Carne e Rins

Continuação

1. Para fazer a massa, coloque a farinha, o sal, a pimenta e a manteiga ou margarina em uma tigela grande. Corte ou vá esfarelando os ingredientes usando um cortador de massa ou a ponta dos dedos. Pingue algumas gotas de água gelada por cima da farinha e vá juntando a massa com uma espátula até a massa formar uma bola. Se a massa estiver muito seca, acrescente mais água, 1 colher de sopa de cada vez. Retire ⅓ da massa para fazer a parte de cima e reserve o restante para a base. Modele os dois pedaços de massa em formato de discos, embale em plástico-filme e leve à geladeira enquanto prepara o recheio.
2. Para fazer o recheio, leve uma frigideira grande ao fogo alto e sele a carne por partes, fritando de todos os lados até formar uma casquinha marrom. Reserve a carne e limpe a frigideira.
3. Coloque o óleo na frigideira e aqueça. Adicione a cebola e refogue em fogo médio até ficar bem dourada. Adicione o alho e refogue por alguns segundos, até sentir o aroma sendo liberado.
4. Acrescente a carne. Polvilhe a farinha por cima da carne e mexa bem. Vá despejando o caldo devagar e depois o extrato de tomate. O molho vai engrossar bastante. Adicione sal, pimenta e os rins e deixe cozinhar, com tampa, por 10 minutos. Tire a tampa, aumente o fogo e deixe ferver até o recheio engrossar bastante, por cerca de 5 minutos. Despeje o recheio em uma assadeira baixa e espalhe para esfriar rápido. Deixe esfriar até atingir temperatura ambiente.
5. Para montar o pudim, coloque uma tigela rasa de cabeça para baixo dentro de uma panela grande e encha de água até atingir ⅓ da tigela. Leve para ferver. Unte e enfarinhe uma tigela com uma tampa bem firme com capacidade de 4 litros. Em uma superfície bem enfarinhada, estique o disco de massa maior até formar um círculo de 30 cm de diâmetro. Dobre a massa em quatro partes e desdobre-a em cima da fôrma untada, cuidando ao colocar a massa na fôrma e deixando uma sobra de massa para cima das bordas. Estique o segundo disco de massa até formar um disco de 20 cm.
6. Coloque o recheio dentro da fôrma com a massa. Cubra o recheio com o segundo círculo de massa. Pressione as bordas e dobre-as para cima (nunca para baixo). A borda deve ficar com pelo menos 1 cm para deixar espaço para a massa crescer. Encaixe a tampa e coloque com cuidado dentro da tigela com água. A água deve chegar até a metade da altura da lateral da tigela. Deixe cozinhar em fogo baixo por 2 horas e meia, verificando o nível da água de vez em quando e colocando mais água se necessário.
7. Use luvas para tirar a tigela com bastante cuidado. Para servir, vá tirando porções com uma colher grande.

Rende 6 porções

Observação: se você não encontrar ou não quiser usar rins, use meio quilo de cogumelos fatiados.

Pastelão de Carne e Rins

Rony, o cara do apetite sem fim, chega a esquecer de comer seu pastelão de rins porque fica tão admirado não só por Harry não ter sido punido por voar em uma vassoura, mas também por ter entrado para o time de quadribol como o apanhador mais jovem do século (ver *Harry Potter e a Pedra Filosofal*, capítulo 9).

O pastelão de carne e rins é muito parecido com o pudim de carne e rins. A única diferença é que é assado em uma massa de torta, muito mais fácil de fazer.

Massa da Torta

2 ¼ xícaras de farinha de trigo

1 colher (chá) de sal

8 colheres (sopa) de gordura vegetal cortada em pedaços

120 g (8 colheres de sopa) de manteiga gelada e cortada em pedaços

½ a ¾ de xícara de água

Recheio

Use os mesmos ingredientes do recheio do Pudim de Carne e Rins

1 ovo batido com 1 colher (sopa) de água para pincelar a massa

Pastelão de Carne e Rins

Continuação

1. Para fazer a massa, bata a farinha, o sal, a gordura vegetal e a manteiga em um processador de alimentos até ficar com uma consistência de farofa. Adicione ½ xícara de água gelada e bata por mais alguns segundos até a massa virar uma bola. Adicione o resto da água, 1 colher de sopa de cada vez, se a massa estiver muito seca (melhor ter água sobrando do que faltando). Divida a massa em duas partes iguais, sove cada metade separadamente, modele em formato de discos, embrulhe em plástico-filme e leve à geladeira enquanto faz o recheio.
2. Para fazer o recheio, siga as instruções para preparar o recheio da receita de Pudim de Carne e Rins (capítulo 7).
3. Para montar o pastelão, preaqueça o forno a 220°C. Coloque uma assadeira na grade mais baixa do forno para evitar respingos. Estique um disco de massa em uma superfície bem enfarinhada e coloque a massa dentro de uma fôrma de torta de 20 cm de diâmetro.
4. Coloque o recheio dentro da base do pastelão. Estique o segundo disco de massa, coloque por cima do recheio e apare as bordas, deixando cerca de 2 cm para cima da borda da fôrma. Dobre a sobra de massa e grude as bordas usando um garfo ou os dedos. Pincele o ovo por cima do topo do pastelão e faça quatro cortes na parte de cima, para deixar uma abertura para o vapor sair durante o cozimento. Você pode usar os restos de massa para modelar folhas ou algum outro desenho para decorar a torta. Prenda os elementos decorativos com um pouco de água.
5. Coloque a torta com cuidado na assadeira e asse por 25 minutos. Abaixe o fogo para 180°C e asse até o pastelão ficar bem dourado, por mais 30 minutos. Se as bordas começarem a queimar, cubra com tiras de papel-alumínio. Depois de assar, retire o pastelão do forno e deixe descansar por 20 minutos antes de cortar, para que o recheio possa firmar um pouco.

Rende 8 porções

Torta do Pastor

O dia em que precisa ficar na detenção com o professor Lockhart (ajudando-o a responder as cartas de seus fãs), Harry come seu "empadão" sem muito apetite, apavorado com a detenção que se aproxima. Se ele pudesse prever o futuro, teria ainda mais com que se preocupar, porque durante a detenção ele vai ouvir uma voz tenebrosa e assassina nas paredes, que só ele pode ouvir (ver *Harry Potter e a Câmara Secreta*, capítulo 7).

Não há nada melhor do que um moedor de carne para fazer carne moída. As donas de casa ficaram encantadas com a invenção do moedor de carne, porque a máquina as ajudava a moer os restos de cordeiro assado do domingo para serem usados durante a semana em pratos como esta torta, que poderia muito bem ser o empadão comido por Harry.

800 g de carne de boi ou de cordeiro moída
2 colheres (sopa) de óleo vegetal
1 cebola média bem picada
1 dente de alho triturado
1 colher (sopa) de farinha de trigo
1 xícara de caldo de frango
2 colheres (sopa) de extrato de tomate
1 cenoura descascada e picada
½ colher (chá) de sal
Pimenta-do-reino moída na hora
3 batatas-inglesas grandes descascadas e cortadas em quatro partes iguais
60 g (4 colheres de sopa) de manteiga
½ xícara de leite integral
1 ½ colher (chá) de sal

Torta do Pastor

Continuação

1. Coloque uma assadeira na grade mais baixa do forno para evitar respingos. Preaqueça o forno a 180°C.
2. Em uma frigideira grande ou panela larga, frite a carne até ficar marrom e cheia de grumos. Tire a gordura da carne e transfira para um prato. Limpe a frigideira com um papel-toalha. Adicione o óleo. Espere o óleo aquecer e adicione a cebola. Refogue a cebola em fogo médio até ficar bem dourada. Adicione o alho e refogue por alguns segundos até sentir o aroma levantando. Leve a carne de volta à frigideira, mexa bem.
3. Polvilhe a farinha por cima da carne e misture bem. Vá despejando o caldo de frango, sem parar de mexer. Adicione o extrato de tomate, a cenoura picada, ½ colher de chá de sal e pimenta. Aumente o fogo e deixe ferver. Deixe cozinhar até o recheio engrossar e começar a borbulhar, e as cenouras ficarem macias, por cerca de 15 minutos.
4. Cubra as batatas com água em uma panela e leve para ferver. Reduza o fogo e deixe cozinhar em fogo baixo até as batatas se desmancharem quando forem espetadas com um garfo, por cerca de 25 minutos. Escorra as batatas e leve-as de volta à panela. Adicione a manteiga, o leite e 1 colher e meia de sal e esmague tudo junto com um esmagador de batatas.
5. Coloque a carne em uma travessa refratária de 20 cm. Com uma colher, vá colocando o purê de batatas por cima. Você pode decorar fazendo picos, redemoinhos ou um padrão cruzado usando um garfo. Para dar um ar mais festivo, você pode usar um saco de confeitar para colocar o purê por cima da carne, usando um bico de confeitar em formato de estrela de 2 cm de diâmetro. Asse a torta até começar a borbulhar dos lados e a casquinha de batata ficar com uma cor amarela mais escura, por cerca de 45 minutos.

Rende 8 porções

Observação: tecnicamente, a torta do pastor é feita com carne de cordeiro e a torta camponesa é feita com carne bovina, mas geralmente usa-se o termo torta do pastor para as duas versões. Não importa como você chama esse prato clássico e reconfortante, ele com certeza vai agradar todos que provarem.

Purê com Salsichas

Na noite em que a Armada de Dumbledore (A.D.) vai se encontrar pela primeira vez, Harry come purê com salsichas no jantar, um prato clássico da Inglaterra conhecido em inglês como bangers and mash (ver *Harry Potter e a Ordem da Fênix*, capítulo 18).

Na época da guerra, durante o racionamento, as salsichas continham tanta água que faziam barulhos de explosão durante a fritura, o que rendeu aos britânicos o apelido de *bangers* (por causa do *bang* da explosão). Este prato fica delicioso coberto com um molho de cebola. Você pode usar linguiças de boa qualidade em vez de prepará-las em casa.

Salsichas

250 g de carne de vitela moída

250 g de carne bovina ou suína moída

1 xícara de farinha de rosca fresca

1 colher (chá) de raspas de casca de limão

1 colher (chá) de sal

¼ de colher (chá) de noz-moscada moída

1 colher (chá) de sálvia moída

⅛ de colher (chá) de manjerona desidratada

⅛ de colher (chá) de tomilho moído

¼ de colher (chá) de pimenta-do-reino moída na hora

2 gemas grandes

2 colheres (sopa) de manteiga ou margarina

Purê de Batatas

6 batatas descascadas e cortadas em 4 partes iguais

2 colheres (chá) de sal

60 g (4 colheres de sopa) de manteiga

1 xícara de leite integral ou creme de leite fresco

Pimenta-do-reino moída na hora a gosto

Molho de Cebola

3 colheres (sopa) de óleo vegetal

1 cebola média bem picada

3 colheres (sopa) de farinha de trigo

2 xícaras de caldo de frango

Sal a gosto (será necessário ajustar de acordo com o teor de sal do caldo)

Purê com Salsichas

Continuação

1. Para preparar as salsichas, misture bem em uma tigela grande todos os ingredientes, menos as 2 colheres de sopa de manteiga ou margarina. Leve a manteiga ou margarina para aquecer em uma frigideira. Modele a carne em formato de linguiças e frite em fogo médio/alto de todos os lados, girando várias vezes até as salsichas ficarem bem douradas. Transfira as salsichas para um prato forrado com papel-toalha. Repita até usar toda a carne.
2. Para preparar o purê, coloque as batatas em uma panela e cubra com água. Deixe ferver, abaixe o fogo e deixe cozinhar em fogo baixo por 25 minutos ou até que as batatas se desmanchem ao serem espetadas com um garfo.
3. Escorra as batatas. Adicione o sal, a manteiga, o leite ou creme de leite e a pimenta-do-reino. Esmague com um esmagador de batatas até virar um creme leve e aerado.
4. Para preparar o molho, aqueça o óleo em uma panela média. Acrescente a cebola e refogue em fogo baixo, mexendo de vez em quando, até a cebola ficar dourada, por cerca de 30 minutos. Acrescente a farinha e misture bem. Vá despejando o caldo de frango. Deixe cozinhar em fogo médio, mexendo sem parar, até o molho ficar grosso e começar a borbulhar. Experimente o molho e adicione mais sal, se necessário.
5. Para servir, coloque 2 ou 3 linguiças em um prato. Posicione o purê de um lado e, com uma colher, coloque uma quantidade generosa de molho de cebola por cima de tudo.

Rende 6 porções

Picadinho com Batatas e Azeitonas

Hermione e Rony estão brigados... Que novidade! Rony tirou sarro de Hermione em uma aula com a professora McGonagall, e agora ela está sentada sozinha na mesa da Grifinória, brincando com o picadinho no prato. Ela está irritada e, para piorar as coisas, Rony está namorando a Lilá, e não ela (ver *Harry Potter e o Enigma do Príncipe*, capítulo 15).

Este picadinho tem sua origem em Chiddingly, em East Sussex, uma importante cidade mineradora do tempo dos romanos. Quase não há informações sobre a história deste prato e como azeitonas foram parar dentro dele. Mas o sabor é incrível, e isso é tudo que importa.

3 colheres (sopa) de óleo vegetal
500 g de acém ou lagarto, com as gorduras aparadas e cortado em cubos de 2 cm
Farinha de trigo para envolver a carne
1 cebola picada
1 talo de aipo picado
½ xícara de azeitonas verdes picadas
2 colheres (sopa) de vinagre de estragão
2 colheres (sopa) de vinagre de malte
¼ de colher (chá) de cravos moídos
Sal
Pimenta-do-reino moída na hora
3 batatas Asterix cortadas em fatias finas
Cerca de 1 xícara de caldo de frango

1. Preaqueça o forno a 180°C. Aqueça 1 colher de sopa de óleo em uma frigideira grande. Passe os pedaços de carne pela farinha e frite em porções, em fogo médio/alto, virando a carne durante o cozimento, até ficar bem dourada. Transfira para um prato grande.
2. Aqueça o restante do óleo e acrescente a cebola e o aipo. Refogue em fogo médio, raspando o fundo da panela, até que os legumes fiquem macios, por cerca de 5 minutos.
3. Em uma tigela refratária média, faça uma camada com a cebola e o aipo, depois coloque as azeitonas. Regue com 1 colher de sopa de cada vinagre, ⅛ de colher de chá de cravo, sal e pimenta. Em seguida, faça uma camada com metade da carne. Distribua metade das fatias de batata por cima. Repita as camadas mais uma vez. Regue com o caldo de frango até atingir metade da altura da travessa. Tempere a última camada de batatas com mais sal e pimenta. Cubra bem e deixe no forno por 2 horas e meia.
4. Retire a tampa e verifique se o picadinho não está muito seco. Se estiver, regue com mais um pouco de caldo de frango. Leve ao forno sem cobrir por mais 30 minutos, até a parte de cima ficar bem dourada.

Rende 4 porções

Bife Escocês com Cebolas e Cogumelos

Que jeito de descobrir que há elfos domésticos em Hogwarts: no banquete do início do ano letivo, quando todo mundo está faminto. Harry acabou de engolir um pedaço de carne quando o Nick Quase Sem Cabeça fala sobre o problemão que o Pirraça causou com os elfos domésticos na cozinha. A Hermione está com fome, mas se recusa a continuar a comer. Harry e Rony nem se deixam abalar, é claro (ver *Harry Potter e o Cálice de Fogo*, capítulo 12).

Este prato em inglês se chama *collops*, uma palavra esquisita que significa "fatias". Mais especificamente, fatias bem finas de carne — ou bifes. Os vitorianos eram muito exigentes quanto ao preparo de seus bifes. O livro de culinária *Great British Cooking*, escrito por Jane Garmey, reproduz uma história narrada pelo famoso livro de culinária vitoriana escrito por Isabella Beeton: uma mulher estava tentando descobrir informações sobre uma cozinheira que estava pensando em contratar. Quando ouviu falar que a cozinheira era uma pessoa de moral muito elevada, ela disse: "Ah, pouco importa sua moral. Será que ela sabe preparar um bom bife?".

2 colheres (sopa) de óleo vegetal
700 g de bife de tira, cortado no sentido contrário às fibras em fatias de 3 mm de espessura
1 cebola fatiada
300 g de cogumelos fatiados
Sal e pimenta-do-reino moída na hora a gosto

1. Aqueça o óleo em uma frigideira e frite a carne em fogo alto, por cerca de 1 a 2 minutos de cada lado, em partes, cuidando para não encher demais a panela. Ao retirar cada porção de carne, vá colocando em um prato. Acrescente a cebola e os cogumelos à frigideira e reduza o fogo para médio/alto. Cozinhe, mexendo sem parar e raspando o fundo da panela, até a cebola ficar bem dourada e os cogumelos ficarem macios.
2. Retire a frigideira do fogo e leve a carne de volta à frigideira, misturando tudo. Tempere com sal e pimenta a gosto. Sirva com macarrão na manteiga.

Rende 6 porções

Couve-de-Bruxelas com Molho Branco

Hermione não pode ajudar os elfos domésticos fazendo greve de fome, mas pode ajudar indo à biblioteca. Este é o mantra dela: sempre que tiver dúvidas, vá à biblioteca. Ela enche a boca de costeletas de cordeiro, batatas e couves-de-bruxelas o mais rápido que consegue para poder usar o resto do seu intervalo do almoço lendo sobre os direitos dos elfos (ver *Harry Potter e o Cálice de Fogo*, capítulo 13).

A couve-de-bruxelas tem a fama de ser a comida menos atrativa que existe. Um motivo provável para as pessoas não gostarem desse legume é que ele costuma ser cozido demais. Para falar sobre a ciência por trás do processo, ao serem cozidos em excesso, alguns legumes liberam compostos sulfúricos que têm um gosto, digamos assim, podre. Então cuidado para não deixar as couves-de-bruxelas cozinhando por mais de 7 minutos.

500 g de couve-de-bruxelas (use congeladas para facilitar)
1 xícara de água
1 colher (sopa) de manteiga
1 colher (sopa) de farinha de trigo
1 xícara de leite integral
¼ de colher (chá) de sal
⅛ de colher (chá) de noz-moscada moída
Pimenta-do-reino moída na hora a gosto

1. Leve uma panela média com água para ferver com as couves-de-bruxelas. Abaixe o fogo e deixe cozinhar em fogo baixo por cerca de 7 minutos, até amaciá-las. Escorra as couves-de-bruxelas e transfira para uma travessa.
2. Aqueça a manteiga em uma frigideira até começar a espumar. Acrescente a farinha e misture bem. Vá despejando o leite enquanto mexe. Adicione sal, noz-moscada e pimenta e deixe cozinhar mais um pouco, mexendo sem parar, até o molho engrossar e borbulhar.
3. Despeje o molho por cima das couves-de-bruxelas. Sirva morno.

Rende 6 porções

Observação: as couves-de-bruxelas podem ser armazenadas já com o molho na geladeira por até 1 semana, mas devem ser aquecidas em fogo baixo ou no micro-ondas.

Bouillabaisse

Para fazer os estudantes estrangeiros se sentirem em casa, são servidos pratos estrangeiros no banquete de boas-vindas no Salão Principal, junto com os pratos já tradicionais de Hogwarts, para receber as escolas de Durmstrang e Beauxbatons (ver *Harry Potter e o Cálice de Fogo*, capítulo 16).

Se você está se perguntando como se pronuncia essa palavra, você vai encontrar a resposta aqui. Preparado? Aí vai: bui-a-BÉS. Qualquer prato com nome francês parece requintado, mas este cozido nasceu com simples pescadores. É obviamente o resultado das sobras de peixes e frutos do mar que os pescadores não conseguiam vender e levavam de volta para casa. As esposas deles colocavam tudo junto em uma panela com verduras, ervas, vinho e azeite de oliva, e deixavam cozinhar para então servir com pão. Bem simples — embora a quantidade de ingredientes da receita possa assustar.

½ xícara de azeite de oliva
1 xícara de cebola picada
3 talos de aipo picados
2 dentes de alho triturados
2 xícaras de água
¼ de xícara de salsinha fresca picada
1 ½ xícara de tomates picados
2 colheres (chá) de sal
1 colher (chá) de tomilho fresco picado
1 colher (sopa) de páprica
½ xícara de vinho branco seco
1 pitada de açafrão
¼ de colher (chá) de pimenta-calabresa em flocos
1,5 kg de peixe branco firme, como linguado, badejo ou pargo cortado em cubos médios
500 g de carne de lagosta cortada em pedaços médios
500 g de carne de caranguejo
500 g de camarão sem casca e sem os veios
2 dúzias de amêijoas
1 baguete para servir
Manteiga para servir

1. Em uma panela grande para sopa, aqueça o azeite de oliva em fogo médio. Acrescente as cebolas e o aipo e refogue mexendo até ficarem macios, por cerca de 3 minutos. Acrescente o alho picado, água, salsinha, tomate, tomilho, páprica, vinho, açafrão e pimenta-calabresa. Deixe ferver, reduza o fogo para uma temperatura média/baixa e cubra a panela. Deixe cozinhar em fogo baixo por 30 minutos.
2. Aumente o fogo. Acrescente todos os frutos do mar, cubra novamente e agora abaixe o fogo para a sopa cozinhar em fogo baixo por 45 minutos.
3. Divida a sopa em seis tigelas. Sirva com pão fresco e manteiga.

Rende 6 porções

Nove Pratos Nutritivos e Ensopados que Aquecem

As nove receitas a seguir foram inspiradas em uma frase de *Harry Potter e o Cálice de Fogo*: "A carruagem azul-clara da Beauxbatons parecia uma enorme abóbora coberta de gelo... enquanto as escotilhas no navio de Durmstrang estavam foscas e o cordame branco de gelo. Os elfos domésticos na cozinha se desdobravam para preparar pratos nutritivos, ensopados que aqueciam e sobremesas deliciosas" (ver capítulo 23).

A enciclopédia Oxford sobre comidas faz a pergunta que não quer calar sobre este prato que leva o estranho nome de *Toad in the Hole*, ou "sapo no buraco". De onde surgiu esse nome? Mas ela não traz a resposta! A Wikipédia explica que talvez seja porque as linguiças saindo para fora da massa se pareçam com sapos colocando a cabeça para fora das suas tocas. Eu não consigo visualizar isso — mas parece que a pessoa que deu o nome ao prato tinha uma imaginação muito fértil.

Sapo no Buraco

1 xícara de farinha de trigo
½ colher (chá) de sal
2 ovos grandes
3 colheres (sopa) de manteiga derretida
1 xícara de leite integral
2 colheres (sopa) de óleo vegetal
500 g da sua linguiça favorita

1. Para preparar a massa, misture a farinha e o sal. Em outra tigela, bata os ovos até ficarem cremosos, em seguida acrescente a manteiga e o leite. Vá despejando a mistura de ovos na farinha, mexendo para homogeneizar. Deixe na geladeira por 30 minutos.
2. Preaqueça o forno a 220°C. Regue uma assadeira retangular média com o óleo e leve ao forno para aquecer. Enquanto isso, frite as linguiças em uma frigideira, virando para fritar dos dois lados. Quando o óleo da assadeira estiver quente, retire a fôrma com cuidado do forno. Coloque as linguiças na fôrma. Retire a massa da geladeira e coloque por cima das linguiças. Leve a fôrma de volta ao forno e asse por 10 minutos. Reduza a temperatura para 180°C e asse por mais 10 minutos, até a massa crescer e ficar dourada nas bordas.

Rende 4 porções

A finalidade deste suflê é parecida com a do pudim de Yorkshire: complementar a refeição para poder servir menos carne. A marca registrada do suflê Derby (pronuncia-se "darby") é a grande quantidade de sálvia e cebola.

Suflê Salgado Derby

2 xícaras de farinha de rosca
1 xícara de aveia em flocos grossos
1 ½ xícara de leite integral
3 ovos grandes
2 colheres (chá) de sal
¼ de colher (chá) de pimenta-do-reino moída na hora
2 colheres (chá) de sálvia em pó
2 cebolas bem picadas
60 g (4 colheres de sopa) de manteiga derretida

1. Preaqueça o forno a 180°C e unte uma fôrma quadrada de 20 cm. Misture a farinha de rosca com a aveia em uma tigela grande. Vá despejando o leite por cima e deixe descansar por 15 minutos para o líquido ser absorvido, mexendo de vez em quando (vai ficar difícil de mexer, pois vira uma massa bem dura).
2. Misture os ovos, o sal, a pimenta e a sálvia. Adicione a mistura de ovos à aveia e mexa bem para homogeneizar. Acrescente a cebola e misture bem. Adicione a manteiga derretida e mexa mais um pouco, apenas para misturar. Coloque a massa na fôrma untada e asse por 1 hora, até a parte de cima ficar seca e o suflê firmar. Deixe esfriar na fôrma por 15 minutos e corte em quadradinhos de 5 cm. Sirva quente ou frio.

Rende 16 quadradinhos de 5 cm

Nove Pratos Nutritivos e Ensopados que Aquecem

Continuação

Havia uma antiga cantiga de ninar inglesa inspirada neste prato, que dizia "*Pease porridge hot, pease porridge cold, pease porridge in the pot nine days old*". "Pease porridge" nada mais é do que um mingau ou creme de ervilhas, um prato muito antigo que é consumido até hoje, geralmente acompanhado de bacon ou linguiça, e é tão gostoso que chega a surpreender.

Creme de Ervilhas

2 colheres (sopa) de óleo vegetal
1 cebola média bem picada
3 dentes de alho triturados
1,2 l de caldo de frango
500 g de ervilha seca amarela ou verde
1 colher (chá) de sal
Pimenta-do-reino moída na hora

1. Aqueça o óleo em uma frigideira ou panela grande. Acrescente a cebola e cozinhe em fogo médio por 10 a 15 minutos, mexendo de vez em quando, até a cebola dourar. Acrescente o alho e refogue até levantar o aroma, por cerca de 15 segundos. Adicione o caldo de frango, as ervilhas, o sal e a pimenta e deixe cozinhar em fogo baixo, tampado, até engrossar bem, por cerca de 1 hora e meia. Quando o creme engrossar, fique mexendo por 10 minutos para não deixar queimar. Experimente e ajuste o tempero a seu gosto.
2. Sirva frio ou quente, acompanhado de bacon ou linguiças ou, se desejar, com rosbife ou frango.

Rende 6 porções

Nove Pratos Nutritivos e Ensopados que Aquecem

Continuação

O tradicional cozido irlandês é simples: camadas de cebola, pedaços de cordeiro e fatias de batata em uma panela. Acrescente água e temperos e aí está. Também é bastante suave. Se quiser um sabor mais intenso, sele a carne primeiro, caramelize as cebolas e cozinhe com caldo de frango no lugar da água. O esforço extra vale a pena pelo resultado. O cozido irlandês é o prato nacional da Irlanda e há inclusive uma banda que toca música irlandesa que tem uma música que leva o nome da receita: "Irish Stew".

Cozido Irlandês

2 colheres (sopa) de óleo vegetal
1,5 kg de carne de cordeiro em cubos de 2 cm, com a gordura aparada
1 cebola média picada
6 batatas (cerca de 1 kg, de preferência inglesa) descascadas e cortadas em cubos de 2 cm
2 xícaras de caldo de frango
Sal e pimenta-do-reino moída na hora a gosto
½ colher (sopa) de tomilho desidratado (opcional)

1. Em uma panela de ferro ou panela grande de sua preferência, aqueça uma colher de chá de óleo. Sele a carne por partes, usando 1 colher de chá de óleo para cada porção, sempre em fogo médio/alto até formar uma casquinha marrom. Transfira a carne para um prato grande.
2. Limpe a panela e aqueça o óleo restante. Refogue a cebola em fogo médio/baixo até dourar, por 10 a 15 minutos, raspando o fundo da panela com uma colher de madeira.
3. Leve a carne e os líquidos que se formaram de volta à panela, junto com o caldo e as batatas. Adicione o sal, a pimenta e o tomilho, se desejar usar. Deixe ferver e em seguida abaixe o fogo e deixe cozinhar em fogo baixo por 2 horas a 2 horas e meia.

Rende de 4 a 6 porções

Nove Pratos Nutritivos e Ensopados que Aquecem

Continuação

Usamos as palavras "cozido", "guisado" ou "ensopado" para descrever uma mistura de muitas coisas cozidas juntas, geralmente algum tipo de carne com batatas e legumes. É um prato que remonta à Idade Média e sobrevive até hoje com muitas variações. O cozido de Lancashire, por exemplo, é preparado com uma camada de fatias finas de batata por cima. A cidade de Lancashire, onde os habitantes locais se reúnem em jantares coletivos, é muito famosa por esse prato.

Cozido de Lancashire

2 colheres (sopa) de óleo vegetal
1,5 kg de pedaços de carne de cordeiro com as gorduras aparadas, limpa e seca
2 cebolas cortadas em anéis bem finos
6 batatas Asterix descascadas e cortadas em fatias finas
¼ de colher (chá) de tomilho moído
Sal e pimenta-do-reino moída na hora
1 xícara de caldo de frango

1. Preaqueça o forno a 200°C. Aqueça o óleo em uma panela de ferro ou panela grande de sua preferência. Em fogo alto, sele em porções separadas os pedaços de carne de cordeiro, virando de todos os lados até formar uma casquinha marrom. Retire da panela e reserve.
2. Acrescente as cebolas e vá mexendo sem parar, em fogo alto, até elas ficarem macias e douradas. Reserve.
3. Espalhe metade das cebolas no fundo da panela ou em uma travessa bem funda. Coloque metade da carne por cima das cebolas. Coloque metade das fatias de batata por cima da carne. Polvilhe o tomilho e tempere com sal e pimenta.
4. Repita as camadas. Tempere a última camada de batatas com mais sal e pimenta. Regue com o caldo de frango. Tampe a panela ou travessa. Leve ao forno por 1 hora e meia. Retire a tampa e deixe no forno por mais 30 a 45 minutos, até as batatas dourarem.

Rende 6 porções

Observação: se você não gosta muito de cordeiro, pode usar carne bovina. Corte 1,5 kg de acém em seis pedaços e siga as instruções da receita.

Nove Pratos Nutritivos e Ensopados que Aquecem

Continuação

A sopa escura de Windsor tem uma má fama, bem merecida. A receita tradicional é feita transformando todos os ingredientes da sopa em um purê, com carne, legumes e tudo mais, e depois acrescentando um monte de ervas, inclusive uma quantidade exagerada de tomilho e um monte de vinho. Para falar a verdade, o sabor é nojento e é difícil entender por que a Rainha Vitória gostava tanto desta sopa. Mas três mudanças simples e importantes acabam rendendo uma sopa apetitosa que você pode servir como refeição completa feita em uma panela só. Em primeiro lugar, coloque a carne de volta à panela depois de bater o restante dos legumes da sopa. Em segundo lugar, esqueça o tomilho. E, por fim, use só um pinguinho de vinho, que já é suficiente para dar um sabor mais complexo à sopa. Na verdade, a sopa fica bem gostosa sem vinho algum.

Sopa Escura de Windsor

3 colheres (sopa) de óleo vegetal
1 kg de acém com as gorduras aparadas e cortado em cubos de 5 mm
1 cebola grande bem picada
¼ de xícara de farinha de trigo
2 litros de caldo de frango
Sal a gosto
½ colher (chá) de manjerona desidratada
½ colher (chá) de sálvia em pó
½ colher (chá) de estragão desidratado
2 batatas-inglesas descascadas e cortadas em cubos de 5 mm
4 cenouras descascadas e cortadas em pedaços de 5 mm
3 talos de salsão cortados em cubos de 5 mm
Pimenta-do-reino moída na hora

Nove Pratos Nutritivos e Ensopados que Aquecem

Continuação

1. Em uma panela de ferro ou panela grande de sua preferência, aqueça uma colher de sopa de óleo. Sele a carne por partes, fritando dos dois lados, sempre em fogo alto até formar uma casquinha marrom. Transfira a carne para um prato grande. Adicione 2 colheres de sopa de óleo à panela. Acrescente a cebola picada e refogue em fogo médio/baixo até ficar macia, raspando o fundo da panela com uma colher de madeira.
2. Polvilhe a farinha por cima e mexa para misturar bem. Vá regando com 1 litro do caldo de frango e mexa bem para homogeneizar. Acrescente o restante do caldo de frango, junto com a carne e os líquidos que se soltaram. Deixe cozinhar em fogo médio/alto, mexendo de vez em quando, até engrossar e borbulhar. Abaixe o fogo e deixe a carne cozinhar em fogo brando por 1 hora e meia.
3. Retire a carne da panela com uma escumadeira e coloque em um recipiente coberto para evitar que resseque. Tire a gordura da superfície da sopa. Acrescente as ervas, as batatas, as cenouras, o salsão e a pimenta-do-reino. Deixe cozinhar em fogo baixo por 1 hora até os vegetais ficarem bem macios. Em um liquidificador, processador de alimentos ou usando um mixer de mão, bata boa parte da sopa, ainda deixando alguns pedaços maiores. Leve a carne de volta à panela. Aqueça mais um pouco se precisar.

Rende de 6 a 8 porções

Continuação

Esta é possivelmente uma das sopas mais deliciosas já inventadas, mas não siga a receita original de 1700. Naquela época, fervia-se o frango junto com salsão e calêndulas. Ainda que a flor pudesse dar uma coloração bonita, provavelmente não seria adequada ao nosso paladar atual.

Canja Escocesa

3 colheres (sopa) de óleo vegetal
500 g de acém, paleta ou cordeiro cortado em cubos de 1 cm
1 cebola grande bem picada
4 litros de caldo de frango
½ xícara de cevadinha
1 colher (sopa) de sal, ou mais, a gosto
4 cenouras picadas em cubos de 5 mm
1 nabo grande cortado em cubos de 5 mm
1 alho-poró picado
3 talos de salsão picados em cubos de 5 mm
4 dentes de alho triturados
Pimenta-do-reino moída na hora
1 xícara de repolho verde fatiado
2 colheres (sopa) de salsinha fresca moída na hora

1. Em uma panela de ferro ou panela grande de sua preferência, aqueça uma colher de sopa de óleo e sele a carne por partes, fritando dos dois lados, sempre em fogo alto até formar uma casquinha marrom. Transfira cada porção de carne para um prato grande. Adicione 2 colheres de sopa de óleo à panela. Acrescente a cebola picada e refogue em fogo médio/baixo até ficar macia, raspando o fundo da panela com uma colher de madeira.
2. Acrescente o caldo, a cevadinha e a carne junto com o líquido que se formou, e tempere com sal. Mexa bem. A cevadinha vai absorver bastante sal, então é bom provar a sopa depois e ajustar o sal. Deixe cozinhar em fogo brando por 1 hora e meia.
3. Adicione as cenouras, o nabo, o alho-poró, o salsão, o alho e a pimenta-do-reino e deixe cozinhar em fogo baixo por mais 1 hora. Acrescente o repolho e a salsinha e deixe cozinhar por mais 30 minutos.

Rende 8 porções

Nove Pratos Nutritivos e Ensopados que Aquecem

Continuação

Briga de galo é um esporte cruel e abominável, mas era muito popular antigamente (e continua sendo popular até hoje em alguns lugares do mundo). Depois da briga, os escoceses pegavam o galo morto e serviam ao público uma sopa feita com alho-poró, cevada e, mais raramente, ameixa seca. Esta versão inclui arroz, mas omite a ameixa seca, resultando em uma bela refeição. Se você quiser um prato mais autêntico, deixe o arroz de fora e adicione 2 xícaras de ameixas secas picadas 30 minutos antes de desligar o fogo.

Canja de Frango e Alho-Poró

2 colheres (chá) mais 1 colher (sopa) de óleo vegetal
6 coxas de frango lavadas e secas
1 cebola média picada
500 g de alho-poró bem lavados e cortados em pedaços de 1 cm
6 xícaras de água
½ xícara de arroz branco
Sal e pimenta-do-reino moída na hora

1. Aqueça 1 colher de chá de óleo em uma panela grande. Acrescente 3 coxas de frango com a pele virada para baixo e frite dos dois lados até dourar. Transfira para um prato grande. Retire a gordura, limpe a panela e acrescente mais uma colher de chá de óleo. Repita com as outras 3 coxas de frango.
2. Retire o resto da gordura, limpe a panela e aqueça o óleo restante. Acrescente as cebolas e cozinhe até elas ficarem translúcidas, raspando o fundo da panela, por cerca de 5 minutos. Acrescente o alho-poró e refogue, mexendo sem parar, por mais 5 minutos.
3. Acrescente a água, o arroz e o frango. Leve a sopa para ferver, depois abaixe o fogo e deixe cozinhar em fogo brando por cerca de 1 hora, até o frango ficar macio. O arroz precisa ficar bem macio e quase derretido junto com a sopa.
4. Retire o frango da sopa. Usando uma colher grande, retire a gordura da superfície da sopa. Separe a carne do frango da pele e dos ossos, corte em pedaços pequenos e coloque-os de volta na panela. Tempere a sopa com sal e pimenta.

Rende 8 porções

Nove Pratos Nutritivos e Ensopados que Aquecem

Continuação

O nome já diz tudo. Esta sopa era uma das favoritas da Rainha Vitória, e esta receita foi adaptada de uma receita usada por Charles Elmé Francatelli, principal chef da Rainha Vitória de 1841 a 1842.

Sopa da Rainha Vitória

1 xícara de água
¼ de xícara de cevadinha
6 xícaras de caldo de frango
1 xícara de creme de leite fresco
Sal e pimenta-do-reino a gosto

1. Ferva a água em uma panela de fundo grosso ou panela para sopa de 4 litros. Acrescente a cevadinha e deixe cozinhar por 5 minutos. Escorra a cevadinha e lave em água fria.
2. Limpe a panela. Acrescente o caldo de frango e a cevadinha escorrida e deixe ferver. Abaixe o fogo e deixe cozinhar em fogo brando por 1 hora e 15 minutos.
3. Transfira ⅔ da sopa para uma tigela grande, deixando ⅓ da sopa na panela. Aos poucos, vá batendo a sopa que você colocou na tigela até ficar bem cremosa e depois leve o creme de volta à panela. Acrescente o creme de leite fresco, mexa bem para homogeneizar e tempere com sal e pimenta a gosto.

Rende 6 porções

Coxas de Frango Grelhadas com Tempero Suave

Harry fica feliz por levar coxas de frango para Sirius comer — o coitado só está comendo ratos desde que teve que se esconder —, mas ele não fica feliz ao vê-lo. Ele está preocupado porque Sirius pode ser pego pelo Ministério, que acredita que ele é um assassino cruel (ver *Harry Potter e o Cálice de Fogo*, capítulo 27).

Coxas de frango fazem sucesso como comida para viagem porque ficam boas quando comidas frias e são fáceis de comer com as mãos. Este é o jeito mais fácil de preparar coxas de frango bem saborosas.

500 g de coxas de frango
¼ de xícara de azeite de oliva
½ colher (chá) de sal
¼ de colher (chá) de pimenta-do-reino moída na hora
1 colher (chá) de alecrim desidratado
2 dentes de alho triturados

1. Lave as coxas de frango e seque dando umas batidinhas com papel-toalha.
2. Misture o azeite de oliva, o sal, a pimenta-do-reino, o alecrim e o alho.
3. Envolva as coxas de frango nessa mistura e coloque-as em uma fôrma de 20 cm.
4. Grelhe por 10 minutos de cada lado, até as coxas de frango ficarem crocantes e douradas.

Rende 3 porções

Pastel Galês

Sem se deixar amedrontar pelo olhar severo da mãe enquanto explicava como enrolara nas respostas na prova de História da Magia, Rony pega um pastel galês no mesmo dia em que Harry deve realizar a última tarefa do Torneio Tribruxo (ver *Harry Potter e o Cálice de Fogo*, capítulo 31).

Estes pastéis surgiram na Cornualha, para servirem de almoço para os mineiros que trabalhavam nas minas de estanho. As minas eram locais assustadores, dominadas por espíritos malignos e famintos. Para acalmar esses seres terríveis, os mineiros jogavam as bordas dos pastéis (já contaminadas de arsênico dos seus dedos) nos poços das minas. Os pastéis serviam, literalmente, como uma refeição única. Algumas mulheres colocavam legumes em uma ponta, carne no meio e frutas na outra ponta. Elas também estampavam as iniciais dos maridos na massa para que cada mineiro pudesse encontrar seu pastelão no forno enorme em que eles eram mantidos aquecidos até a hora do almoço.

Massa do Pastel

2 ½ xícaras de farinha de trigo

1 colher (chá) de sal

180 g (20 colheres de sopa) de manteiga ou margarina gelada e cortada em pedaços

½ a ¾ de xícara de água gelada

Recheio

250 g de acém picado na ponta da faca (não moído)

1 batata cortada em cubos pequenos

1 cenoura cortada em cubos pequenos

1 cebola pequena bem picada

Sal a gosto

Pimenta-do-reino moída na hora

Pastel Galês

Continuação

1. Para preparar a massa, bata em um processador de alimentos a farinha, o sal e a manteiga ou margarina até ficar com uma consistência de farofa. Adicione ½ xícara de água e bata por mais alguns segundos até a massa formar uma bola. Se a massa estiver seca, coloque mais água, uma colher de sopa de cada vez (melhor que fique mais úmida do que seca). Divida a massa pela metade, sove cada metade da massa rapidamente, modele cada uma no formato de um disco, envolva em plástico-filme e leve à geladeira por 2 horas ou por até 3 dias.
2. Antes de esticar a massa, misture a carne com a batata, a cenoura, a cebola, o sal e a pimenta em uma tigela.
3. Preaqueça o forno a 220°C. Em uma superfície enfarinhada, estique cada círculo de massa até atingir 3 mm de espessura. Use um pires para cortar círculos de 15 cm. Coloque ⅓ de xícara do recheio no centro de cada círculo. Passe um pouco de água nas bordas de cada círculo. Dobre a massa, formando um pastel, e prenda as bordas, pressionando com um garfo para selar. Faça cortes na massa para deixar o vapor sair durante o cozimento.
4. Transfira os pastéis para uma assadeira de biscoitos, sem untar, e asse por 10 minutos. Abaixe a temperatura do forno para 180°C e asse por 1 hora até os pastéis ficarem bem dourados.

Rende 8 pastéis

Haggis

Obviamente, Rony é quem descobre que tem comida na festa fantasmagórica de aniversário de morte do Nick Quase Sem Cabeça. Mas logo os três amigos percebem que a comida não é adequada para humanos. Dentre as "delícias" servidas para os fantasmas ficarem olhando, há um bucho podre coberto com larvas rastejantes (ver *Harry Potter e a Câmara Secreta*, capítulo 8).

Haggis, ou bucho de ovelha, é o prato nacional da Escócia. A maioria de nós não está acostumada com a ideia de comer as entranhas dos animais, que são os ingredientes principais deste prato, então é possível que você ache esta receita um tanto repulsiva. A receita a seguir não foi testada, então você pode prosseguir por sua própria conta e risco (se conseguir encontrar todos os ingredientes).

1 coração de ovelha
1 pulmão de ovelha
1 fígado de ovelha
2 xícaras de sebo picado
1 xícara de farinha de aveia
1 xícara de caldo de frango
1 cebola bem picada
1 colher (chá) de sal
½ colher (chá) de pimenta-do-reino
Invólucro artificial

1. Leve uma panela grande com água para ferver. Pique o coração, o pulmão e o fígado em pedaços bem pequenos.
2. Misture as entranhas com o sebo, a farinha de aveia, o caldo, a cebola, o sal e a pimenta. Coloque o recheio dentro do invólucro, deixando espaço para a mistura estufar. Amarre o invólucro com um pedaço de barbante culinário para não deixar entrar nada de água.
3. Coloque o haggis na panela, reduza o fogo e deixe cozinhar em fogo brando por 3 horas, mas fique de olho. Se parecer que o invólucro vai explodir, espete-o com uma agulha.

Rende 6 porções

Pão de Salsicha

A Grifinória está comemorando. Harry acabou de completar sua primeira tarefa do Torneio Tribruxo, e Fred e Jorge conseguiram pilhar comida das cozinhas e levar às escondidas para a sala comunal, onde fariam uma grande festa. Mas, quando Harry abre o ovo dourado ouvindo os clamores de seus amigos curiosos, Neville, apavorado, derruba seu pão de salsicha no chão. Ele tem certeza de que o som terrível e agudo que sai do ovo são os lamentos de alguém sendo torturado (ver *Harry Potter e o Cálice de Fogo*, capítulo 21).

Não há muito a dizer sobre o pão de salsicha, que é uma invenção bem moderna. É possível encontrar esse lanche em festas ou restaurantes de *fast-food*, mas ele se parece muito com um prato francês chamado *rissole*, que é uma massa folhada recheada com uma mistura de carne moída.

Cerca de 500 g de folhas de massa folhada comprada pronta, descongeladas
Mostarda escura picante (opcional)
500 g da sua salsicha ou linguiça preferida
1 ovo grande batido com 1 colher (sopa) de água

1. Preaqueça o forno a 220°C. Unte e enfarinhe uma assadeira de biscoitos ou forre com papel-manteiga.
2. Desenrole a massa folhada e corte de oito a dez quadrados de 10 cm (dependendo de quantas salsichas você tem). Espalhe a mostarda em cada quadrado, se quiser usar. Coloque uma salsicha na borda de cada quadrado e enrole a massa em volta de cada salsicha. Se estiver usando salsichas mais compridas do que o quadrado de massa, as pontas vão ficar para fora. Fica com uma aparência ainda melhor!
3. Coloque os rolinhos de massa na assadeira de biscoitos com a emenda para baixo e pincele com o ovo batido. Corte três aberturas na parte de cima de cada pãozinho. Asse por 10 minutos, gire a fôrma e reduza a temperatura do forno para 180°C, então asse por mais 15 minutos até a massa estufar e ficar bem dourada.

Rende de 8 a 10 pãezinhos

Chouriço de Sangue

Fleur Delacour deixa Rony sem palavras quando lhe pede a bouillabaisse. Ele diz que o prato estava excelente, mas precisa perguntar a Hermione que raios era aquilo. Ele prefere deixar de lado e se servir do chouriço de sangue (ver *Harry Potter e o Cálice de Fogo*, capítulo 16).

O chouriço de sangue, chamado de *black pudding* em inglês, é feito de sangue misturado com gordura animal, como sebo, além de aveia, cebola, sal e temperos. A mistura é colocada em invólucros e cozida na água. Não é possível fazer em casa, porque, por lei, não é permitido comprar sangue de animal, mas trazemos uma receita do chouriço mesmo assim. Como é bem mais provável que você compre o chouriço de sangue já pronto, não esqueça de cortá-lo em fatias grossas e reaquecer um pouco antes de comer, pois ele é bem quebradiço.

3 ½ xícaras de sangue (de porco ou ovelha)
1 ½ xícara de sebo picado
1 xícara de leite integral
⅔ de xícara de farinha de aveia
3 cebolas bem picadas
1 colher (chá) de sal
½ colher (chá) de pimenta-caiena
1 colher (chá) de manjericão desidratado
½ colher (chá) de noz-moscada em pó
Invólucros para linguiça

1. Leve uma panela grande com água para ferver. Misture todos os ingredientes em uma tigela. Encha os invólucros com a mistura e coloque-os na panela com água. Deixe ferver novamente, reduza o fogo e deixe cozinhar em fogo brando por 3 horas.
2. Retire os chouriços da panela e deixe esfriar. Para usar, corte fatias grossas e frite dos dois lados.

Rende 6 porções

Observação: esta receita foi baseada na receita de black pudding disponível no site thefoody.com. Esta receita não foi testada, então faça-a por sua própria conta e risco! Desde que você consiga arranjar o sangue, é claro.

Torta de Frango e Presunto

A professora Umbridge é tão maligna que alguém precisa afrontá-la. Bem debaixo do seu nariz, Harry ensina Defesa Contra as Artes das Trevas em segredo para um grupo de amigos, mas ele se rebela declaradamente ao dar uma entrevista que será lida por toda a escola. Simas Finnigan despeja goela abaixo uma deliciosa torta de frango e presunto enquanto ouve Harry contar sobre a entrevista que deu para Rita Skeeter e finalmente se convence de que Harry não é o maluco sobre o qual ele lê no Pasquim (ver *Harry Potter e a Ordem da Fênix*, capítulo 26).

Desde que surgiram as tortas, as pessoas passaram a recheá-las de frango e outras aves. Nos banquetes medievais, costumava-se animar os convivas com uma torta que era levada à mesa e, quando o topo era retirado, pássaros saíam voando por sobre as cabeças das pessoas maravilhadas. Isso explica a letra de uma velha canção de ninar que dizia "*quando se abria a torta, os pássaros começavam a cantar*".

Torta de Frango e Presunto, Versão I, Fácil

1 frango assado de 1,5 kg comprado pronto

1 kg de presunto em pedaços

3 xícaras de caldo de frango

1 cebola grande picada

1 colher (chá) de tomilho em pó

1 xícara de ervilhas congeladas

1 embalagem de massa de torta comprada pronta, cortada em dois círculos

Torta de Frango e Presunto

Continuação

1. Retire a carne do frango e descarte a pele e os ossos. Corte o presunto em tiras de 1 cm.
2. Coloque o caldo de frango em uma frigideira, junto com a cebola e o tomilho. Deixe cozinhar em fogo brando por 10 minutos.
3. Deixe a grade do forno na posição do meio e preaqueça o forno a 180°C. Coloque as ervilhas em uma tigela. Usando uma escumadeira, retire as cebolas cozidas do caldo e misture-as às ervilhas.
4. Coloque um dos círculos de massa em uma travessa funda de 20 ou 22 cm de diâmetro e vá pressionando a massa no fundo e nas laterais da travessa. Coloque o frango na travessa de torta e cubra com as ervilhas e as cebolas cozidas. Acrescente o presunto. Vá colocando o caldo reduzido por cima do recheio. Coloque o outro círculo de massa por cima e pressione as bordas para selar. Faça duas ou três fendas de 2 cm na massa para deixar o vapor sair durante o cozimento. Coloque a torta em uma assadeira e leve ao forno. Asse por 35 a 45 minutos, até ficar dourada e começar a borbulhar.

Rende 6 porções

Torta de Frango e Presunto

Continuação

Torta de Frango e Presunto, Versão II

1 frango de 1,5 kg cortado em 4 ou 8 partes

1 kg de presunto em pedaços

1 cebola grande picada

2 folhas de louro

1 colher (chá) de tomilho em pó

3 colheres (sopa) de amido de milho

½ xícara de água gelada

1 embalagem de massa de torta comprada pronta, cortada em dois círculos

1 xícara de ervilhas congeladas

1 colher (chá) de sal

1. Coloque o frango em uma panela de fundo grosso junto com o presunto, a cebola, o louro, o tomilho e o sal. Cubra com água, deixe ferver, tampe a panela, reduza o fogo e deixe cozinhar em fogo baixo por 1 hora e meia.
2. Retire o presunto e o frango da panela. Retire as folhas de louro e descarte. Escorra o líquido e reserve. Transfira as cebolas cozidas para uma tigela pequena.
3. Quando o frango estiver frio o suficiente para manusear, separe a carne dos ossos e corte em pedaços pequenos. Fatie o presunto cozido em tiras de 1 cm de espessura.
4. Você precisará de 3 xícaras de caldo de frango. Se tiver sobrado muito líquido, leve de volta à panela e deixe ferver até o volume reduzir a 3 xícaras. Ferva as 3 xícaras de caldo e então abaixe o fogo. Dissolva o amido de milho em água fria e misture ao caldo de frango, mexendo até o caldo engrossar.
5. Ajuste a grade do forno na posição do meio e preaqueça o forno a 180°C. Coloque um dos círculos de massa em uma travessa funda de 20 ou 22 cm de diâmetro e vá pressionando a massa no fundo e nas laterais da travessa. Coloque o frango na travessa de torta e cubra com as ervilhas e as cebolas cozidas. Acrescente o presunto. Vá colocando o caldo reduzido (engrossado com o amido) por cima do recheio. Coloque o outro círculo de massa por cima e pressione as bordas para selar. Faça dois ou três cortes de 2 cm na massa para deixar o vapor sair durante o cozimento. Coloque a torta em uma assadeira e leve ao forno. Asse por 35 a 45 minutos, até ficar dourada e começar a borbulhar.

Rende 6 porções

Capítulo Oito

Sobremesas e Lanches da Escola

Os britânicos são uma nação de formiguinhas. Eles gostam tanto de açúcar que, antigamente, sem os cuidados dentários que temos hoje, os dentes deles costumavam apodrecer e cair. Não era muito bonito vê-los sorrir. Ironicamente, os camponeses tinham dentes mais saudáveis porque não podiam comprar tanto açúcar.

Os britânicos costumam se referir à sobremesa como "*afters*" ou "*pudding*". O Rei George I ficou conhecido como o Rei do Pudim porque não parava de pedir para comer pudim (a torta e o pudim Georgey-Porgey são homenagens a ele). O ditador inglês Oliver Cromwell havia proibido o pudim porque o considerava um pecado da gula (é verdade, principalmente se você está tentando perder peso) e também porque a sobremesa evocava os costumes pagãos celtas (o que também é verdade, já que a tradição de colocar fogo no pudim de Natal representava as fogueiras que os druidas e celtas acendiam no solstício de inverno para fortalecer o Sol). Felizmente, a proibição já tinha sido revogada na época do Rei George.

Trazemos aqui alguns dos nomes esquisitos dos doces que eles comiam:

- *Frumenty*, um pudim feito de grãos de trigo cozidos em leite com açúcar (foi servido no banquete do casamento do Rei Henrique IV — não aquele Henrique que teve seis esposas: esse é o Henrique VIII).
- *Flummery*, um prato à base de aveia que acabou se tornando uma espécie de manjar gelatinoso feito com creme ou com amêndoas moídas.
- *Junket*, um queijo coalhado adoçado.

Embora nenhum desses doces apareça nos livros do Harry Potter, por já não serem mais consumidos com frequência hoje em dia, neste capítulo você aprenderá a fazer torta de caramelo (a sobremesa favorita de Harry) e se deliciar com outros clássicos britânicos, como o spotted dick, a torta de creme e a torta de maçã.

É bem verdade que os britânicos comem essas sobremesas há séculos. Então não é de se surpreender que as sobremesas de Hogwarts, servidas em travessas douradas, sigam a tradição inglesa e sejam bem doces, deliciosas e nada saudáveis. Estas receitas são muito divertidas de fazer e muito gostosas de comer. Não tem problema comer um pouquinho, desde que você as reserve para ocasiões especiais.

Caramelo de Limão

Harry costuma estar sempre no lugar errado e na hora errada, mas quando outro aluno é atacado e Harry é encontrado outra vez na cena do crime, a professora McGonagall decide que já basta: o professor Dumbledore vai ter que cuidar disso. A senha para os seus aposentos é "gota de limão". Não é de se surpreender, já que ele contou à professora McGonagall que sempre gostou muito dos caramelos de limão, uma espécie de doce dos trouxas (ver *Harry Potter e a Câmara Secreta*, capítulo 2 e *Harry Potter e a Pedra Filosofal*, capítulo 1).

Como você deve imaginar, caramelos de limão nada mais são do que balas com sabor de limão. Na Inglaterra, existe um doce bem famoso chamado *sherbet lemon*, que é uma bala com sabor de limão e um pó gelado no meio, mas é preciso ter um equipamento específico para produzi-lo.

¼ de xícara de água
1 ½ xícara de açúcar refinado
¼ de colher (chá) de cremor tártaro
¼ de colher (chá) de sal
1 colher (chá) de extrato de limão
1 colher (chá) de ácido cítrico
Açúcar de confeiteiro para a cobertura

1. Forre uma assadeira com papel-manteiga e reserve. Unte com óleo ou manteiga outra assadeira com borda canelada e um raspador ou espátula e reserve. Misture a água, o açúcar, o cremor tártaro e o sal em uma panela pequena. Deixe cozinhar em fogo médio, mexendo sem parar, até o açúcar dissolver e o líquido começar a borbulhar. Vá limpando as laterais da panela com um pincel culinário embebido em água quente. Prenda um termômetro culinário na panela e deixe cozinhar em fogo médio até a temperatura atingir 150°C.
2. Retire a panela do fogo. Acrescente o extrato de limão e o ácido cítrico. Despeje a calda na assadeira untada e trabalhe com o raspador ou espátula, mexendo bem até que o doce fique grosso e opaco. Tire pedacinhos, faça bolinhas de 1 cm e coloque-as na assadeira forrada com papel-manteiga. Passe-as pelo açúcar de confeiteiro para evitar que grudem umas nas outras.

Observação: você pode encomendar uma pequena quantidade de ácido cítrico pela internet.

Rende de 50 a 60 balas

Docinhos de Hortelã

Harry não entende para que servem docinhos de hortelã junto com assados, bifes e batatas no seu primeiro banquete em Hogwarts. Mas, pensando bem, faz sentido. Talvez os docinhos servissem como pastilhas para refrescar o hálito após a refeição (ver *Harry Potter e a Pedra Filosofal*, capítulo 7).

A única coisa que você precisa saber sobre esses docinhos de hortelã é que são um tipo de doce que precisa ser, literalmente, esticado, como você verá nas instruções. Esses docinhos tradicionalmente têm listras pretas e brancas, mas para quem os prepara em casa, é mais fácil pintar o doce de uma só cor. Se você estiver fazendo esta receita com um amigo, dobre as quantidades, divida a bala ainda quente e pinte de cores diferentes. Quando a bala estiver dura, você pode torcer as massas para juntar as duas cores.

½ xícara de água
1 xícara de açúcar refinado
¼ de colher (chá) de cremor tártaro
¼ de colher (chá) de extrato de hortelã
Algumas gotas de corante alimentício verde ou da cor desejada

1. Passe spray culinário em uma fôrma de 20 cm e reserve. Em uma panela média, misture a água, o açúcar e o cremor tártaro e leve ao fogo médio/alto, mexendo sem parar, até o açúcar dissolver e o líquido começar a ferver. Caso se formem cristais de açúcar nas laterais da panela, vá limpando com um pincel culinário embebido em água.
2. Prenda um termômetro culinário na lateral da panela. Reduza o fogo para a temperatura média e deixe cozinhar mais, mexendo de vez em quando, até a temperatura atingir 125°C. Retire a panela do fogo. Acrescente o extrato de hortelã e o corante alimentício e misture bem.
3. Despeje a calda na assadeira untada. Deixe a calda esfriar por alguns minutos. Vista um par de luvas grossas de silicone e passe spray culinário nas luvas. Esfregue as mãos, usando as luvas, para distribuir bem o óleo. Se você consegue aguentar o calor, pode deixar as luvas de lado e usar apenas as mãos.

Docinhos de Hortelã

Continuação

4. Segure a bala quente e comece a esticar, torcendo o cordão e esticando ao mesmo tempo. Será difícil no começo, pois a bala estará parecendo uma meleca pastosa que fica escorrendo e pingando. Aos poucos, ela vai endurecer e ficará mais fácil para esticar. Dobre o cordão pela metade e, em seguida, pela metade de novo, sempre torcendo e esticando. Repita de novo e de novo e de novo. À medida que você for esticando e torcendo, a bala vai ficar mais opaca, com um brilho perolado, muito bonita. Quando a bala ficar muito dura para continuar esticando, use uma tesoura para cortar o cordão, apoiado em um pedaço de papel-manteiga, fazendo pedaços de 2 cm. As balas ficarão parecendo travesseiros bem pequenininhos. Não deixe os docinhos encostarem uns nos outros. Embrulhe cada um em um pedaço de papel-manteiga ou plástico-filme para não grudar. Armazene em um recipiente hermético. Os docinhos podem começar a cristalizar depois de um ou dois dias.

Rende cerca de 20 balas de 2 cm

Observação: coma essas balas com cuidado. Elas podem colar seus dentes para valer!

Sabores de Sorvete Clássicos e Especiais

A hora da sobremesa no primeiro banquete de Harry em Hogwarts é o sonho de qualquer criança (ou de qualquer adulto que goste de um docinho). Tortas, bolos e sorvetes de todos os sabores imagináveis — não tem como ser melhor. Seria necessário escrever outro livro de receitas só para trazer todos os sabores de sorvete, então este livro traz apenas algumas amostras de alguns sabores britânicos clássicos, especiais e tradicionais de sorvete (ver *Harry Potter e a Pedra Filosofal*, capítulo 7).

No início, os europeus usavam baunilha para aromatizar chocolate e tabaco, mas, como todos sabem, hoje a baunilha é usada para aromatizar muitas outras coisas. O sorvete mais básico é o de baunilha e pode ser usado como base para outros sabores. Veja a observação para conhecer mais variações, ou use a sua imaginação para criar seus próprios sabores.

Sorvete de Baunilha Clássico

2 xícaras de creme de leite fresco
2 xícaras de leite integral
1 xícara de açúcar refinado
5 gemas grandes
1 colher (sopa) de extrato de baunilha

1. Misture o creme de leite, o leite e o açúcar em uma panela média e deixe cozinhar em fogo médio, mexendo sem parar, até aquecer, mas sem borbulhar. Tempere as gemas (ver Dicas Úteis) e em seguida leve a mistura de gemas à panela, mexendo e cozinhando até engrossar um pouco e começar a soltar vapor, mas sem borbulhar. Retire do fogo.
2. Passe o creme por uma peneira e acrescente a baunilha. Cubra o creme, encostando um pedaço de plástico-filme direto na superfície do creme para evitar que se forme uma película, e deixe esfriar até atingir temperatura ambiente. Deixe esfriar na geladeira até ficar bem frio, por cerca de 6 horas, ou de um dia para o outro. Bata o sorvete em uma sorveteira, seguindo as instruções do fabricante.

Rende cerca de 5 porções

Observação: a parte divertida desta receita é que você pode acrescentar o que quiser. Dois minutos antes de terminar de bater o sorvete, acrescente 1 xícara de gotas de chocolate, pedacinhos de caramelo, chocolate ao leite picado, nozes tostadas e picadas, uma combinação de castanhas e chocolate e por aí vai. Você pode substituir a baunilha por ½ colher de chá de extrato de menta e acrescentar 1 xícara de gotas de chocolate para fazer um sorvete de menta e chocolate, ou acrescentar 1 colher de sopa de café instantâneo na panela no Passo 1 para fazer sorvete de café. A sua imaginação é o limite.

Sabores de Sorvete Clássicos e Especiais

Continuação

As pessoas geralmente pensam em sorvete de chá feito com o chá verde originário da Ásia, mas a verdade é que livros de culinária britânicos que trazem uma seção sobre sorvetes sempre incluem um sabor à base de chá.

Sorvete de Chá

2 xícaras de leite integral
10 saquinhos de chá preto
2 colheres (sopa) de chá instantâneo sem açúcar
2 xícaras de creme de leite fresco
1 xícara de açúcar refinado
5 gemas grandes

1. Leve o leite ao fogo em uma panela média até aquecer, mas sem borbulhar. Retire do fogo, acrescente os saquinhos de chá e o chá instantâneo e deixe em infusão por 10 minutos. Retire os saquinhos de chá e descarte. Acrescente o creme de leite e o açúcar e leve de volta ao fogo.
2. Deixe cozinhar em fogo médio, mexendo sem parar até aquecer, mas sem borbulhar. Tempere as gemas (ver Dicas Úteis) e em seguida leve a mistura de gemas à panela, mexendo e cozinhando até engrossar um pouco e começar a soltar vapor, mas sem borbulhar. Retire do fogo.
3. Passe o creme por uma peneira. Cubra o creme, encostando um pedaço de plástico-filme direto na superfície do creme para evitar que se forme uma película, e deixe esfriar até atingir temperatura ambiente. Deixe esfriar na geladeira até ficar bem frio, por cerca de 6 horas, ou de um dia para o outro. Bata o sorvete em uma sorveteira, seguindo as instruções do fabricante.

Rende cerca de 5 porções

Sabores de Sorvete Clássicos e Especiais

Continuação

Não sabe o que fazer com aquele pão que está ficando duro no armário? Não jogue fora e use na sua próxima receita de sorvete. Parece uma combinação esquisita, mas há livros de culinária britânicos trazendo esta receita desde a primeira vez que ela apareceu em um livro, em 1772.

Sorvete de Pão

Cerca de 4 fatias de pão de canela
2 xícaras de creme de leite fresco
2 xícaras de leite integral
1 xícara bem cheia de açúcar mascavo
5 gemas grandes
¾ de colher (chá) de extrato de rum

1. Bata o pão em um processador de alimentos até virar farelo. Tire ½ xícara, espalhe em uma assadeira e leve para tostar até ficar dourado, mas sem queimar. Deixe esfriar até atingir temperatura ambiente.
2. Misture o creme de leite, o leite e o açúcar mascavo em uma panela média e deixe cozinhar em fogo médio até aquecer, mas sem borbulhar. Tempere as gemas (ver Dicas Úteis) e em seguida leve a mistura de gemas à panela, mexendo e cozinhando até engrossar um pouco e começar a soltar vapor, mas sem borbulhar. Retire do fogo.
3. Passe o creme por uma peneira e acrescente o extrato de rum. Cubra o creme, encostando um pedaço de plástico-filme direto na superfície do creme para evitar que se forme uma película, e deixe esfriar até atingir temperatura ambiente. Deixe resfriar na geladeira até ficar bem frio, por cerca de 6 horas, ou de um dia para o outro. Bata o sorvete em uma sorveteira, seguindo as instruções do fabricante. Acrescente o farelo de pão e bata na sorveteira por mais 2 minutos antes de transferir para um recipiente hermético e levar ao freezer para firmar.

Rende cerca de 5 porções

Sabores de Sorvete Clássicos e Especiais

Continuação

O *crumble* de maçã é uma sobremesa bem famosa e, já que é servida com sorvete mesmo, por que não misturar as duas coisas? Este é um dos melhores sorvetes que você vai comer na vida.

Sorvete de Crumble de Maçã

"Recheio" de Maçã

30 g de manteiga

1 maçã ácida (maçã verde, por exemplo) descascada, sem miolo e picada em cubos de 5 mm

1 maçã doce (como Gala) descascada, sem miolo e picada em cubos de 5 mm

2 colheres (sopa) de açúcar mascavo

¼ de colher (chá) de canela em pó

"Cobertura" de Farofinha Crocante (Crumble)

½ xícara de farinha de trigo

2 colheres (sopa) de açúcar mascavo

2 colheres (sopa) de açúcar refinado

½ colher (chá) de canela em pó

⅛ de colher (chá) de noz-moscada em pó

60 g (4 colheres de sopa) de manteiga gelada e cortada em pedaços pequenos

Sorvete

1 ½ xícara de creme de leite fresco

1 ½ xícara de leite integral

⅔ de xícara de açúcar refinado

3 gemas grandes

2 colheres (chá) de extrato de baunilha

Sabores de Sorvete Clássicos e Especiais

Continuação

1. Para preparar as maçãs, aqueça a manteiga em uma frigideira e adicione as maçãs, o açúcar mascavo e a canela. Deixe cozinhar em fogo médio/alto, mexendo e raspando o fundo da panela sem parar, até que as maçãs estejam macias e caramelizadas, por cerca de 10 minutos. Retire do fogo, deixe esfriar até atingir temperatura ambiente e leve à geladeira para resfriar.
2. Para preparar a farofinha crocante, preaqueça o forno a 180°C. Misture a farinha, os dois tipos de açúcar, a canela e a noz-moscada. Vá esfarelando junto com a manteiga, usando a ponta dos dedos até a farofa ficar parecendo areia molhada. Espalhe em uma assadeira e asse por 15 a 20 minutos até ficar crocante e dourada. Deixe esfriar até atingir temperatura ambiente, depois leve para gelar, sem tampar, para evitar que a farofa amoleça.
3. Para preparar o sorvete, misture o creme de leite, o leite e o açúcar em uma panela média e deixe cozinhar em fogo médio, mexendo sem parar até aquecer, mas sem borbulhar. Tempere as gemas (ver Dicas Úteis) e em seguida leve a mistura de gemas à panela, mexendo e cozinhando até engrossar um pouco e começar a soltar vapor, mas sem borbulhar. Retire do fogo.
4. Passe o creme por uma peneira e acrescente a baunilha. Cubra o creme, encostando um pedaço de plástico-filme direto na superfície do creme para evitar que se forme uma película, e deixe esfriar até atingir temperatura ambiente. Deixe resfriar na geladeira até ficar bem frio, por cerca de 6 horas, ou de um dia para o outro. Bata o sorvete em uma sorveteira, seguindo as instruções do fabricante. Acrescente as maçãs e a farofa e bata por mais 2 minutos antes de transferir para um recipiente hermético e levar ao freezer para firmar.

Rende cerca de 6 porções

Continuação

Esta é uma maneira excelente de usar o recheio da torta de frutas secas e nozes que sobrou após fazer a torta — e se você não quiser ter o trabalho de preparar o sorvete em casa, basta deixar amolecer um pote de sorvete de creme comprado pronto, misturar o recheio de frutas secas e nozes e levar ao freezer novamente até firmar.

Sorvete de Frutas Secas e Nozes

1 ½ xícara de creme de leite fresco
1 ½ xícara de leite integral
⅔ de xícara de açúcar refinado
3 gemas grandes
2 colheres (chá) de extrato de baunilha
1 xícara do recheio da Torta de Frutas Secas e Nozes (capítulo 5)

1. Misture o creme de leite, o leite e o açúcar em uma panela média e deixe cozinhar em fogo médio, mexendo sem parar até aquecer, mas sem borbulhar. Tempere as gemas (ver Dicas Úteis) e em seguida leve a mistura de gemas à panela, mexendo e cozinhando até engrossar um pouco e começar a soltar vapor, mas sem borbulhar. Retire do fogo.
2. Passe o creme por uma peneira e acrescente a baunilha. Cubra o creme, encostando um pedaço de plástico-filme direto na superfície do creme para evitar que se forme uma película, e deixe esfriar até atingir temperatura ambiente. Deixe esfriar na geladeira até ficar bem frio, por cerca de 6 horas, ou de um dia para o outro. Bata o sorvete em uma sorveteira, seguindo as instruções do fabricante. Acrescente o recheio de frutas secas e nozes, misturando com uma espátula de silicone, antes de transferir para um recipiente hermético e levar ao freezer para firmar.

Rende cerca de 5 porções

Sabores de Sorvete Clássicos e Especiais

Continuação

Esta receita é surpreendentemente boa. Em vez de acrescentar uma xícara de bolo de Natal esfarelado, como sugerem algumas receitas, esta receita imita os sabores dos bolos de Natal porque incorpora alguns dos ingredientes usados no seu preparo.

Sorvete de Bolo de Natal

1 ½ xícara de creme de leite fresco
1 ½ xícara de leite integral
¾ de xícara de açúcar mascavo
2 pedaços de canela em rama
Cerca de 10 unidades de cravo
Cerca de 10 bagas de pimenta-da-jamaica
3 gemas grandes
¾ de colher (chá) de extrato de rum
¼ de xícara de uvas-passas pretas
¼ de xícara de uvas-passas brancas
¼ de xícara de passas de corinto ou mais uvas-passas
½ xícara de amêndoas picadas e tostadas

1. Misture o creme de leite, o leite, o açúcar mascavo, as ramas de canela, os cravos e a pimenta-da-jamaica em uma panela média e deixe cozinhar em fogo médio, mexendo sem parar até aquecer, mas sem borbulhar. Tempere as gemas (ver Dicas Úteis) e em seguida leve a mistura de gemas à panela, mexendo e cozinhando até engrossar um pouco e começar a soltar vapor, mas sem borbulhar. Retire do fogo e acrescente o extrato de rum.
2. Passe o creme por uma peneira. Cubra o creme, encostando um pedaço de plástico-filme direto na superfície do creme para evitar que se forme uma película, e deixe esfriar até atingir temperatura ambiente. Deixe resfriar na geladeira até ficar bem frio, por cerca de 6 horas, ou de um dia para o outro.
3. Bata o sorvete em uma sorveteira, seguindo as instruções do fabricante. Acrescente as frutas secas e as amêndoas e bata por mais 2 minutos antes de transferir para um recipiente hermético e levar ao freezer para firmar.

Rende cerca de 5 porções

Bolinhos da Poção do Sono

Para o desespero de Harry e Rony, Hermione se encarrega de um plano em que tudo pode dar errado: arrancar fios de cabelo de Crabbe e de Goyle para usar em uma Poção Polissuco. Hermione garante que vai ser fácil e mostra a eles dois bolinhos de chocolate recheados com a poção que vai fazer os dois metidos a valentões tirarem uma bela soneca para que o Harry e o Rony possam armar o plano sem serem percebidos (ver *Harry Potter e a Câmara Secreta*, capítulo 12).

Antigamente, ervas e plantas diferentes, como a mandrágora, eram usadas para ajudar as pessoas a dormir. Mas esses bolinhos são cheios de um ingrediente poderoso que vai deixar você cansado: açúcar! Sim, o açúcar nos deixa cansados. Coma uns bolinhos desses antes de dormir para ter uma bela noite de sono e não conte ao seu médico onde você ouviu esse conselho.

1 receita de Bolo Individual de Chocolate (receita a seguir)
1 receita de Poção do Sono (receita a seguir)
1 receita de Glacê de Chocolate (receita a seguir)

1. Para montar os bolos, use uma faca para retirá-los da fôrma. Usando uma faca pequena e afiada, retire um pedaço no formato de um cone do meio de cada bolo e corte a parte cônica. Vá comendo os pedaços retirados e guarde os topos.
2. Encha os miolos com a poção do sono e depois coloque os topos no lugar novamente. Cubra o topo dos bolinhos com uma colherada generosa de glacê. Use o restante do creme para decorar os bolos.

Rende cerca de 12 bolos

Bolinhos da Poção do Sono

Continuação

Bolos Individuais de Chocolate

1 xícara de farinha de trigo
½ xícara de cacau em pó
1 ½ xícara de açúcar refinado
1 colher (chá) de fermento químico seco
½ colher (chá) de sal
1 xícara de óleo vegetal
1 xícara de café frio
2 ovos grandes
2 colheres (chá) de extrato de baunilha

1. Coloque a grade do forno na posição do meio e preaqueça a 180°C. Unte e enfarinhe uma fôrma para 12 muffins.
2. Em uma tigela grande, misture a farinha de trigo, o cacau, o açúcar, o fermento químico e o sal. Adicione o óleo, o café, os ovos e a baunilha e misture bem.
3. Distribua a massa por igual entre as forminhas. Asse por 30 minutos, girando a fôrma na metade do tempo do cozimento, até a parte de cima ficar firme quando tocada. Deixe esfriar por completo na fôrma.

Poção do Sono

1 xícara de creme de leite fresco
¼ de xícara de açúcar refinado
1 colher (chá) de extrato de baunilha

Bata o creme de leite com o açúcar e a baunilha até o chantilly formar picos firmes.

Glacê de Chocolate

¾ de xícara de creme de leite fresco
180 g de chocolate amargo picado

Leve o creme de leite para ferver, despeje por cima do chocolate picado e deixe descansar por alguns minutos. Misture tudo até ficar cremoso. Deixe esfriar até ficar denso o suficiente para espalhar.

Pavê de Creme de Chocolate com Crocante de Doce de Leite

Sempre que Hagrid dá um tapinha em alguém, o resultado é desastroso (o que quer dizer que esse alguém vai ser derrubado). Então, quando Hagrid demonstra a Harry e Rony sua gratidão por eles terem conseguido evitar que ele fosse para Azkaban, ele empurra os dois de cara no pote de pavê (ver *Harry Potter e a Câmara Secreta*, capítulo 18).

Embora o pavê tradicional deva incluir uma base de bolo ou biscoito na parte de baixo da travessa, embebida com vinho e coberta por camadas de creme, frutas e chantilly, esta sobremesa aparece tantas vezes ao longo dos livros do Harry Potter que merecia também uma versão de chocolate. Os chocólatras concordarão!

Rende de 8 a 10 porções

Observação: você pode simplificar esta receita usando mistura para bolo de chocolate ou bolo de chocolate comprado pronto e pudim instantâneo de chocolate. Vai ficar com uma aparência ótima. E, se você for criança, ou criança de coração, vai achar tão delicioso quanto bonito.

1 receita de Bolo de Chocolate do Primeiro Bolo de Aniversário de Harry, assado e frio (capítulo 4)
1 receita de Glacê de Chocolate das Bombas de Chocolate (capítulo 8), preparadas com 1 colher (chá) de café instantâneo
1 receita de Creme de Chocolate das Bombas de Chocolate (capítulo 8)
1 xícara de creme de leite fresco
¼ de xícara de açúcar de confeiteiro
1 colher (chá) de extrato de baunilha
1 xícara de doce de leite em tablete picado

1. Coloque uma camada de bolo no fundo de uma travessa redonda de 20 cm de diâmetro, de preferência de vidro transparente, com cerca de 7 cm de profundidade. Você pode ir comendo a outra camada de bolo enquanto monta o pavê.
2. Coloque o glacê de chocolate por cima do bolo e espalhe até as bordas da travessa. Deixe endurecer (você pode levar à geladeira por alguns minutos para acelerar o processo), depois coloque o creme de chocolate por cima do glacê e espalhe até as bordas. Cubra a superfície com plástico-filme e deixe resfriar até ficar bem frio, ou por até 2 dias.
3. Antes de servir, misture o creme de leite fresco, o açúcar e a baunilha em uma tigela grande e bata até formar picos firmes. Retire o plástico-filme e espalhe o creme batido com uma colher ou com saco de confeitar por cima do creme de chocolate. Salpique com o doce de leite em tablete picado e sirva.

Rosquinhas com Geleia

O tormento acabou. O monstro responsável pelos ataques misteriosos foi destruído — pelo Harry, é claro — e a boa reputação de Harry foi recuperada, assim como a de Hagrid. O banquete após a recuperação de Harry é dos melhores que ele já viu e a vida fica ainda melhor quando o professor Dumbledore anuncia, enquanto Rony come uma rosquinha com geleia, que Lockhart vai sair de vez da escola (ver *Harry Potter e a Câmara Secreta*, capítulo 18).

Um bolo de óleo parece algo apetitoso para você? Bom, era assim que os colonizadores holandeses chamavam essas rosquinhas (*oelikoeken*) quando as levaram para os Estados Unidos — e é, basicamente, o que eles são mesmo. Na Inglaterra, enquanto a maioria das pessoas celebra o Dia da Panqueca, os moradores da cidade de Baldock (a cerca de 50 km de Londres) celebram a sua própria versão, chamada de Dia do Donut. Na Inglaterra, o tipo mais famoso de rosquinha não tem buraco no meio e é recheado com geleia.

½ xícara de água morna
4 ½ colheres (chá) de fermento biológico seco
1 colher (sopa) de açúcar refinado
120 g (8 colheres de sopa) de manteiga
1 xícara de leite integral
2 ovos grandes
5 xícaras de farinha de trigo
⅔ de xícara de açúcar refinado
1 ½ colher (chá) de sal
4 xícaras de óleo vegetal
Geleia de framboesa para rechear (vai precisar de um saco de confeitar com bico de metal)
Açúcar de confeiteiro para polvilhar

Rosquinhas com Geleia

Continuação

1. Misture a água, fermento e 1 colher de sopa de açúcar em uma tigela e deixe descansar até o fermento dissolver e a mistura começar a borbulhar. Aqueça a manteiga e o leite no micro-ondas ou em uma panela pequena em fogo médio até a manteiga derreter. Adicione os ovos ao leite e misture bem.
2. Na tigela da batedeira, misture a farinha, o açúcar e o sal. Junte as misturas de leite e de fermento e vá despejando sobre a farinha. Prenda o batedor em formato de gancho e sove a massa na velocidade mais baixa por cerca de 10 minutos. Depois de alguns minutos, a massa deve se desprender dos lados da tigela. Se a massa ficar muito grudenta, vá acrescentando ¼ de xícara de farinha de trigo de cada vez. Retire a massa da tigela da batedeira e sove por 30 segundos sobre uma superfície levemente enfarinhada. Você também pode sovar essa massa na mão, tanto na tigela quanto em uma superfície enfarinhada. Transfira a massa para uma tigela untada com óleo, girando-a para cobrir de óleo por todos os lados. Cubra a massa com plástico-filme e deixe crescer em um local aquecido e sem correntes de ar, por cerca de 1 hora e meia a 2 horas, até dobrar de tamanho.
3. Retire a massa da tigela e estique em uma superfície enfarinhada até ela atingir uma espessura de 1,5 cm. Corte círculos de massa com um cortador de 8 cm. Coloque os círculos de massa e as aparas em um pedaço de papel-manteiga e deixe crescer por 1 hora e meia a 2 horas, até dobrar de tamanho.
4. Forre duas ou três assadeiras com quatro camadas de papel-toalha. Prenda um termômetro culinário em uma panela com capacidade para 4 litros e encha com o óleo vegetal. Aqueça o óleo em fogo médio até a temperatura marcar 180°C (ou, ao jogar um pedaço de pão na panela, o óleo começar a borbulhar, sem torrar imediatamente).
5. Com cuidado, coloque três ou quatro rosquinhas de cada vez no óleo. Frite até dourar, por cerca de 1 minuto a 1 minuto e meio de cada lado. Deixe a temperatura voltar a 180°C antes de colocar mais rosquinhas para fritar. Usando uma escumadeira, transfira as rosquinhas para as assadeiras forradas. Repita até fritar todas as rosquinhas e as aparas.
6. Polvilhe bastante açúcar de confeiteiro por cima das rosquinhas ainda quentes. Quando elas tiverem esfriado, coloque geleia em um saco de confeitar, montado com um bico de metal redondo liso. Enfie a ponta do bico no fundo de cada rosquinha e aperte até sair uma pequena quantidade de geleia.

Rende cerca de 18 rosquinhas

Observação: se você pretende fazer essas rosquinhas com frequência, vale a pena investir em um injetor de temperos, aqueles com um bico fino e afiado, parecido com uma agulha. Se você usar um desses, enfie o bico da agulha pela lateral e assim o buraco ficará quase imperceptível.

Torta de Maçã

Harry está furioso. Ele acabou de perder a paciência com a professora Umbridge e, ao entrar no Salão Principal, todo mundo começa a falar disso. Sem conseguir comer, ele pergunta, revoltado, por que ninguém mais acredita em Dumbledore. A Hermione, tão brava quanto ele, mas mais compreensiva, sugere que eles saiam do Salão e o esfomeado Rony fica triste por ter que deixar sua torta de maçã para trás (ver *Harry Potter e a Ordem da Fênix*, capítulo 13).

A torta de maçã sempre foi uma das sobremesas mais amadas, tanto que o dramaturgo elizabetano Robert Greene elogiava as mulheres comparando o hálito delas a uma torta de maçã. Mas não tente falar isso para a sua namorada. Se você disser a ela que "seu hálito tem o cheiro de uma torta de maçã", ela vai correr para bem longe de você.

Massa da Torta

2 ½ xícaras de farinha de trigo
3 colheres (sopa) de açúcar refinado
½ colher (chá) de sal
120 g (8 colheres de sopa) de manteiga gelada e cortada em pedaços
8 colheres (sopa) de gordura vegetal gelada e cortada em pedaços
½ xícara de água gelada

Recheio

8 maçãs verdes descascadas, sem miolo e picadas
Suco e raspas de 1 limão
¾ de xícara de açúcar refinado
2 colheres (sopa) de amido de milho
1 colher (chá) de canela em pó
¼ de colher (chá) de noz-moscada em pó
1 ovo grande batido para pincelar a massa
Açúcar para polvilhar a massa

Torta de Maçã

Continuação

1. Para fazer a massa, bata a farinha, o açúcar, o sal, a manteiga e a gordura vegetal em um processador de alimentos até ficar com uma consistência de farofa. Adicione ½ xícara de água gelada e bata por mais alguns segundos, apenas para a massa se juntar. Se estiver muito seca, adicione mais 1 colher de sopa de água de cada vez (melhor ficar mais úmida do que seca). Divida a massa em duas partes iguais, sove um pouco, modele em formato de discos, envolva em plástico-filme e deixe esfriar por 2 horas até no máximo 3 dias.
2. Para montar a torta, coloque a grade do forno na posição mais baixa e coloque uma assadeira na grade. Preaqueça o forno a 180°C.
3. Estique um disco de massa e encaixe em uma fôrma de torta de 20 cm de diâmetro. Apare as bordas, deixando 2 cm de sobra. Coloque a massa na geladeira enquanto prepara o recheio.
4. Misture os ingredientes do recheio e coloque-o dentro da massa preparada, concentrando as maçãs no centro da torta.
5. Estique um segundo disco de massa e coloque por cima do recheio. Apare as bordas, ajustando-as à fôrma. Dobre as sobras de massa por cima do topo da torta e prenda para selar as bordas com os dentes de um garfo ou apertando com os dedos. Se quiser, recorte formas de folhas com as aparas da massa e prenda-as ao topo da torta usando um pouco de água.
6. Usando um pincel culinário, pincele o ovo batido por cima da massa. Faça cortes no topo da torta para deixar o vapor sair durante o cozimento. Polvilhe uma quantidade generosa de açúcar. Coloque a torta na grade do meio do forno, com a assadeira na grade de baixo (a assadeira vai segurar os respingos, evitando que se forme fumaça no forno). Asse a torta por 1 hora e meia a 2 horas, ou até que a massa fique bem dourada e os líquidos comecem a borbulhar para fora da massa.

Rende 8 porções

Observação: uma dica útil para evitar que a massa fique molenga e o recheio fique muito líquido: coloque os ingredientes do recheio, com exceção do amido de milho, em uma panela, e deixe cozinhar em fogo brando por cerca de 20 minutos, até as maçãs amolecerem e começarem a soltar líquido. Escorra o recheio, tirando todo o líquido, e deixe esfriar até atingir temperatura ambiente antes de usar. Assim, o tempo de cozimento pode ser reduzido em meia hora.

Torta de Caramelo

Rony e Hermione estão brigando. De novo. Hermione está furiosa porque Rony não consegue pedir desculpas por ter ofendido Nick Quase Sem Cabeça — a boca dele está muito cheia de comida. Harry não quer se meter. Ele prefere curtir o jantar, terminando com sua sobremesa preferida: torta de caramelo (ver *Harry Potter e a Ordem da Fênix*, capítulo 11).

A torta de caramelo é uma das sobremesas preferidas na Inglaterra — é também a sobremesa preferida do Harry Potter. Se você gosta de torta de noz-pecã, é muito provável que goste também da textura pegajosa e da doçura excessiva da torta de caramelo. Para uma sobremesa caprichada, sirva a torta morna com uma bola de sorvete de creme por cima. Também fica deliciosa com um pouco de calda de baunilha aquecida.

Massa da Torta

2 xícaras de farinha de trigo
¼ de xícara de açúcar refinado
½ colher (chá) de sal
180 g (12 colheres de sopa) de manteiga gelada e cortada em pedaços
2 gemas grandes frias
⅓ de xícara de leite integral gelado
1 colher (chá) de extrato de baunilha

Recheio

1 xícara de xarope de milho ou melado
2 ¼ xícaras de farinha de rosca
Suco e raspas de 1 limão
¼ de colher (chá) de sal
1 ovo grande batido com 1 colher (sopa) de água para pincelar a massa

Torta de Caramelo

Continuação

1. Para fazer a massa, bata a farinha de trigo, o açúcar, o sal e a manteiga em um processador de alimentos até ficar com uma consistência de farofa. Bata as gemas, o leite e a baunilha e acrescente à massa. Divida a massa em duas partes, uma parte um pouco maior do que a outra. Sove cada metade ligeiramente, forme discos com as massas, embrulhe em plástico-filme e leve à geladeira por 30 minutos ou por até 3 dias (se a massa ficar muito dura na geladeira, deixe fora para amolecer, em temperatura ambiente, por cerca de 15 minutos).
2. Aqueça o xarope de milho em uma panela até ficar bem líquido, ou leve ao micro-ondas por 30 segundos. Misture o xarope de milho, a farinha de rosca, as raspas e o suco de limão e o sal em uma tigela e mexa bem.
3. Preaqueça o forno a 220°C. Retire a massa da geladeira. Em uma superfície enfarinhada, estique o pedaço maior de massa para encaixar em uma fôrma de torta de 20 cm de diâmetro. Pressione a massa nas laterais caneladas da fôrma, aparando o excesso das bordas com um rolo de massa. Estique o segundo disco e corte tiras para fazer um topo em formato de treliça.
4. Coloque o recheio dentro da massa e nivele bem. Coloque as tiras de massa por cima do recheio para formar uma treliça, cortando os excessos com um rolo. Pincele a treliça com cuidado com o ovo batido.
5. Asse por 15 minutos, depois reduza a temperatura para 180°C e asse por mais 45 minutos até a massa ficar bem dourada e o recheio estufar no meio. Sirva morna com creme de baunilha ou chantilly.

Rende 8 porções

Bombas de Chocolate

Para agradecer Dobby pelo guelricho que o salvou na segunda tarefa, Harry desce à cozinha de Hogwarts, onde o elfo doméstico trabalha, para lhe dar um par de meias (o presente preferido de Dobby). Na cozinha, Hermione fica irritada com a gula de Rony. Ela não consegue entender por que ele está pedindo bombas mesmo tendo acabado de tomar café da manhã. Mas os elfos domésticos ficam muito animados ao lhe entregarem uma travessa cheia de bombas (ver *Harry Potter e o Cálice de Fogo*, capítulo 28).

Na confeitaria francesa, este doce se chama *éclair*, por causa da palavra em francês que significa "raio", mas o que isso tem a ver com esta deliciosa sobremesa, ninguém sabe ao certo. Talvez seja porque ela desaparece tão rápido quanto um raio.

Massa Choux

1 xícara de água
60 g (4 colheres de sopa) de manteiga
¼ de colher (chá) de sal
1 colher (sopa) de açúcar refinado
1 xícara de farinha de trigo
4 ovos grandes
Saco de confeitar para modelar as bombas

Creme de Chocolate

1 xícara de leite integral
½ xícara de creme de leite fresco ou leite integral
1 colher (sopa) de amido de milho
1 colher (sopa) de cacau em pó
½ xícara de açúcar refinado
1 pitada de sal
3 gemas grandes
1 colher (chá) de extrato de baunilha
60 g de chocolate meio amargo picado
2 colheres (sopa) de manteiga, se estiver usando só leite integral

Glacê de Chocolate

½ xícara de creme de leite fresco
180 g de chocolate meio amargo picado

1. Para fazer a massa choux, leve a água, a manteiga, o sal e o açúcar para ferver em uma panela. Abaixe o fogo e coloque a farinha toda de uma vez, mexendo bem rápido com uma colher de madeira até a massa começar a se soltar dos lados da panela e formar uma bola em volta da colher. Transfira a massa para a tigela da batedeira e deixe esfriar um pouco.

Bombas de Chocolate

Continuação

2. Vá adicionando os ovos, um de cada vez, batendo depois de adicionar cada um até misturar bem, sempre raspando as laterais da tigela.
3. Preaqueça o forno a 220°C e unte e enfarinhe uma assadeira. Faça um corte de 4 cm na ponta de um saco de confeitar descartável e encha com a massa choux. Usando o saco de confeitar, faça cordões de massa de 8 cm de comprimento, formando duas fileiras com seis ou sete cordões cada. Asse por 15 minutos, girando a assadeira na metade do tempo do cozimento. Abaixe o fogo para 180°C e asse por mais 20 minutos, girando novamente na metade do tempo de cozimento, até as bombas ficarem bem douradas e infladas. É melhor assar de mais do que de menos, pois as bombas vão murchar e ficará impossível recheá-las se não estiverem bem assadas. Retire do forno e deixe esfriar até atingir temperatura ambiente. Depois de frias, as massas podem ser armazenadas em um recipiente hermético ou em um saco plástico com fecho e congeladas por dois meses. Elas só podem ser removidas da embalagem depois de descongelarem totalmente, ou ficarão empapadas por causa da condensação da água.
4. Para fazer o creme de chocolate, misture o leite, o creme de leite (se quiser usar), o amido de milho, o cacau em pó, o açúcar e o sal em uma panela média e deixe cozinhar em fogo médio/alto, mexendo sem parar, até aquecer, mas sem borbulhar. Abaixe o fogo. Tempere as gemas (ver Dicas Úteis), em seguida leve a mistura de gemas à panela, sempre mexendo. Aumente o fogo novamente e deixe cozinhar, mexendo sem parar, até o creme engrossar e começar a mergulhar. Retire do fogo.
5. Acrescente a baunilha e o chocolate (e a manteiga, se estiver usando apenas leite). Misture bem. Passe o creme por uma peneira, usando uma espátula de silicone para pressionar, para tirar todos os grumos. Coloque um pedaço de plástico-filme em contato direto com a superfície para evitar que se forme uma película e deixe esfriar até atingir temperatura ambiente. Leve à geladeira até esfriar, ou por até 2 dias.
6. Para preparar o glacê, misture o creme de leite e o chocolate em uma tigela própria para micro-ondas. Cozinhe no micro-ondas em potência alta por 2 minutos, desligando e misturando o creme a cada 30 segundos, até ficar bem liso. Deixe esfriar até ficar espesso o suficiente para espalhar.
7. Para montar as bombas, corte as massas ao meio usando uma faca. Encha as metades de baixo com mais ou menos 2 colheres de sopa de creme de chocolate. Coloque a parte de cima no lugar e espalhe cerca de 2 colheres de sopa de glacê. Deixe o glacê firmar. As bombas ficam mais gostosas logo depois que o glacê está firme. Elas podem ser refrigeradas por alguns dias, mas ficarão um pouco murchas.

Rende de 12 a 14 bombas

Observação: a massa choux, ou pâte à choux (pronuncia-se "pá-ta-chu"), é uma massa grudenta usada para fazer carolinas e bombas, além de outras delícias fritas e assadas, como um doce francês conhecido como beignet. A palavra "choux" em francês quer dizer "repolho" e leva esse nome porque na França era usada para fazer bolinhos que lembravam repolhos. Esta receita é para cozinheiros experientes. Não há atalhos e nem versões mais fáceis dessa massa.

Bananas Fritas com Calda de Caramelo

Pelo que vimos, ninguém de fato come bananas fritas nos livros do Harry Potter, mas essa é a senha para passar pelo retrato da mulher gorda que leva à sala comunal da Grifinória. Talvez a mulher gorda gostasse de bananas (ver *Harry Potter e o Cálice de Fogo*, capítulo 25).

Os romanos já costumavam fazer uma receita muito parecida com um bolinho de chuva. É incrível ver como a comida que comemos mudou tão pouco ao longo do tempo. As receitas medievais desses bolinhos (que se chamavam *frytours*) parecem bem familiares (tirando a parte dos nabos): "Pegue a *skyrwater* (seja lá o que isso for), os nabos e as maçãs e ferva-os, faça uma massa com trigo e ovos, misture com cerveja, açafrão e sal, mergulhe-os na massa e frite em óleo ou gordura, sirva em seguida acompanhado de leite de amêndoas".

Calda de Caramelo

½ xícara de açúcar refinado
2 colheres (sopa) de água
½ xícara de creme de leite fresco
1 colher (sopa) de manteiga
½ colher (chá) de extrato de baunilha

Bananas Fritas

½ xícara de farinha de trigo
1 colher (chá) de fermento químico
1 pitada de sal
2 ovos grandes
2 colheres (sopa) de açúcar refinado
2 colheres (sopa) de manteiga derretida e resfriada
2 colheres (sopa) de leite integral
Óleo para fritar
3 bananas maduras, mas firmes, cortadas em ângulo em fatias de 5 mm

Bananas Fritas com Calda de Caramelo

Continuação

1. Para preparar a calda de caramelo, leve ao fogo uma panela pequena com a água e o açúcar, mexendo sem parar até o açúcar dissolver e a calda começar a borbulhar. Deixe cozinhar em fogo médio/alto, mexendo de vez em quando, até a calda adquirir uma coloração escura de âmbar.
2. Retire a panela do fogo e acrescente o creme de leite e a manteiga. A calda vai borbulhar loucamente. Mexa até que ela volte a ficar líquida. Se ficarem alguns torrões duros de açúcar caramelizado, vá mexendo em fogo baixo até eles se desfazerem. Acrescente a baunilha e mexa bem. Mantenha morno até a hora de servir.
3. Misture a farinha, o fermento e o sal em uma tigela. Em outra tigela, misture os ovos e o açúcar até homogeneizar. Acrescente a manteiga derretida aos ovos e misture bem. Misture os ovos com a farinha e bata até ficar bem liso. Acrescente o leite e misture bem para homogeneizar.
4. Encha uma frigideira grande com óleo até uma altura de 5 mm. Aqueça o óleo até começar a chiar. Usando um garfo, envolva as fatias de banana na massa, levante-as e mergulhe-as no óleo quente. Frite dos dois lados até ficarem bem douradas, por cerca de 1 minuto de cada lado. Retire da frigideira e coloque sobre um prato forrado com papel-toalha para absorver a gordura. Repita até fritar todas as bananas.
5. Para servir, coloque 4 ou 6 bananas em um prato de sobremesa e regue com a calda de caramelo. Sirva imediatamente, pois, como amolecem muito rápido, as bananas não ficam boas depois de frias. Além disso, elas vão ficar pretas e horríveis.

Rende 6 porções

Observação: uma opção mais fácil e tão deliciosa quanto a calda de caramelo é preparar uma calda de chocolate. Aqueça ½ xícara de creme de leite fresco e despeje por cima de 120 g de chocolate meio amargo picado. Deixe descansar alguns minutos e depois mexa até ficar bem cremoso e liso. A calda vai endurecer ao esfriar, mas você pode reaquecê-la um pouco em fogo baixo ou no micro-ondas.

Arroz-Doce

A lista de sobremesas servidas no primeiro banquete de Harry em Hogwarts é de dar água na boca. Este arroz-doce é uma das várias comidas que aparecem de repente na mesa (ver *Harry Potter e a Pedra Filosofal*, capítulo 7).

O arroz-doce já passou por muitos lugares, surgindo como uma sobremesa para os ricos na Idade Média e chegando à atualidade como uma sobremesa meio sem graça. Mas o arroz-doce é daquelas comidas caseiras que rendem uma bela sobremesa para um jantar durante a semana.

½ xícara de arroz branco (preferencialmente de grão curto, mas o de grão longo também funciona)
4 xícaras de leite integral
½ xícara de açúcar refinado
¼ de colher (chá) de sal
2 colheres (sopa) de manteiga
2 colheres (chá) de extrato de baunilha
¼ de colher (chá) de noz-moscada moída

1. Preaqueça o forno a 150°C e unte uma travessa com capacidade para 1 litro. Misture o arroz, o leite, o açúcar e o sal em uma panela grande e deixe ferver. Abaixe o fogo e deixe cozinhar em fogo baixo por 15 minutos, mexendo de vez em quando.
2. Retire do fogo e acrescente a manteiga, a baunilha e a noz-moscada. Misture bem. Passe tudo para a travessa e asse por 1 hora, mexendo aproximadamente a cada 20 minutos. Asse por 30 a 45 minutos até começarem a aparecer alguns pontos caramelizados. Sirva morno ou em temperatura ambiente com chantilly, sorvete de creme ou geleia.

Rende de 4 a 6 porções

Pudim de Groselhas

Hermione se nega a comer depois que descobre que foram elfos domésticos escravizados que prepararam o jantar. Rony não se faz de rogado e tenta provocar a amiga com pudim de groselhas (ver *Harry Potter e o Cálice de Fogo*, capítulo 12).

Esta sobremesa, que em inglês se chama *spotted dick*, faz muitos fãs de Harry Potter se perguntarem que raios é esse doce de nome estranho. É um pudim tradicional da era vitoriana, feito à base de sebo (que é a gordura dura que envolve o rim dos bois). A palavra "spotted" significa "manchado" e se deve às uvas-passas ou groselhas que fazem manchas pretas no pudim branco, e "dick" é uma palavra antiga que significa "pudim". Não se preocupe em procurar sebo, pois esta receita pede manteiga, que é um excelente substituto.

2 xícaras de farinha de trigo
2 xícaras de farinha de rosca (ver observação)
1 xícara de açúcar refinado
2 colheres (chá) de fermento químico
1 colher (chá) de sal
2 colheres (chá) de canela moída
½ colher (chá) de noz-moscada moída
¼ de colher (chá) de cravo em pó
240 g (16 colheres de sopa) de manteiga gelada e cortada em pedaços
½ xícara de uvas-passas pretas
½ xícara de uvas-passas brancas
1 xícara de groselhas secas ou mais uvas-passas
¾ de xícara de leite integral

Pudim de Groselhas

Continuação

1. Encha uma panela grande com água e coloque uma grade ou uma tigela rasa virada de cabeça para baixo dentro da panela. Deixe ferver. Unte com manteiga uma tigela de 1 litro resistente ao calor, que tenha uma tampa que feche bem, e reserve.
2. Misture a farinha de trigo, a farinha de rosca, o açúcar, o fermento químico, o sal e as especiarias em uma tigela grande. Vá esfarelando a manteiga junto com os sólidos até que a mistura fique parecendo uma farofa úmida, com alguns pedaços maiores de manteiga. Acrescente as uvas-passas e as groselhas. Adicione o leite e misture até que a massa toda fique úmida. Coloque a massa na fôrma untada e pressione o topo com uma espátula.
3. Cubra a travessa com a tampa, garantindo que esteja muito bem vedada. Coloque a tigela na panela. A água deve chegar até a metade das laterais da tigela. Deixe cozinhar em banho-maria por 3 horas. Se necessário, acrescente mais água para manter o volume inicial. Retire o pudim, remova a tampa e vire-o em um prato. Sirva morno com calda de baunilha quente.

Rende 8 porções

Observação: para fazer farinha de rosca fresca, processe de 6 a 8 fatias de pão em um processador de alimentos ou liquidificador. Não precisa tirar a casca.

Torta Rápida de Abóbora com Camada de Chocolate

Harry, Rony e Hermione mal conseguem esperar que levem a torta de abóbora embora para ir ao encontro de Hagrid e parabenizá-lo pelo seu novo cargo de professor de Trato das Criaturas Mágicas. Agora que ele foi inocentado, graças ao nosso destemido trio, Hagrid, embora não seja um bruxo plenamente qualificado, pode realizar seu grande sonho de lecionar (ver *Harry Potter e o Prisioneiro de Azkaban*, capítulo 5).

Ao pensar em sobremesas com abóbora, a maioria das pessoas logo pensa em doce de abóbora, mas uma torta de abóbora também é uma boa opção. A torta pode ser feita tanto em fôrmas rasas quanto em fundas, com as bordas lisas ou caneladas, usando uma massa de torta bem caprichada!

Massa da Torta

1 xícara de farinha de trigo
⅛ de colher (chá) de sal
3 colheres (sopa) de açúcar refinado
90 g (6 colheres de sopa) de manteiga ou margarina gelada e cortada em pedaços
1 gema grande
2 colheres (sopa) de creme de leite fresco
1 colher (chá) de extrato de baunilha

Camada de Chocolate

½ xícara de creme de leite fresco
120 g de chocolate meio amargo picado

Recheio de Abóbora

1 ½ xícara de purê de abóbora
½ xícara de açúcar refinado
½ colher (chá) de canela em pó
⅛ de colher (chá) de pimenta-da-jamaica em pó
⅛ de colher (chá) de cravo em pó
⅛ de colher (chá) de noz-moscada em pó
½ xícara de creme de leite fresco
2 ovos grandes
1 colher (sopa) de amido de milho
50 g de chocolate meio amargo derretido para regar (opcional)

Torta Rápida de Abóbora com Camada de Chocolate

Continuação

1. Para preparar a massa, bata a farinha, o sal, o açúcar e a manteiga em um processador de alimentos até ficar com uma consistência de farofa. Misture a gema, o creme de leite e a baunilha e acrescente no recipiente do processador. Bata por alguns segundos até a massa juntar e formar uma bola. Sove rapidamente e modele no formato de um disco. Envolva em plástico-filme e leve à geladeira por 2 horas ou por até 3 dias.
2. Preaqueça o forno a 220°C. Em uma superfície polvilhada com bastante farinha, estique o disco de massa (não deixe de polvilhar farinha na parte de cima da massa também) até formar um círculo de 25 cm de diâmetro. É um pouco difícil esticar massa de torta, mas esta aqui é bem fácil de trabalhar, principalmente se você estiver usando margarina, e não manteiga. Se a massa quebrar, junte os pedaços, polvilhe a superfície com mais farinha e estique mais uma vez.
3. Coloque a massa em uma fôrma de torta de 22 cm de diâmetro. Se a massa quebrar, você pode consertar colando pedacinhos da massa que sobrou, usando um pouco de água. Espete o fundo da torta com um garfo, forre com papel-alumínio e encha de feijões ou pesos cerâmicos para torta. Asse por 20 minutos ou até a massa ficar seca e firme. Retire o papel-alumínio e os pesos, reduza a temperatura do forno para 180°C e asse por mais 7 a 10 minutos até a massa ficar bem dourada. Retire do forno para esfriar.
4. Para fazer a camada de chocolate, leve o creme de leite fresco e o chocolate ao micro-ondas, em uma tigela própria para micro-ondas, e deixe cozinhar por 2 minutos, parando para mexer a cada 30 segundos. Mexa até ficar bem cremoso e despeje por cima do fundo da torta. Deixe esfriar até firmar.
5. Para preparar o recheio, misture o purê de abóbora com açúcar, canela, pimenta-da-jamaica, cravo, noz-moscada e creme de leite fresco em uma panela média e deixe cozinhar, mexendo de vez em quando, até aquecer, mas sem borbulhar. Bata os ovos com o amido de milho e acrescente à panela. Deixe cozinhar mais um pouco, até engrossar e começar a borbulhar. Retire do fogo. Deixe esfriar até atingir a temperatura ambiente.
6. Coloque o recheio já frio dentro da massa de torta e alise o topo com uma espátula de silicone. Se quiser, regue com o chocolate derretido. Leve à geladeira até firmar.

Rende 8 porções

Observação: você pode usar massa de torta comprada pronta para economizar tempo.

Bolo de Chocolate Cremoso dos Sonhos

Os banquetes de Hogwarts sempre têm as melhores comidas, principalmente os do começo do ano letivo, e o que acontece no início do sexto ano de Harry em Hogwarts não é diferente. Enquanto Harry escolhe a torta de caramelo de sempre, Rony prefere o bolo de chocolate (ver *Harry Potter e o Enigma do Príncipe*, capítulo 8).

Nesse tipo de bolo recheado, chamado na Inglaterra de *gâteau* (que nada mais é do que "bolo" em francês), a parte mais importante é o recheio, e a massa funciona apenas como uma estrutura para segurar o creme. As camadas do bolo são feitas com um pão de ló sem nada especial. Para fazer um bolo verdadeiramente suntuoso, esta receita usa camadas de chocolate bem fartas e um recheio ainda mais cremoso, para você poder aproveitar igualmente as duas partes.

1 receita de Bolo de Chocolate do Primeiro Bolo de Aniversário de Harry (capítulo 4), dividida entre três fôrmas de 22 cm, assadas por 20 minutos cada e resfriadas

1 receita de Chantilly de Chocolate (receita a seguir)

1 receita de Creme de Chocolate das Bombas de Chocolate (capítulo 8), preparada e resfriada

1 receita de Glacê de Chocolate das Bombas de Chocolate (capítulo 8), preparada e resfriada até ficar no ponto para espalhar

½ xícara de nozes-pecã picadas e tostadas para decorar

Para montar o bolo, coloque uma camada de massa virada de cabeça para baixo em um prato redondo de papelão. Espalhe metade do chantilly de chocolate por cima da massa de bolo, em seguida metade do creme de chocolate por cima do chantilly de chocolate. Repita colocando mais uma camada de massa de bolo e os recheios por cima. Cubra com a última massa de bolo, também de cabeça para baixo. Passe o glacê por cima da camada superior e cubra com as nozes-pecã. Se as massas estiverem escorregando, você pode prendê-las com palitos de dente antes de passar a cobertura, mas lembre-se de avisar seus convidados que eles podem encontrar palitos de dente invadindo suas fatias de bolo.

Soluções rápidas: use uma mistura pronta para bolo de chocolate e divida a massa entre três fôrmas de 22 cm de diâmetro. As camadas ficarão bem finas, reduzindo o tempo de cozimento. Use pudim de chocolate instantâneo para fazer o recheio, em vez do creme de confeiteiro de chocolate da receita.

Bolo de Chocolate Cremoso dos Sonhos

Continuação

Chantilly de Chocolate

1 xícara de creme de leite fresco
¼ de xícara de açúcar de confeiteiro
1 colher (chá) de extrato de baunilha
60 g de chocolate meio amargo derretido

Misture o creme de leite, o açúcar e a baunilha em uma tigela grande e bata até formar picos firmes. Misture ¼ do creme batido com o chocolate derretido para o chocolate ganhar volume e em seguida misture o restante do creme batido com o chocolate derretido.

Rende 16 porções

Torta de Creme

O professor Snape adoraria ver Harry ser expulso após bater o carro voador do senhor Weasley contra o Salgueiro Lutador. Mas, como Dumbledore faz questão de lembrar, a punição deve ser decidida pela professora McGonagall. O que fazer então para distrair o Snape? Dumbledore o conduz pelo braço e fala de uma torta de creme que está sendo servida no jantar antes de levá-lo embora (ver *Harry Potter e a Câmara Secreta*, capítulo 5).

A maior utilidade das tortas de creme no início do século 20 era jogá-las na cara das pessoas nos filmes mudos. Por algum motivo, isso era considerado superengraçado. O recheio de creme desta torta é muito delicioso, e o pessoal na Idade Média gostava tanto que misturava com qualquer coisa, de frutas ou migalhas de pão até carne moída e sálvia. Para nós, o creme puro já está de bom tamanho.

Massa da Torta

1 ¼ xícara de farinha de trigo
¼ de xícara de açúcar refinado
¼ de colher (chá) de sal
120 g (8 colheres de sopa) de manteiga gelada e cortada em pedaços pequenos
1 gema grande
2 colheres (sopa) de creme de leite fresco
1 colher (chá) de extrato de baunilha

Creme

1 xícara de leite integral
½ xícara de creme de leite fresco
3 gemas grandes
¼ de xícara de açúcar refinado
2 colheres (chá) de amido de milho
1 colher (sopa) de manteiga
1 colher (chá) de extrato de baunilha

Torta de Creme

Continuação

1. Para preparar a massa, bata a farinha, o açúcar, o sal e a manteiga em um processador de alimentos até ficar com uma consistência de farofa. Bata a gema com o creme de leite e a baunilha e adicione à tigela. Processe por mais alguns segundos até a massa se juntar. Se a massa estiver muito seca, adicione mais 1 colher de sopa de creme de leite fresco (melhor ficar mais úmida do que seca). Sove a massa rapidamente, modele em formato de disco, envolva em plástico-filme e deixe esfriar por 2 horas até no máximo 3 dias.
2. Preaqueça o forno a 220°C. Estique a massa e encaixe-a em uma fôrma de torta de fundo removível com 20 cm de diâmetro. Vá soltando devagar as laterais na fôrma e pressionando a massa para grudar nos lados. Use um rolo de macarrão para tirar as sobras de massa da fôrma.
3. Leve a massa da torta para congelar por 10 minutos. Forre o fundo da torta com uma folha de papel-alumínio e encha com pesos culinários. Asse até a massa ficar seca e firme, por cerca de 20 minutos. Retire o papel-alumínio e os pesos, abaixe o fogo para 180°C e leve de volta ao forno até a massa dourar, por mais cerca de 8 minutos.
4. Enquanto assa a massa, prepare o creme. Leve o leite e o creme de leite ao fogo em uma panela pequena até aquecer, mas sem ferver. Enquanto isso, misture as gemas, o açúcar e o amido de milho até virar um creme homogêneo. Tempere o creme com as gemas (ver Dicas Úteis) e em seguida leve o creme de volta à panela. Deixe cozinhar em fogo médio/alto, mexendo sem parar, até que a colher de madeira saia da panela com pedacinhos de creme bem espesso. Não deixe o creme levantar fervura. Retire do fogo e acrescente a manteiga e a baunilha.
5. Aumente a temperatura do forno para 190°C. Coloque o recheio quente por cima da massa e asse até o creme estufar, mas ficando ainda mole ao balançar a fôrma, por cerca de 15 minutos. Retire a torta do forno e deixe em cima de uma grade para esfriar. O creme vai ficar mais firme à medida que esfria. Deixe esfriar completamente antes de servir.

Rende 8 porções

Observação: para fazer uma torta mais rápida, use massa de torta comprada pronta. Para preparar uma sobremesa super-rápida e superfácil, use uma massa à base de biscoitos e recheie com pudim de baunilha instantâneo.

Manjar Branco

Rony queria que a garota francesa que lembrava uma *veela* olhasse para ele de novo, depois de ter pedido a *bouillabaisse*. Ele desloca o manjar branco, um prato francês, para deixá-lo bem visível, esperando que ela fique com vontade e venha pegar um pouco, mas ela nem dá bola. Foi uma bela tentativa (ver *Harry Potter e o Cálice de Fogo*, capítulo 16).

Que tal um prato enformado composto de frango misturado com amêndoas moídas, arroz e açúcar? O *blanc manger* original, um prato medieval, era um dos favoritos da nobreza. A versão mais moderna é feita com leite aromatizado com amêndoas moídas e espessado com gelatina e é tão borrachudo que você pode jogar contra a parede que ele não vai quebrar — acho que sua mãe não vai gostar muito disso. Gosto é gosto.

3 xícaras de leite integral
2 envelopes de gelatina sem sabor
1 xícara de creme de leite fresco
½ xícara de açúcar refinado
1 xícara de amêndoas moídas
¼ de colher (chá) de extrato de amêndoas

Calda de Morango

400 g de morangos
2 colheres (sopa) de açúcar refinado

1. Unte oito forminhas de tartelete ou de muffin e reserve. Coloque meia xícara de leite em uma tigela e polvilhe a gelatina por cima. Reserve.
2. Em uma panela pequena, aqueça o restante do leite e o creme de leite junto com o açúcar e as amêndoas. Passe o líquido por uma peneira e descarte as amêndoas. Adicione o leite e a gelatina misturados até a gelatina dissolver (se necessário, leve ao fogo médio e mexa devagar até a gelatina dissolver. Não deixe ferver). Acrescente o extrato de amêndoas.
3. Encha as forminhas até o limite e leve à geladeira até firmar, por cerca de 2 horas. Coloque um prato por cima da fôrma e inverta para desenformar. Se estiver difícil, enrole um pano de prato quente em volta da fôrma por alguns segundos. Sirva com calda de morango.
4. Para preparar a calda de morango, bata os morangos e o açúcar em um liquidificador ou processador de alimentos até ficar bem cremoso e homogêneo.

Rende 8 porções

Tortinhas de Geleia

Na festa que a Grifinória faz para comemorar a vitória de Harry na primeira tarefa, Hermione olha com um ar de dúvida para a tortinha de geleia que Fred lhe oferece. É sempre bom desconfiar de qualquer coisa que os adoráveis e travessos gêmeos Weasley oferecem, como Neville vai descobrir um segundo depois (ver *Harry Potter e o Cálice de Fogo*, capítulo 21).

Há muitas teorias sobre como a palavra *jam* (geleia) surgiu no inglês, mas a teoria de 1736, proposta pelo *Dictionarium Britannicum*, é a mais fofa: a palavra vem do francês *j'aime*, que significa "eu amo". Quando o açúcar passou a ter um preço acessível para popularizar a geleia, o doce se tornou um item básico nas despensas na Inglaterra, aparecendo em tortas e em torradas. É muito fácil fazer torta de geleia, e as crianças adoram.

Massa da Torta

2 xícaras de farinha de trigo
⅓ de xícara de açúcar refinado
½ colher (chá) de sal
240 g (16 colheres de sopa) de manteiga ou margarina gelada e cortada em pedaços
1 gema fria
1 colher (chá) de extrato de baunilha
3 colheres (sopa) de água gelada

Recheio

½ xícara de geleia de qualquer sabor

Tortinhas de Geleia

Continuação

1. Bata a farinha de trigo, o açúcar, o sal, a manteiga ou a margarina em um processador de alimentos até ficar com uma consistência de farofa. Bata a gema com a baunilha e a água e acrescente ao recipiente do processador. Bata por mais alguns segundos, apenas para a massa se juntar. Se estiver muito seca, adicione mais 1 colher de sopa de água de cada vez (melhor ficar mais úmida do que seca). Sove a massa ligeiramente, modele em formato de disco, envolva em plástico-filme e deixe esfriar por 2 horas até no máximo 3 dias.
2. Preaqueça o forno a 220°C. Estique a massa até atingir 3 mm de espessura. Recorte círculos de massa usando um cortador de 10 cm de diâmetro. Encaixe os círculos de massa nas fôrmas de torta e disponha as forminhas em uma assadeira, ou use uma fôrma de muffin.
3. Coloque 1 colher de sopa de geleia em cada torta. A geleia deve apenas cobrir o fundo da torta. Se você colocar demais, a geleia vai borbulhar e você nunca vai conseguir tirar as tortas inteiras.
4. Decore as tortinhas com recortes da sobra de massa ou faça um padrão cruzado usando duas tiras de massa. Asse as tortas por 20 a 25 minutos até dourar. Deixe esfriar completamente antes de retirar as tortinhas das fôrmas.

Rende 8 tortinhas

Biscoitos Recheados de "Creme de Canário"

Tome muito cuidado com tudo que os gêmeos Weasley lhe oferecem para comer. Neville acabou de comer um creme de caramelo, que parecia inofensivo e muito gostoso, mas logo depois ele foi transformado em um canário (ver *Harry Potter e o Cálice de Fogo*, capítulo 21).

Se você ficou se perguntado o que era o creme de caramelo, o mistério acabou. Nada mais são do que biscoitos recheados com um creme que tem gosto de pudim de baunilha.

Massa do Biscoito

2 ¼ de xícara de farinha de trigo

½ xícara de pó para pudim de baunilha instantâneo

1 ½ colher (chá) de fermento químico

¼ de colher (chá) de sal

120 g (8 colheres de sopa) de manteiga em temperatura ambiente

1 xícara de açúcar de confeiteiro

1 ovo grande em temperatura ambiente

1 colher (chá) de extrato de baunilha

¼ de xícara de leite integral em temperatura ambiente

Tigela com açúcar para achatar os biscoitos

Recheio

1 ¼ xícara de açúcar de confeiteiro

30 g (2 colheres de sopa) de manteiga em temperatura ambiente

½ colher (chá) de extrato de baunilha

Biscoitos Recheados de "Creme de Canário"

Continuação

1. Coloque uma grade do forno na posição mais alta e outra na posição mais baixa. Preaqueça o forno a 180°C e forre duas assadeiras com papel-manteiga. Misture a farinha, o pó para pudim de baunilha, o fermento e o sal em uma tigela e reserve.
2. Na batedeira ou no mixer, bata a manteiga com o açúcar de confeiteiro. Acrescente o ovo e a baunilha e bata até homogeneizar. Acrescente a mistura de farinha e mexa até a virar uma farofa. Acrescente o leite e bata até formar uma massa. Tire pedaços pequenos, faça bolinhas (de cerca de 2 cm) e coloque-as na assadeira deixando um espaço de 4 cm entre os biscoitos.
3. Unte o fundo de um copo com óleo e mergulhe em uma tigela com açúcar para passar nos biscoitos. Pressione o copo nas bolinhas de massa, mergulhando no açúcar a cada biscoito. Asse por 16 minutos até os biscoitos começarem a dourar nas pontas. Gire a assadeira e troque-as de lugar na metade do tempo de cozimento. Deixe os biscoitos esfriarem na assadeira por 5 minutos e, em seguida, transfira-os para uma grade para esfriar por completo.
4. Bata os ingredientes do recheio até ficar bem cremoso. Se o creme estiver muito seco, acrescente 1 colher de sopa de leite de cada vez até ficar com uma textura que dê para espalhar. Monte os biscoitos recheados com cerca de 1 colher de chá de recheio e 2 biscoitos.

Rende cerca de 24 biscoitos recheados

Biscoitos Grudentos de Gengibre

Harry está encrencado. Ele perde a cabeça com a professora Umbridge, que, fazendo um grande teatro, manda-o para a sala da professora McGonagall. Harry entra na sala dela esperando levar uma bronca e ser punido, mas para sua surpresa ela lhe oferece um biscoito de gengibre em formato de tritão (ver *Harry Potter e a Ordem da Fênix*, capítulo 12).

O *Oxford Companion to Food* insere todos os tipos de biscoito na categoria "biscoitos". Mas os de gengibre são tão importantes que merecem uma categoria só para eles. Nem os biscoitos de chocolate têm toda essa honra. Assim como nesta receita, os biscoitos de gengibre são geralmente feitos com melado e açúcar mascavo. Eles se parecem um pouco com um pão de mel, que na Idade Média tinha formas extravagantes e era vendido nas feiras.

Rende aproximadamente 40 biscoitos

Observação: tome muito cuidado para não assar demais esses biscoitos, pois eles podem ficar duros. Os biscoitos estarão bem moles quando você os tirar do forno, mas ficarão mais firmes após esfriar.

3 xícaras de farinha de trigo
½ colher (chá) de bicarbonato de sódio
¼ de colher (chá) de sal
1 colher (sopa) de gengibre em pó
240 g (16 colheres de sopa) de manteiga em temperatura ambiente
½ xícara bem cheia de açúcar mascavo
½ xícara de açúcar refinado
1 ovo grande
1 clara grande
¾ de xícara de xarope de milho
½ xícara de açúcar para cobrir os biscoitos

1. Ajuste as grades do forno na posição de cima e do meio. Preaqueça o forno a 180°C e forre duas assadeiras com papel-manteiga. Em uma tigela grande, misture a farinha, o bicarbonato de sódio, o sal e o gengibre.
2. Na tigela da batedeira ou usando um mixer de mão, bata a manteiga e os dois tipos de açúcar até virar um creme claro e aerado. Adicione o ovo, a clara e o xarope de milho e bata para homogeneizar. Adicione a farinha e bata na velocidade mais baixa para homogeneizar. Raspe o fundo com uma espátula de silicone para garantir que esteja tudo bem misturado.
3. Tire bolinhas de massa usando uma colher de sorvete ou colher de sopa. Faça bolas de 4 cm de diâmetro e passe-as no açúcar. Coloque as bolinhas na assadeira com uma distância de 5 cm entre elas. Asse por 10 minutos. Gire as assadeiras e troque-as de lugar no forno na metade do tempo de cozimento. Passe o papel-manteiga com os biscoitos para as grades para esfriar. Retire os biscoitos do papel só depois que eles esfriarem. Repita até usar toda a massa.

Merengue

Dá quase para imaginar a manchete: ASSASSINADO POR UM MERENGUE. Neville conta, durante o primeiro banquete em Hogwarts, que seu tio o deixou cair da janela quando a esposa lhe ofereceu um merengue. Merengue é gostoso, mas fala sério, não é algo por que valha a pena morrer. Por sorte, as habilidades mágicas de Neville o salvaram — e a família dele ficou tão aliviada, porque achava que ele era um trouxa (ver *Harry Potter e a Pedra Filosofal*, capítulo 7).

Você já parou para pensar em como as pessoas descobriram que claras viravam espuma se fossem batidas? Por volta de 1500, os europeus perceberam o que acontecia quando batiam claras usando batedores feitos de galhos. Eles comiam as claras cruas, com creme de leite, mas um século depois já começaram a transformar claras em suspiros.

2 claras grandes em temperatura ambiente
⅛ de colher (chá) de sal
⅛ de colher (chá) de cremor tártaro
½ colher (chá) de extrato de baunilha
½ xícara de açúcar refinado

1. Preaqueça o forno a 100°C e forre duas assadeiras com papel-manteiga. Coloque as claras, o sal, o cremor tártaro e a baunilha em uma tigela grande e bata até começar a formar picos suaves. Vá acrescentando o açúcar gradualmente e bata até ficar firme e brilhante. Se o creme do merengue ficar ressecado, parecido com algodão ou com aspecto talhado, significa que foi batido demais e você terá que começar tudo de novo.
2. Encha um saco de confeitar com um bico liso ou em formato de estrela e forme flores ou gotas, colocando os suspiros a uma distância de 1 cm um do outro. Para deixar com um aspecto mais rústico, coloque o merengue às colheradas, usando uma colher de chá em vez do saco de confeitar. Asse por 1 hora, girando e invertendo a posição das assadeiras na metade do tempo de cozimento. Deixe os merengues no forno por mais uma hora para secar. Jogue fora a sobra da mistura do merengue, pois ela não se mantém fresca nem até terminar de assar a primeira fornada.

Rende cerca de 80 suspiros

Poções do Amor de Chocolate

Logo depois de Hermione avisar a Harry que algumas garotas estavam tentando encontrar um jeito de lhe dar uma Poção do Amor, Romilda Vane lhe empurra uma caixa de Caldeirões de Chocolate, que ela logo diz que são recheados de uísque de fogo. Quanto mais envelhecida a bebida, mais forte fica a poção, e Rony acaba comendo os chocolates e se dando mal (ver *Harry Potter e o Enigma do Príncipe*, capítulos 15 e 18).

Esta é a única poção do amor que funciona para valer, pois é tão deliciosa que qualquer um que experimentá-la vai amar você para sempre.

2 xícaras de açúcar
½ xícara de água
¼ de xícara de xarope de milho
Sabor à escolha. Por exemplo: 1 colher (chá) de aromatizante de morango, ¼ de colher (chá) de extrato de menta. A quantidade de aromatizante depende da potência do ingrediente, então é melhor ir acrescentando e experimentando aos poucos
Corante alimentício vermelho (opcional)
⅛ de colher (chá) de açúcar invertido (pode ser comprado on-line)
450 g de chocolate meio amargo derretido e, se quiser, temperado (ver Como Temperar Chocolate na receita de Magia do Chocolate, no capítulo 3), ou cobertura de chocolate meio amargo hidrogenado derretido

Poções do Amor de Chocolate

Continuação

1. Misture o açúcar, a água e o xarope de milho em uma panela média, leve ao fogo médio e mexa sem parar até o açúcar dissolver por completo. Prenda um termômetro culinário na panela e deixe cozinhar sem mexer até a temperatura chegar a 115°C. Retire da panela e deixe esfriar até atingir a temperatura de 48°C.
2. Bata a calda com uma colher de madeira por cerca de 20 minutos até ficar opaca, quebradiça e dura. Você verá que a mistura perderá o brilho transparente e ficará com um tom branco brilhoso antes de ficar opaca, quebradiça e difícil de trabalhar. Coloque o fondant por cima de um filme-plástico e cubra-o. Sove por alguns segundos até ficar liso e macio. Guarde em um saco-plástico com fecho e deixe descansar de um dia para o outro.
3. Coloque o fondant em um copo medidor próprio para micro-ondas com capacidade para 2 xícaras e aqueça por 1 minuto. Mexa o fondant e aqueça em pequenos intervalos até que ele atinja a temperatura de 70°C. Acrescente o aromatizante e o corante alimentício desejados. Em seguida, acrescente o açúcar invertido (se o fondant estiver muito quente, vai matar o açúcar invertido). Com uma colher, vá colocando o fondant em moldes em formato de garrafa ou pingue em um papel-manteiga, formando discos de 4 cm. Se você estiver usando os moldes, balance-os para a frente e para trás e dê batidinhas com o molde na mesa para tirar todas as bolhas de ar.
4. Quando o fondant endurecer, tire dos moldes (se estiver usando) e mergulhe no chocolate derretido. Deixe os pedaços no papel-manteiga para firmar. Coloque as Poções do Amor de Chocolate em um recipiente hermético e conserve por até vários dias em temperatura ambiente.

Rende cerca de 1 kg
(a quantidade vai variar conforme o tamanho dos moldes)

Observação: o açúcar invertido é uma enzima que inverte o açúcar do fondant, amolecendo-o até ficar quase líquido. Assim que o fondant recebe o açúcar invertido, ele precisa ser mergulhado no chocolate o mais rápido possível, pois o açúcar invertido vai começar a agir imediatamente. Mas é preciso conservar o doce por alguns dias em temperatura ambiente para que o recheio chegue à consistência pastosa que o torna tão irresistível.

Se você acha muito difícil trabalhar com fondant, pincele o interior dos moldes com duas camadas de chocolate derretido, encha com o fondant e depois coloque mais chocolate derretido por cima. Quando o chocolate endurecer, tire as Poções do Amor de Chocolate dos moldes.

Em vez do fondant, você pode usar a receita de Ratinhos de Açúcar (capítulo 10), aromatizando a gosto. Você também pode excluir o açúcar invertido, assim, o recheio vai ficar macio e cremoso, mas não líquido. Também fica delicioso!

Abacaxi Cristalizado

Está fazendo um dia frio e tempestuoso na aldeia de Hogsmeade e o nosso trio entra na loja de doces e acaba dando de cara com o professor Slughorn, que Harry está tentando evitar. O professor Slughorn acabou de comprar um saco do seu doce preferido: abacaxi cristalizado (ver *Harry Potter e o Enigma do Príncipe*, capítulo 12). Tom Riddle sabia que o caminho para o coração de Slughorn passava pelo estômago, então é esse doce que ele dá ao professor para obter informações sobre as Horcruxes (ver *Harry Potter e o Enigma do Príncipe*, capítulo 23).

Cristóvão Colombo se apaixonou por abacaxis quando descobriu essa fruta doce e suculenta em Guadalupe e levou-os para o rei Ferdinando, que também adorou. Os ingleses passaram a chamar a fruta de *pineapple*, por ser parecida com uma pinha. Essa fruta ficou tão popular na Inglaterra que apareceu muito em obras de arte, como em esculturas de pedra nas entradas de fazendas.

2 xícaras de água

3 xícaras de açúcar refinado

½ xícara de xarope de milho

¼ de colher (chá) de sal

¼ de colher (chá) de cremor tártaro

1 abacaxi descascado e cortado em fatias de 1 cm de espessura, sem o miolo (use um cortador de biscoito pequeno e redondo para tirar os miolos)

Açúcar refinado peneirado para cobrir

Abacaxi Cristalizado

Continuação

1. Unte uma grade e coloque por cima de uma assadeira. Leve a água, o açúcar, o xarope de milho, o sal e o cremor tártaro a uma panela grande e funda e deixe ferver, mexendo para dissolver o açúcar. Vá pincelando as laterais da panela com um pincel culinário embebido em água quente.
2. Acrescente o abacaxi, espalhando as fatias no fundo da panela, e deixe ferver de novo. Abaixe o fogo e deixe cozinhar em fogo baixo por cerca de 1 hora e meia. Retire as fatias quando elas estiverem translúcidas. Alguns pedaços podem precisar de meia hora a uma hora a mais de cozimento.
3. Coloque o abacaxi em uma assadeira e leve ao forno ajustado na temperatura mais baixa. Deixe assar por 2 horas. Desligue o forno e deixe os anéis de abacaxi secarem de um dia para o outro. Mergulhe-os no açúcar peneirado e coloque-os em um pedaço de papel-manteiga. A umidade do abacaxi vai absorver o açúcar se não tiver desidratado bem, então vá cobrindo com mais açúcar se necessário.

Rende cerca de 12 unidades, dependendo do tamanho do abacaxi

Capítulo Nove

Festividades

Draco Malfoy sempre zomba de Harry Potter por ele não ter uma família decente para visitar nas férias de Natal, mas Harry nem liga. Ele não consegue pensar em lugar melhor que Hogwarts para ficar. Ele se alegra de estar em qualquer lugar em que os Dursley não estejam, pois eles o veem como o pior tormento que já lhes aconteceu na vida. E não tem nada igual à decoração do Salão Principal, onde os pinheiros ficam cobertos de neve permanente de verdade, com fadinhas voando entre os galhos. Além disso, os Dursley nunca fariam um banquete tão magnífico para o jantar de Natal quanto o que é preparado pelos elfos domésticos de Hogwarts. Harry também adora as outras festas. O Halloween é divertido, cheio de morcegos de verdade voando pelo Salão Principal, e a Páscoa também, que é quando a senhora Weasley lhe envia ovos de Páscoa recheados de caramelos caseiros.

Muffins Ingleses

É tão divertido assar coisas direto no fogo, seja um marshmallow ou uma torrada. Durante as férias de Natal, Harry e Rony ficam sentados ao pé da lareira na agradável sala comunal da Grifinória para comer tudo que puderem espetar em um garfo — pão, marshmallow e estes bolinhos, conhecidos como Muffins Ingleses (ver *Harry Potter e a Pedra Filosofal*, capítulo 12).

Na era vitoriana, havia um sujeito que passava de casa em casa na hora do chá para vender estes Muffins Ingleses. Esses bolinhos não têm nada a ver com os muffins norte-americanos de gotas de chocolate ou de mirtilo que conhecemos hoje. Os trabalhadores galeses inventaram este prato há mais de mil anos, mas ele só se tornou popular entre as classes altas ociosas em 1800. O jeito certo de comer este pãozinho fermentado é abrindo-o com os dentes de um garfo para expor a textura rústica do miolo. Em seguida, ele é tostado e recebe uma quantidade generosa de manteiga e geleia.

½ xícara de leite integral
60 g (4 colheres de sopa) de manteiga
1 xícara de água morna
1 colher (sopa) ou 1 pacotinho de fermento biológico seco
1 colher (sopa) de açúcar refinado
4 xícaras de farinha de trigo
1 colher (chá) de sal

Muffins Ingleses

Continuação

1. Em uma panela pequena, aqueça o leite e a manteiga até a manteiga derreter. Reserve para esfriar. Misture a água, o fermento e o açúcar em uma tigela pequena e deixe descansar até que o fermento dissolva e o líquido comece a borbulhar.
2. Coloque a farinha e o sal em uma tigela grande. Adicione o leite com a manteiga e o fermento com a água e misture até homogeneizar. Sove a massa por cerca de 10 minutos, até que as laterais da tigela fiquem limpas e a massa esteja macia e elástica. Cubra com plástico-filme e deixe descansar em um local aquecido até a massa dobrar de volume, por cerca de 1 hora e meia a 2 horas.
3. Em uma superfície levemente enfarinhada, estique a massa até atingir uma espessura de 1,5 cm. Corte círculos com um cortador de biscoitos de 7 cm de diâmetro ou usando a borda de um copo. Passe um pouco de óleo em uma frigideira grande. Asse os muffins na frigideira, em fogo médio/baixo, por 10 a 15 minutos de cada lado, até dourar dos dois lados.
4. Sirva imediatamente enquanto ainda estão quentes ou abra-os depois de esfriar e leve para tostar.

Rende cerca de 18 muffins

Delícias com Abóbora

No primeiro Halloween de Harry em Hogwarts, ele acorda sentindo um "cheiro de abóbora assada", o que pode significar qualquer coisa. Portanto, incluímos duas receitas, uma de torta de abóbora e outra de bolo de abóbora. As duas são uma forma deliciosa de você aproveitar o Halloween (ver *Harry Potter e a Pedra Filosofal*, capítulo 10).

O local: Plymouth, Massachusetts. A data: Dia de Ação de Graças de 1621. A cena: um banquete com peru assado e molho de cranberries e torta de abóbora compartilhado pelos colonizadores e pelos indígenas norte-americanos. A imagem pode ser bonita, mas, na verdade, as primeiras "tortas" de abóbora que os colonizadores teriam comido eram provavelmente abóbora cozida com outros ingredientes dentro da casca oca. A torta de abóbora aparece muito mais tarde nos Estados Unidos, embora livros de culinária franceses e ingleses de 1600 já tragam receitas desta torta tão apreciada.

Torta de Abóbora

Massa da Torta

1 ¼ xícara de farinha de trigo
2 colheres (sopa) de açúcar refinado
¼ de colher (chá) de sal
120 g (8 colheres de sopa) de manteiga gelada e cortada em pedaços pequenos
4 a 6 colheres (sopa) de água gelada

Recheio

2 xícaras de purê de abóbora
1 xícara de açúcar refinado
3 ovos grandes
1 xícara de creme de leite fresco
1 colher (chá) de canela moída
⅛ de colher (chá) de noz-moscada
⅛ de colher (chá) de cravo em pó
⅛ de colher (chá) de pimenta-da-jamaica
¼ de colher (chá) de sal

Delícias com Abóbora

Continuação

1. Bata a farinha de trigo, o açúcar, o sal e a manteiga em um processador de alimentos até ficar com uma consistência de farofa. Adicione 4 colheres de sopa de água e processe por mais alguns segundos, até a massa se unir. Se a massa estiver muito seca, adicione mais 1 colher de sopa de água de cada vez (melhor que fique mais úmida do que seca). Sove a massa rapidamente, modele no formato de um disco, embrulhe em plástico-filme e deixe esfriar por 2 horas ou por até 3 dias.
2. Preaqueça o forno a 220°C. Estique a massa em uma superfície enfarinhada e coloque-a em uma fôrma de torta de 20 cm de diâmetro, pressionando as laterais para baixo. Usando uma faca afiada ou tesoura de cozinha, apare as bordas, deixando 2 cm de sobra de massa. Dobre as sobras de massa para baixo e faça ondulações com um garfo ou com os dedos. Leve ao freezer por 20 minutos.
3. Retire a massa da torta do freezer, forre com papel-alumínio, encha a torta com pesos de cerâmica culinários e asse por 25 minutos, até que a massa esteja seca e firme. Retire o papel-alumínio e os pesos, abaixe a temperatura do forno para 180°C e deixe assar por mais 10 minutos, até que a massa comece a dourar. Durante esses 10 minutos, prepare o recheio.
4. Para preparar o recheio, misture o purê de abóbora, o açúcar, os ovos, o creme de leite fresco, as especiarias e o sal em uma tigela pequena.
5. Coloque o recheio sobre a massa (se a massa ainda estiver no forno, é mais fácil tirar a fôrma do forno do que tentar colocar o recheio com a fôrma ainda na grade) e deixe assar por mais cerca de 30 minutos, até que o recheio estufe ao redor da borda e não pareça mole. O recheio vai balançar um pouco quando você tirar a fôrma do forno, mas vai firmar ao esfriar. Sirva em temperatura ambiente com chantilly.

Rende 8 porções

Observação: você pode fazer a massa um dia antes e também pode congelá-la por até 2 meses se ficar bem embalada em um plástico.

Delícias com Abóbora

Continuação

Em inglês, este bolo se chama *pumpkin bread*, ou pão de abóbora. Em países de língua inglesa, os doces feitos com fermento químico são chamados de *quick breads*, ou pães rápidos, que equivalem aos nossos bolos caseiros.

Bolo de Abóbora

1 ½ xícara de farinha de trigo
¼ de colher (chá) de sal
1 colher (chá) de fermento químico
1 colher (chá) de canela em pó
¼ de colher (chá) de noz-moscada moída
⅛ de colher (chá) de cravo em pó
120 g (8 colheres de sopa) de manteiga em temperatura ambiente
1 xícara de açúcar refinado
2 ovos grandes em temperatura ambiente
¾ de xícara de purê de abóbora
½ xícara de leite integral
Açúcar de confeiteiro para polvilhar

1. Preaqueça o forno a 180°C. Unte e enfarinhe uma fôrma de pão de 20x10 cm. Misture a farinha, o sal, o fermento em pó, a canela, a noz-moscada e os cravos e reserve.
2. Usando a batedeira ou o mixer, bata a manteiga com o açúcar até ficar um creme leve e aerado. Adicione um ovo de cada vez. Acrescente a abóbora e bata até homogeneizar. Adicione o leite e bata até homogeneizar. Acrescente a mistura de farinha com especiarias e bata na velocidade mais baixa só para misturar. Raspe as laterais e misture com uma espátula de silicone para finalizar.
3. Coloque a massa na fôrma untada e asse por 1 hora, girando a fôrma na metade do tempo de cozimento, até que a parte de cima fique dourada e o bolo tenha crescido e esteja firme ao toque quando ligeiramente pressionado na parte do meio. Retire do forno e deixe esfriar na fôrma. Para servir, tire o bolo da fôrma, polvilhe com açúcar de confeiteiro e corte em fatias grossas.

Rende 1 bolo

Peru Assado Clássico

Até seu primeiro jantar de Natal em Hogwarts, Harry nunca tinha visto tantos perus assados. Havia centenas, servidos com molho escuro e calda de cranberries (ver *Harry Potter e a Pedra Filosofal*, capítulo 12). Se um peru serve doze pessoas, então 100 perus servem 1.200 pessoas. Percebe como Hogwarts era uma escola gigante?

Pavões e cisnes de vez em quando davam o ar da graça na mesa da realeza nos bons e velhos tempos na Inglaterra. A aparência era impressionante, mas o gosto era horrível, porque eram aves de carne muito dura e fibrosa. É por isso que o peru logo substituiu os pavões e cisnes quando foi levado à Europa em 1500. O rei Henrique VIII (aquele que teve seis esposas) foi o primeiro a comer peru em um banquete de Natal.

Observação: para preparar um caldo de peru para fazer o molho, coloque os miúdos e o pescoço do peru em uma panela junto com 1 cenoura, 1 talo de salsão, ½ cebola, todos cortados em pedaços, 1 dente de alho descascado e alguns raminhos de endro. Cubra com água e deixe ferver, depois abaixe o fogo e deixe cozinhar em fogo brando por 1 hora. Coe o caldo e tire a gordura de cima.

3 cebolas descascadas e cortadas em quatro partes iguais
1 cabeça de alho, com os dentes separados e descascados
6 cenouras descascadas e cortadas em pedaços de 4 cm
6 talos de salsão cortados em pedaços de 4 cm
Vários ramos de tomilho
1 xícara de água
1 peru de 5 a 7 kg, sem miúdos e sem pescoço (podem ser usados para fazer o caldo do molho)
Azeite de oliva, manteiga derretida ou margarina
Sal e pimenta

1. Preaqueça o forno a 200°C. Espalhe a cebola, as cenouras, o alho, o salsão e o tomilho no fundo de uma assadeira grande. Despeje a água. Se você tem uma grade para assadeira, unte-a e coloque dentro da assadeira.
2. Lave o peru e seque dando batidinhas com papel-toalha. Coloque por cima dos legumes dentro da assadeira, com o lado do peito para baixo, ou na grade, se quiser usar. Pincele com azeite de oliva ou manteiga derretida e tempere com sal e pimenta.
3. Asse o peru por 45 minutos. Usando luvas de forno ou um pano de prato, vire o peru para deixá-lo com o lado do peito para cima. Seque o peito e então pincele mais azeite ou manteiga. Asse por 1 hora a 1 hora e meia, até que a parte mais grossa da coxa marque 75°C no termômetro de carne. Transfira o peru para uma tábua de corte e deixe descansar por 20 a 30 minutos antes de cortar.

Rende de 10 a 12 porções

Marshmallows Feitos em Casa

Harry e Rony tostam marshmallows na lareira, mas não foram eles que fizeram os doces. Não seria de surpreender se os elfos domésticos, que são cozinheiros de mão cheia, fizessem montanhas desses docinhos macios nas cozinhas de Hogwarts e mandassem para os alunos comerem de lanche (ver *Harry Potter e a Pedra Filosofal*, capítulo 12).

Os marshmallows eram feitos à base de uma planta chamada malva-branca, que em inglês se chama *marsh mallow*. Suas raízes têm um extrato gelatinoso. Hoje em dia, usa-se gelatina (ou goma arábica, nas versões comerciais), mas o nome ficou. Há mais de 4.000 anos os egípcios também haviam desenvolvido um doce feito com a malva-branca, que crescia nos pântanos do Egito.

½ xícara de açúcar de confeiteiro dividida em duas partes iguais, mais um pouco se necessário
1 xícara de água dividida em duas partes iguais
3 colheres (sopa) ou 3 envelopes de gelatina sem sabor
2 xícaras de açúcar refinado
1 ¼ xícara de xarope de milho
¼ de colher (chá) de sal
1 colher (sopa) de extrato de baunilha

Marshmallows Feitos em Casa

Continuação

1. Unte uma fôrma de 20x30 cm com spray culinário e forre com papel-manteiga de forma a sobrar duas bordas nas extremidades, para ficar mais fácil de tirar. Usando uma peneira, faça uma camada generosa com ¼ de xícara de açúcar de confeiteiro, polvilhando por cima do papel-manteiga.
2. Coloque ½ xícara de água e a gelatina em uma tigela grande para amolecer. Misture o açúcar, o xarope de milho, o sal e o resto da água em uma panela pequena. Deixe ferver, mexendo sem parar. Se começarem a se formar cristais de açúcar nas laterais da panela, limpe com um pincel culinário embebido em água quente. Prenda um termômetro culinário na panela e deixe cozinhar em fogo médio/alto, mexendo de vez em quando, até a temperatura atingir 115°C.
3. Na batedeira, vá despejando a calda de açúcar na gelatina amolecida e bata na velocidade baixa. Aumente a velocidade e vá despejando devagar o resto da calda. Aumente para a velocidade alta e bata por 10 a 15 minutos, até ficar bem grosso e consistente. Acrescente a baunilha.
4. Coloque a massa do marshmallow na fôrma forrada e espalhe até as bordas. Alise a parte de cima com uma espátula de silicone. O marshmallow estará grudento e difícil de espalhar, mas faça o melhor possível. Faça uma camada grossa com o restante do açúcar de confeiteiro, usando uma peneira para polvilhar por cima da massa. Deixe o marshmallow descansar para firmar e secar, sem cobrir, de um dia para o outro.
5. Para cortar os marshmallows, retire a folha de papel-manteiga segurando pelas sobras na lateral e coloque em uma tábua de corte. Use uma faca de chef ou uma faca grande sem serra e pressione fazendo um único movimento, para fazer um só corte que chegue até o meio. Você verá que a massa é bem grudenta. Faça sete cortes no sentido do comprimento e depois corte as tiras na largura para formar retângulos. Passe as laterais no açúcar de confeiteiro para evitar que os doces grudem.

Rende 64 unidades

Observação: para armazenar os marshmallows, coloque-os, fazendo uma única camada, em um recipiente hermético, cobrindo cada camada com plástico-filme ou papel-manteiga. A parte boa do marshmallow feito em casa é que você pode acrescentar o sabor que quiser. Experimente trocar a baunilha por 1 colher de chá de extrato de amêndoas ou ½ colher de chá de extrato de menta. Você pode acrescentar umas gotinhas de corante alimentício para pintar de qualquer cor. Para fazer um doce bem gostoso, experimente tostar flocos de coco e bater no processador de alimentos, para usar no lugar do açúcar de confeiteiro, ou então usar castanhas torradas e moídas.

Molho de Cranberry Superfácil

Os 100 perus assados do primeiro banquete de Harry em Hogwarts são acompanhados de molho de cranberry (ver *Harry Potter e a Pedra Filosofal*, capítulo 12).

Essa frutinha, que em português se chama oxicoco, é usada desde a Idade Média na Inglaterra e naquela época era conhecida pelos nomes de *fenwort*, *marshwort* ou *moss berries*. Parecem nomes de ingredientes de poções mágicas. Quando estão frescos, os cranberries quicam ao cair em uma superfície, então, antigamente, para escolher as frutas, as pessoas as jogavam escada abaixo. Se os cranberries quicassem, podiam ser vendidos. Se caíssem e ficassem parados no lugar, eram descartados.

340 g de cranberries frescos ou congelados
1 xícara de água
1 xícara de açúcar refinado
1 pitada generosa de sal

1. Misture os cranberries, a água, o açúcar e o sal em uma panela pequena e leve para ferver.
2. Abaixe o fogo e deixe cozinhar em fogo baixo por cerca de 10 minutos, até os cranberries abrirem.
3. Deixe o molho esfriar completamente antes de levar à geladeira.

Rende cerca de 2 xícaras

Pudim de Natal para Crianças

Harry e Rony não perdem o apetite nem quando estão ansiosos por estarem tomando uma Poção Polissuco clandestina. Eles repetem duas vezes o pudim de Natal antes da Hermione apressá-los para arrancar um fio de cabelo dos dois brutamontes em quem eles vão se transformar após tomar a poção (ver *Harry Potter e a Câmera Secreta*, capítulo 12).

Na Idade Média, a Igreja Católica Romana ordenou que o pudim de Natal deveria conter treze ingredientes para simbolizar Jesus Cristo e seus doze apóstolos, e que todos da família deveriam se revezar para preparar o pudim, mexendo do lado Leste para o lado Oeste, simbolizando a jornada dos Reis Magos. O pudim de Natal tradicional é feito com conhaque e é preparado meses antes para os sabores se desenvolverem, mas este pudim molhadinho, macio e denso usa suco de maçã e pode ser comido assim que esfriar.

1 ½ xícara de farinha de trigo
1 xícara de farinha de rosca caseira recém-preparada
½ colher (chá) de fermento em pó
½ colher (chá) de sal
1 ½ colher (chá) de canela em pó
1 colher (chá) de gengibre em pó
½ colher (chá) de noz-moscada moída
½ colher (chá) de cravo em pó
180 g (12 colheres de sopa) de manteiga gelada e cortada em pedaços
1 ½ xícara bem cheia de açúcar mascavo
3 ovos grandes
Raspas e suco de 1 laranja
Raspas e suco de 1 limão
½ xícara de geleia
1 xícara de suco de maçã
⅓ de xícara de passas de corinto ou uvas-passas pretas ou brancas
⅓ de xícara de uvas-passas pretas
⅓ de xícara de uvas-passas brancas
⅓ de xícara de cascas de laranja cristalizadas
⅓ de xícara de cascas de limão cristalizadas

Pudim de Natal para Crianças

Continuação

1. Encha metade de uma panela grande e larga com água, coloque uma tigela rasa virada de cabeça para baixo dentro da panela e aqueça a água em fogo baixo. Unte e enfarinhe uma tigela com capacidade para 2,5 l que tenha uma tampa bem firme, ou uma fôrma de pudim, e reserve.
2. Misture a farinha, a farinha de rosca, o fermento, o sal e as especiarias em uma tigela grande. Na batedeira ou usando outra tigela e um mixer, bata a manteiga com o açúcar mascavo até virar um creme claro e aerado. Adicione um ovo de cada vez. Acrescente o suco e as raspas de limão e laranja, além da geleia, e bata até incorporar. Adicione a farinha e o suco de maçã alternadamente, batendo em velocidade baixa, sempre começando e terminando com a farinha. Acrescente as uvas-passas e as cascas de laranja e limão cristalizadas.
3. Coloque a massa na tigela untada e prenda bem a tampa. Leve o pudim à panela, verificando se a água está chegando até a metade da lateral da tigela. Cubra a panela e deixe cozinhar (borbulhando ligeiramente) por 3 horas, colocando mais água na panela quando necessário.
4. Retire o pudim da panela e deixe esfriar. Desenforme o pudim em uma travessa e sirva com creme de baunilha morno ou chantilly.

Observação: para flambar o pudim, como fazem nos livros do Harry Potter, regue-o com conhaque e acenda com um fósforo comprido.

Esta receita usa um método de preparo diferente do tradicional para produzir um pudim um pouco menos denso, com uma textura mais macia.

Bolo de Natal para Adultos

No primeiro banquete de Harry em Hogwarts, ele vai a uma festa de Natal como nunca viu antes, seguida de um lanche leve repleto de sanduíches e bolos, como este bolo de Natal (ver *Harry Potter e a Pedra Filosofal*, capítulo 12).

Este bolo encorpado com frutas e castanhas, também chamado de Bolo Inglês, é muito popular no Natal. A tradição de fazer uma cobertura à base de marzipã e glacê real teve início em 1700. O glacê real é feito com claras de ovos cruas, então, se você tiver medo de pegar uma infecção alimentar, é melhor pular a parte do glacê.

Bolo

2 xícaras de farinha de trigo
½ xícara de nozes moídas
1 colher (chá) de fermento em pó
½ colher (chá) de sal
2 colheres (chá) de canela em pó
½ colher (chá) de noz-moscada moída
¼ de colher (chá) de cravo em pó
¼ de colher (chá) de pimenta-da-jamaica em pó
240 g (16 colheres de sopa) de manteiga em temperatura ambiente
2 xícaras bem cheias de açúcar mascavo
4 ovos grandes em temperatura ambiente
½ xícara de geleia
1 xícara de conhaque
¼ de xícara de uvas-passas pretas
¼ de xícara de uvas-passas brancas
¼ de xícara de passas de corinto ou uvas-passas pretas ou brancas
¼ de xícara de cascas de laranja cristalizadas
¼ de xícara de cascas de limão cristalizadas
¼ de xícara de cidra cristalizada, se encontrar
1 xícara de nozes picadas
¼ de xícara de conhaque para finalizar
½ xícara de geleia de groselha derretida para pincelar o bolo
1 kg de marzipã para a cobertura
Glacê Real, para cobrir o marzipã (receita abaixo)

Glacê Real

3 claras grandes
¼ de colher (chá) de cremor tártaro
5 xícaras de açúcar de confeiteiro peneirado
2 colheres (chá) de extrato de baunilha

Bolo de Natal para Adultos

Continuação

1. Para preparar o bolo, preaqueça o forno a 135°C. Unte e enfarinhe uma fôrma de fundo removível de 20 cm de diâmetro e forre o fundo e as laterais com papel-manteiga. As laterais são mais difíceis, mas você consegue. Misture a farinha, as nozes moídas, o fermento em pó, o sal e as especiarias em uma tigela grande.
2. Na batedeira ou usando o mixer, bata a manteiga e o açúcar até virar um creme claro e aerado. Raspe as laterais da tigela quando necessário. Adicione um ovo de cada vez. Acrescente a geleia e bata até incorporar. Não se preocupe se a massa parecer coalhada.
3. Adicione a farinha, alternando com o conhaque, e bata na velocidade mais baixa até incorporar tudo. Adicione as frutas secas, as frutas cristalizadas e as nozes picadas e misture até incorporar tudo. Raspe as laterais e termine de misturar com uma espátula de silicone.
4. Coloque a massa na fôrma untada e asse por 2 horas a 2 horas e meia, até o bolo estar dourado por igual e, ao inserir um palito de dentes no meio do bolo, o palito sair limpo. Deixe esfriar completamente na fôrma.
5. Solte as laterais da fôrma para desenformar o bolo. Vire-o em um prato, retire o fundo e desgrude o papel-manteiga. Faça furos no fundo no bolo usando um palito grosso e, usando uma colher, despeje ¼ de xícara de conhaque no fundo. Embrulhe bem o bolo e guarde virado de cabeça para baixo. O bolo se conserva fresco por vários meses. Se você quiser que o bolo dure mais tempo (por anos, sem brincadeira!), a cada três meses você pode desembrulhar o bolo e regar o fundo com mais ¼ de xícara de conhaque. Embale novamente e guarde virado de cabeça para baixo.
6. Quando você quiser montar o bolo, coloque-o virado para cima sobre uma travessa ou prato redondo de papelão. Pincele as laterais e a parte de cima do bolo com a geleia derretida. Estique o marzipã em uma superfície polvilhada com açúcar de confeiteiro, até formar um círculo de 30 cm. Vista o bolo com o disco de marzipã, pressione para firmar e apare as bordas com uma faca afiada. Enquanto decora o bolo, vá comendo as bordinhas de marzipã.
7. Para preparar o glacê real, bata as claras de ovo com o cremor tártaro até formar picos firmes. Reduza a velocidade e vá acrescentando aos poucos o açúcar de confeiteiro. Acrescente a baunilha e bata em alta velocidade até ficar bem firme. Use uma espátula de decoração para fazer uma camada grossa de glacê por cima e pelos lados do bolo. Faça picos e espirais usando a espátula ou as costas de uma colher. Deixe a cobertura firmar antes de servir. Ela vai virar uma casquinha dura. Não guarde o bolo na geladeira, pois a condensação vai estragar o glacê real. Quando o bolo firmar, já pode ser armazenado em temperatura ambiente, embrulhado em plástico-filme, sem cortar.

Bolo de Natal para Adultos

Continuação

Rende 16 porções para pessoas famintas na hora do chá ou 32 para pessoas satisfeitas na hora da sobremesa

Observação: a maioria das receitas de bolo inglês recomenda deixar o bolo curando por alguns meses para destacar os sabores. Mas este bolo também fica delicioso logo depois de ser preparado. Para adaptar este bolo para crianças, troque o conhaque por suco de maçã e sirva 24 horas depois, ou embrulhe bem em plástico-filme e congele sem a cobertura. Descongele antes de preparar a cobertura de marzipã e glacê real. Se você não conseguir encontrar cascas de frutas cristalizadas nas lojas da sua cidade, pode pedir pela internet.

Pavê de Natal

Mesmo depois de repetir o pavê de Natal quatro vezes, Crabbe e Goyle mandam ver nos bolos de chocolate que a Hermione preparou como armadilha para eles (ver *Harry Potter e a Câmara Secreta*, capítulo 12).

O pavê de Natal é uma consequência previsível das sobras dos bolos ou pudins de Natal. Pegue algumas fatias que sobraram do Natal, coloque em uma travessa, cubra com creme e chantilly e prontinho! Você tem em mãos algo incrível para servir no café no Natal.

1 ½ xícara de leite integral
2 colheres (sopa) de amido de milho
½ xícara bem cheia de açúcar mascavo
1 pitada de sal
3 gemas grandes
30 g (2 colheres de sopa) de manteiga
¼ de colher (chá) de extrato de rum ou ½ colher (chá) de extrato de baunilha
Restos de pudim ou bolo de Natal
¼ de xícara de geleia
1 xícara de creme de leite fresco
¼ de xícara de açúcar de confeiteiro
1 colher (chá) de extrato de baunilha
Noz-moscada moída ou canela para polvilhar

1. Em uma panela média, coloque o leite, o amido de milho, o açúcar mascavo e o sal e misture até dissolver o amido de milho. Deixe cozinhar em fogo médio/alto, mexendo sem parar até aquecer, mas sem borbulhar. Tempere as gemas (ver Dicas Úteis), e em seguida leve-as à panela e continue mexendo. Deixe cozinhar, mexendo de vez em quando, até o creme engrossar e começar a borbulhar. Retire do fogo e adicione a manteiga e o extrato de baunilha ou de rum. Mexa bem e em seguida passe o creme por uma peneira, pressionando com uma espátula de silicone. Cubra a superfície do creme com plástico-filme para evitar que se forme uma película e deixe esfriar até atingir temperatura ambiente. Leve à geladeira até gelar ou por até no máximo 3 dias.
2. Esfarele algumas fatias de bolo ou pudim de Natal e coloque no fundo de uma travessa de 20 cm de diâmetro, de preferência de vidro transparente, que tenha de 5 a 7 cm de profundidade. Espalhe a geleia por cima do bolo ou do pudim, da melhor forma que você conseguir, pois pode ficar grudento. Em seguida, espalhe o creme de açúcar mascavo por cima da geleia, cubra com plástico-filme e leve à geladeira até a hora de servir ou por até 3 dias.
3. Antes de servir, bata o creme de leite fresco, o açúcar e a baunilha em uma tigela até formar picos firmes. Espalhe o chantilly ou decore o pavê usando um saco de confeitar e polvilhe com canela ou noz-moscada moída.

Rende de 8 a 10 porções

Tripas Cozidas com Cebolas

A professora Sibila olhou pela sua bola de cristal e se viu reunida aos outros no banquete de Natal. Imagina só! Lá está ela, sentada na mesa, e a professora McGonagall, mesmo sem muita paciência com a charlatã, oferece tripas à professora (ver *Harry Potter e o Prisioneiro de Azkaban*, capítulo 11).

Assim como as receitas de Haggis (capítulo 7) e de Chouriço de Sangue (capítulo 7), comer tripas não é para qualquer um. O bucho, que é o ingrediente principal desta receita, é o segundo compartimento do estômago (são quatro no total) do animal. Se você for corajoso, pode experimentar esta receita.

700 g de bucho (boi, bode ou carneiro)
3 xícaras de cebolas fatiadas
2 xícaras de leite integral
1 pitada de noz-moscada moída
½ colher (chá) de tomilho em pó
1 folha de louro
2 colheres (sopa) de manteiga
2 colheres (sopa) de farinha de trigo
¼ de xícara de salsinha picada

1. Coloque o bucho em uma panela grande e cubra com água fria. Leve para ferver, retire da água, escorra e lave com água gelada. Corte o bucho em pedaços pequenos e leve de volta à panela junto com as cebolas, o leite, a noz-moscada, o tomilho e a folha de louro. Deixe ferver, cubra, abaixe o fogo e deixe cozinhar em fogo brando por 2 horas.
2. Coe o bucho e reserve o líquido. Você precisa de 2 xícaras de líquido. Se necessário, adicione mais leite para completar as 2 xícaras.
3. Limpe a panela. Derreta a manteiga em fogo médio/alto. Coloque o bucho e mexa bem para envolver de manteiga de todos os lados. Acrescente a farinha e mexa para cobrir. Acrescente o líquido que você reservou e continue mexendo até que o molho comece a ferver. Reduza o fogo e deixe cozinhar em fogo brando por 15 minutos.
4. Transfira para uma tigela e finalize com a salsinha picada.

Rende 4 porções

Gemada para Crianças

No segundo Natal de Harry em Hogwarts, Hagrid acaba tomando gemada alcoólica demais. A cada copo que ele toma, consegue cantar canções de Natal cada vez mais alto (ver *Harry Potter e a Câmara Secreta*, capítulo 12).

Essa bebida, chamada de *eggnog* em inglês, é parecida com uma gemada que leva conhaque, leite, creme de leite e especiarias. Nesta versão para crianças, omitimos a parte alcoólica.

6 ovos grandes
¾ de xícara de açúcar refinado
3 ½ xícaras de leite integral
2 xícaras de creme de leite fresco divididas em duas partes iguais
2 colheres (chá) de extrato de baunilha divididas em duas partes iguais
½ xícara de açúcar de confeiteiro
Noz-moscada moída para servir

1. Em uma panela média, bata os ovos com o açúcar até ficar bem cremoso. Adicione o leite e 1 xícara de creme de leite fresco e deixe cozinhar em fogo médio/alto, mexendo sem parar até a temperatura atingir 70°C ou até estar saindo um vapor quente, mas sem borbulhar. Retire do fogo e acrescente 1 colher de chá de baunilha. Passe por uma peneira. Cubra a superfície com plástico-filme para evitar que se forme uma película e deixe esfriar até atingir temperatura ambiente. Leve à geladeira até esfriar.
2. Bata o restante do creme de leite fresco com o restante da baunilha e com o açúcar de confeiteiro até formar picos firmes. Coloque a gemada já fria em canecas ou copos. Cubra com uma colherada de chantilly e polvilhe noz-moscada.

Rende 6 porções

Observação: se for preparar a gemada para adultos, você pode trocar ½ xícara de leite por ½ xícara de rum. A gemada alcoólica fará você cantar tão alto quanto Hagrid.

Gulache

No Baile de Inverno, os convidados podem escolher seus pratos em um menu que inclui comidas estrangeiras para agradar os visitantes de Durmstrang e Beauxbatons. Harry escolhe o gulache, um prato húngaro. Talvez ele tenha ficado curioso... ou talvez a tia Petúnia sempre fizesse gulache e ele adorasse (ver *Harry Potter e o Cálice de Fogo*, capítulo 23).

Você sabia que em húngaro a palavra *goulash* quer dizer "vaqueiro" ou "sopa do vaqueiro", e o prato que chamamos de gulache na verdade se chama *paprikash* em húngaro? Quando os húngaros descobriram a páprica em 1820, eles adoraram tanto esse tempero que pararam de usar quase todos os outros, e os visitantes que iam ao país gostavam tanto do gulache húngaro que acabavam levando a páprica para os seus países.

3 colheres (sopa) de óleo vegetal
1 kg de acém com a gordura aparada e cortado em cubos de 2 cm
1 cebola bem picada
2 talos de aipo bem picados
3 colheres (sopa) de farinha de trigo
400 ml de caldo de frango
300 g de cogumelos picados
3 colheres (sopa) de páprica
3 colheres (sopa) de extrato de tomate
1 pimentão vermelho sem sementes e picado
½ xícara de creme azedo
Macarrão tipo caseiro para servir

1. Aqueça 1 colher de sopa de óleo em uma frigideira ou panela de ferro. Sele a carne em partes, no fogo alto, até formar uma casquinha marrom. Transfira a carne para um prato grande. Aqueça as 2 colheres de sopa de óleo que sobraram e acrescente a cebola e o aipo. Cozinhe em fogo médio/alto por cerca de 5 minutos, até os legumes ficarem macios, sempre raspando o fundo da panela. Polvilhe a farinha e misture bem. Vá despejando o caldo de frango, mexendo sem parar. Continue mexendo até o molho engrossar e começar a borbulhar.
2. Acrescente os cogumelos, a páprica e o extrato de tomate, junto com a carne selada e os líquidos que se soltaram. Deixe cozinhar em fogo baixo por 1 hora e meia. Acrescente o pimentão e cozinhe por mais meia hora. Retire do fogo.
3. Misture o creme azedo com ½ xícara do líquido de cozimento e, em seguida, acrescente no gulache. Sirva o gulache com macarrão tipo caseiro na manteiga.

Rende 8 porções

Capítulo Dez

Gostosuras na Vila

Ah, Hogsmeade! O único vilarejo inteiramente bruxo de toda a Grã-Bretanha e a melhor parte do ano para os alunos do terceiro ano de Hogwarts... Mas vira um problemão para o nosso herói. É preciso ter uma autorização assinada pelos pais ou responsáveis para fazer o passeio, e o tio Válter nunca vai assinar. Harry tenta conseguir o que quer fazendo um acordo com o tio Válter, mas ele acaba perdendo a cabeça e precisa ir embora. Deixa para lá. E o Ministro da Magia, Cornélio Fudge, também se recusa a assinar. Mesmo depois de explicar a situação para a professora McGonagall, ela não se deixa convencer: sem autorização, sem Hogsmeade. Harry, muito desanimado, volta para a sala comunal da Grifinória enquanto todo mundo parte para Hogsmeade. Como muitos contratempos na vida, esse acaba sendo um mal que vem para o bem. Fred e Jorge, numa rara demonstração de generosidade e simpatia, dão a Harry um de seus objetos mais preciosos, o Mapa do Maroto, que mostra a Harry uma passagem secreta para Hogsmeade. O mapa exerce um papel muito importante diversas vezes ao longo das aventuras de Harry, até no seu confronto final com Voldemort.

Harry usa o mapa para ir escondido até Hogwarts, e como vale a pena ir contra as regras! Não existe nada parecido com a loja de doces Dedosdemel no mundo dos trouxas. Além de vender docinhos finos, como caramelos e chocolates, a loja também oferece uma linha de doces mágicos. Infelizmente, este livro de receitas não consegue replicar a mágica dos bombons que explodem, as Delícias Gasosas que fazem levitar, os Picolés Ácidos que deixam um buraco na língua e os Ratinhos de Sorvete que fazem os dentes baterem e rangerem (ver *Harry Potter e o Prisioneiro de Azkaban*, capítulo 10). Mas há um tipo de mágica que tanto os trouxas quanto os bruxos podem fazer, que é o sabor mágico dos doces a seguir. E os chocolates realmente vão proteger do desânimo se você receber a visita de um dementador (ver *Harry Potter e o Prisioneiro de Azkaban*, capítulo 5).

Neste capítulo, você também encontrará receitas inspiradas nos Cachos de Barata (não se preocupe, são de mentirinha), nos Feijõezinhos de Todos os Sabores e, principalmente, na Cerveja Amanteigada, a bebida mais famosa do mundo dos bruxos.

Cerveja Amanteigada

A cerveja amanteigada é uma das bebidas mais famosas do mundo dos bruxos, e quando Harry toma pela primeira vez durante um passeio às escondidas ao vilarejo de Hogsmead, ele descobre que é a bebida mais deliciosa que ele já tomou (ver *Harry Potter e o Prisioneiro de Azkaban*, capítulo 10). Mas o que é essa bebida deliciosa e reconfortante? É a cerveja de manteiga descrita nos livros de culinária do século 16? Ou é mais como um refrigerante cremoso? Há receitas considerando as duas possibilidades, com variações geladas e refrescantes para um dia quente de verão.

Há uma referência à cerveja de manteiga no livro de culinária de Thomas Dawson, escrito no século 16, chamado *The Good Huswifes Handmaide for the Kitchin*. É parecida com um vinho quente, uma bebida medieval que se fazia com vinho engrossado com uma gemada e especiarias, e às vezes até migalhas de pão. A versão do livro *Huswifes* é feita com cerveja, mas não tem nada de manteiga. Achei a combinação de noz-moscada, cravos e gengibre da receita original muito forte e preferi trocar pelo sabor mais sutil da canela misturada com noz-moscada. Esta receita, com sua combinação improvável de sabores, acabou ficando muito gostosa. É uma bebida servida quente, que nos conforta, satisfaz e aquece por dentro.

Cerveja com Manteiga

1 lata de cerveja sem álcool de 350 ml
1 a 2 colheres (sopa) de açúcar mascavo, conforme o gosto
⅛ de colher (chá) de canela em pó
⅛ de colher (chá) de noz-moscada moída
3 gemas grandes
1 colher (sopa) de manteiga cortada em pedaços
¼ de colher (chá) de extrato de baunilha

1. Em uma panela, misture a cerveja, o açúcar e as especiarias e cozinhe em fogo médio/alto, mexendo sem parar, até o açúcar dissolver. Continue cozinhando até começar a sair um vapor quente, tempere as gemas (ver Dicas Úteis) e adicione-as ao creme, mexendo sem parar. Continue cozinhando, sem parar de mexer, até que o creme esteja bem quente, mas sem ferver. Vai ser difícil ver como está, porque o creme fica bem espumoso. Desligue o fogo.

Cerveja Amanteigada

Continuação

2. Adicione a manteiga e a baunilha e mexa bem até a manteiga derreter e se incorporar ao creme. Passe a cerveja com manteiga por um coador e passe para outro recipiente ou para duas canecas.

Rende 2 porções

Observação: esta receita é bem pesada, então faça uma refeição leve antes de bebê-la. Se você achar muito cremosa para o seu gosto, use apenas 2 gemas.

Refrigerante de Cerveja Amanteigada

1 ½ xícara de açúcar refinado
1 xícara bem cheia de açúcar mascavo
2 colheres (sopa) de xarope de milho
½ colher (chá) de sal
½ colher (chá) de cremor tártaro
4 xícaras de água
2 colheres (sopa) de extrato de baunilha
Gelo para servir
Água com gás gelada para servir

1. Leve o açúcar, o açúcar mascavo, o xarope de milho, o sal, o cremor tártaro e duas xícaras de água a uma panela para ferver, sempre mexendo para dissolver. Vá pincelando as laterais da panela com um pincel culinário embebido em água quente. Prenda um termômetro culinário na panela e deixe cozinhar em fogo médio até a temperatura atingir 180°C. Quando estiver chegando perto dessa temperatura, mexa para evitar que queime.
2. Desligue o fogo, acrescente as 2 xícaras de água restantes e mexa bem rápido. Leve ao fogo novamente e continue a cozinhar até dissolver todas as partes endurecidas da calda. Desligue o fogo e acrescente a baunilha.
3. Transfira a calda para um recipiente e deixe esfriar até atingir temperatura ambiente. Guarde na geladeira.
4. Para servir, encha um copo alto de gelo. Adicione 3 colheres de sopa da calda e encha de água com gás. Mexa ligeiramente para misturar.

Rende cerca de 3 litros

Delícias Geladas de Cerveja Amanteigada

Como a cerveja amanteigada era uma bebida muito consumida no mundo dos bruxos, é de se imaginar que na sorveteria de Florean Fortescue houvesse algum sabor à base de cerveja amanteigada para refrescar bruxas e bruxos cansados em um dia quente de verão.

Frapê de Refrigerante de Cerveja Amanteigada

Cobertura de caramelo
Refrigerante de Cerveja Amanteigada gelado
Sorvete de creme
Chantilly

1. Para cada porção, dê duas esguichadas de calda de caramelo em um copo alto. Sirva o refrigerante cremoso de cerveja amanteigada no copo e vá mexendo com vigor, até chegar a 2 cm da beira do copo. Coloque duas bolas de sorvete de creme e o chantilly por cima.
2. Sirva com uma colher de cabo longo e um canudinho e consuma imediatamente. O jeito tradicional de consumir frapê de refrigerante é alternar goles do refrigerante com colheradas de sorvete.

Raspadinha de Cerveja Amanteigada

1 xícara de creme de leite fresco
½ xícara de açúcar mascavo
1 colher (chá) de extrato de baunilha
1 colher (chá) de essência de manteiga
¼ de colher (chá) de extrato de rum (opcional)
4 xícaras de Refrigerante Cremoso de Cerveja Amanteigada

1. Misture o creme de leite fresco e o açúcar mascavo em uma panela pequena e leve ao fogo médio, mexendo sem parar, até que o açúcar mascavo dissolva completamente e o creme esteja quente, sem borbulhar. Transfira para um recipiente e deixe esfriar.
2. Em uma tigela grande, misture o creme de leite preparado com os outros ingredientes e bata bem. O creme vai ficar bem espumoso, portanto lembre-se de usar uma tigela grande. Leve a uma sorveteira e bata por 10 a 15 minutos, até ficar com um aspecto de sorvete derretido — não bata por muito tempo senão vai engrossar demais. Você vai precisar pressionar a espuma com uma espátula de silicone nos primeiros minutos do processo.
3. Divida a raspadinha em 6 copos e sirva com canudinhos. Sirva imediatamente.

Rende 6 porções

Observação: se você não tiver uma sorveteira, você pode bater 2 xícaras de cada vez em um liquidificador, junto com 6 a 8 pedras de gelo.

Chocobolas Recheadas de Musse de Morango e Creme Cozido

Harry, Rony e Hermione estão viajando para Hogwarts depois das férias de verão quando Rony começa a descrever para Harry, que está deprimido, as delícias que podem encontrar na Dedosdemel, como essas Chocobolas recheadas de musse de morango. Harry não pode ir ao vilarejo porque não tem autorização dos responsáveis (ver *Harry Potter e o Prisioneiro de Azkaban*, capítulo 5).

Musse é uma sobremesa feita com algo aerado, como chantilly ou claras batidas em neve. Todo mundo conhece musse de chocolate, mas você já ouviu falar de musse de salmão ou musse de aspargo? Se você não gosta dessa combinação de musse com peixes ou legumes (se bem que pode ser bem gostoso), fique tranquilo, porque esta combinação de chocolate, creme cozido e musse de morango é infalível.

Casquinha de Chocolate

115 g de chocolate amargo derretido

Pincele o interior de moldes em forma de meia esfera de 7 cm de diâmetro (preferencialmente de silicone para ficar mais fácil de desenformar) com o chocolate derretido. Leve à geladeira até firmar e então retire dos moldes com muito cuidado e coloque as bolas de chocolate em uma assadeira forrada com papel-manteiga. Mantenha na geladeira até a hora de usar.

Creme Cozido

2 xícaras de creme de leite fresco

Leve uma panela (ou uma frigideira, para ter uma superfície de contato maior) com o creme ao fogo baixo ou ao forno, usando a função de manter aquecido. A cada duas horas, retire a película amarela e passe para um recipiente, até você ficar com cerca de 1 xícara de creme cozido. Coloque uma colherada desse creme em cada casquinha de chocolate e use um pincel culinário para espalhar o creme por dentro. Leve o creme que sobrou à geladeira e use para comer com torradas, muffins, tortas, pãezinhos e tudo mais. Na geladeira, o creme fica duro como manteiga.

Chocobolas Recheadas de Musse de Morango e Creme Cozido

Continuação

Musse de Morango

2 xícaras de creme de leite fresco
½ xícara de açúcar refinado
2 colheres (chá) de extrato de baunilha
½ xícara de geleia de morango sem pedaços

1. Na batedeira, bata o creme de leite, o açúcar e a baunilha até formar picos firmes. Em outra tigela, bata a geleia para deixá-la mais líquida e cremosa. Misture com ½ xícara do creme batido para deixar mais leve e em seguida acrescente essa mistura ao restante do creme batido. Encha as bolas de chocolate até em cima com o musse de morango.
2. Para servir, junte duas meias esferas para formar uma bola e coloque a bola de chocolate em um prato, encostando a linha divisória. A metade de cima vai escorregar um pouco, mas ainda assim ficará lindo e muito delicioso.

Rende 12 bolas

Fio Dental de Menta

Harry conhece o fio dental de menta durante seu primeiro passeio na Dedosdemel (ver *Harry Potter e o Prisioneiro de Azkaban*, capítulo 10). Esta receita é deliciosa, mas não tente usá-la como fio dental para limpar os dentes e nem tente mastigar. É um doce feito para chupar, que, quando mastigado, pode colar os dentes de um jeito bem feio. Para acertar, é preciso ter prática e confiança. Aviso aos pais: lidar com caramelo pode ser bem perigoso.

De onde saiu a ideia de usar um doce para limpar os dentes? Com certeza a ideia veio dos "fios de açúcar". Mas os fios de açúcar são um tipo de acabamento para bolos e sobremesas usado desde 1700. Costumava-se fazer uma teia com os fios de açúcar, usando como apoio uma tigela virada de ponta-cabeça. Essa teia era retirada do molde e usada como decoração em bolos e sorvetes.

1 xícara de açúcar
1 colher (sopa) de xarope de milho
2 colheres (sopa) de água
¼ de colher (chá) de extrato de menta

1. Leve o açúcar, o xarope de milho e a água a uma panela e deixe cozinhar em fogo médio/alto até que o açúcar derreta. Vá pincelando as laterais da panela com um pincel culinário mergulhado em água quente. Prenda um termômetro culinário na panela e deixe cozinhar até a calda atingir 145°C.
2. Retire a panela do fogo, adicione o extrato de menta e espere alguns minutos para a calda engrossar. Mergulhe um garfo na calda e chacoalhe para a frente e para trás, voltando a mergulhar o garfo na calda quando necessário e colocando em cima de um pedaço de papel-manteiga, até formar um ninho ou um montinho. Você pode fazer quantos ninhos quiser, até a calda acabar, mas precisa trocar de papel-manteiga a cada ninho. Se a calda engrossar demais, aqueça novamente até afinar.

O rendimento depende do tamanho dos ninhos

Docinhos Apimentados (Diabinhos de Pimenta)

Os Diabinhos de Pimenta, que são a inspiração desta receita, fazem a boca fumegar (ver *Harry Potter e o Prisioneiro de Azkaban*, capítulo 5). Estas balinhas doces e apimentadas não fazem soltar fumaça, mas têm um sabor mágico que parecerá ter vindo diretamente de Hogwarts.

As balas de canela ardidas surgiram nos Estados Unidos em 1930. Se você não gosta do sabor ardido das balas de canela, talvez você mude de ideia ao experimentar esta versão mais suave deste docinho mastigável.

1 xícara de farinha de trigo
1 colher (chá) de canela em pó
¼ de colher (chá) de pimenta-caiena
1 xícara de açúcar
½ xícara de água
½ xícara de xarope de milho
¼ de colher (chá) de sal
Açúcar refinado para a cobertura

1. Unte uma fôrma quadrada de 20 cm e forre com papel-manteiga, deixando uma sobra de papel dos lados para conseguir tirar mais fácil depois. Em uma tigela pequena, misture a farinha, a canela e a pimenta-caiena.
2. Misture o açúcar, a água, o xarope de milho e o sal em uma panela pequena e cozinhe em fogo médio, mexendo até dissolver. Pincele os lados da panela com um pincel culinário mergulhado em água quente. Prenda um termômetro culinário na panela e deixe cozinhar sem mexer até a temperatura da calda atingir 125°C.
3. Retire a panela do fogo e acrescente a farinha com as especiarias, batendo com força até ficar homogêneo. Despeje a massa na fôrma forrada e deixe esfriar por completo.
4. Usando uma faca untada com óleo, corte em quadrados de 2 cm. Vai ser um pouco difícil cortar, porque a massa é grudenta. Enrole os quadradinhos no açúcar, para evitar que os docinhos grudem um no outro.

Rende 100 unidades

Balas Ácidas

Rony fica pensativo lembrando dos "picolés ácidos" que Fred lhe deu quando ele era pequeno e que fizeram um buraco na sua língua. Ele fica se perguntando se conseguiria convencer Fred a comer um Cacho de Baratas se dissesse a ele que era amendoim (ver *Harry Potter e o Prisioneiro de Azkaban*, capítulo 10).

"Acid drops" são muito conhecidos na Inglaterra, e embora Rony se lembre de picolés ácidos, na verdade esses doces são balas. Adiciona-se ácido para deixá-las azedas. Você pode transformar as balas em pirulito colocando um palito enquanto elas ainda estão quentes ou então modelando-os em uma fôrma à prova de calor untada com óleo. Não use fôrmas plásticas para chocolate, porque elas irão derreter com o líquido quente.

¼ de xícara de água
1 xícara de açúcar refinado
½ xícara de xarope de milho
¼ de colher (chá) de cremor tártaro
1 colher (chá) de ácido cítrico (ver observação)

1. Forre duas assadeiras com papel-manteiga e reserve. Em uma panela pequena, misture a água, o açúcar, o xarope de milho e o cremor tártaro. Deixe cozinhar em fogo médio, mexendo sem parar, até o açúcar dissolver e a calda começar a borbulhar. Pincele o interior da panela com um pincel culinário mergulhado em água quente se começarem a se formar cristais de açúcar nas laterais. Prenda um termômetro culinário na panela e deixe cozinhar em fogo médio, mexendo de vez em quando, até a temperatura atingir 150°C.
2. Retire a panela do fogo. Polvilhe o ácido cítrico por cima da calda de açúcar e misture bem. Quando parar de borbulhar, use uma colher de chá untada com óleo para pingar colheradas de calda de açúcar nas fôrmas forradas, a uma distância de 5 cm entre elas para dar espaço para a calda se espalhar.
3. Para armazenar as balas, embrulhe-as em folhas de papel-manteiga, cuidando para não se tocarem, senão elas vão grudar.

Rende cerca de 40 balas.

Observação: é possível encontrar ácido cítrico em pequenas quantidades pela internet.

Delícias da Dedosdemel

Harry entra na Dedosdemel pelo porão e, fala sério, que loja de doces incrível! As balas de dar água na boca que enchem as prateleiras são o sonho de qualquer formiguinha. As receitas abaixo reproduzem os tabletes de nugá, os quadrados de sorvete de coco, os ratinhos de sorvete, os sapos de creme de menta, chocolates e bombons que Harry viu (ver *Harry Potter e o Prisioneiro de Azkaban*, capítulo 10).

Desde 1700, os confeiteiros de Montélimar, na França, produzem este doce incrivelmente delicioso, tanto é que nugá e Montélimar são praticamente sinônimos. A pergunta que não quer calar é como que eles faziam nugá sem uma batedeira? A resposta: braços fortes, é claro! Talvez esta seja a receita mais difícil deste livro e, para prepará-lá, é preciso ter um pouco de experiência com calda de açúcar, para saber como despejar a calda nas claras em neve. Pode levar um tempo para aprender quando as claras de ovo atingem a consistência certa e é preciso ter muito cuidado e uma mão firme para despejar a calda de açúcar quente. Mas não desanime! Vale a pena errar algumas vezes para aprender como fazer este doce maravilhoso. Mas, mesmo assim, há uma versão mais fácil em seguida.

Nugá

Amido de milho para untar a fôrma
4 gemas grandes em temperatura ambiente
¼ de colher (chá) de cremor tártaro
¼ de colher (chá) de sal
1 colher (sopa) de extrato de baunilha
2 xícaras de açúcar refinado
1 xícara de água
1 ½ xícara de xarope de milho
1 ½ xícara de mel
¼ de xícara de óleo vegetal
½ xícara de açúcar de confeiteiro peneirado
1 xícara de pistaches sem sal tostados
1 xícara de amêndoas tostadas

Delícias da Dedosdemel

Continuação

1. Unte uma fôrma de 20x30 cm e polvilhe com amido de milho. Antes de começar, meça todos os ingredientes e deixe tudo pronto para usar. Coloque as gemas, o cremor tártaro, o sal, a baunilha e ½ xícara do açúcar refinado na tigela da batedeira e encaixe o batedor em forma de globo.
2. Misture o resto do açúcar com a água, o xarope de milho e o mel em uma panela grande. Deixe cozinhar em fogo alto por 5 a 10 minutos, mexendo sem parar, até o açúcar dissolver. Pincele as laterais da panela com um pincel culinário mergulhado em água quente e prenda um termômetro culinário na lateral da panela. Deixe cozinhar até que a calda atinja a temperatura de 120°C. Mantenha no fogo.
3. Enquanto a calda de açúcar está cozinhando, coloque a batedeira na velocidade média/alta e bata as claras de ovo até ficarem bem espumosas. Aumente mais um pouco a velocidade e continue batendo até formar picos firmes. Verifique a calda de açúcar e retire do fogo quando atingir a temperatura de 140°C (a temperatura da calda pode aumentar um pouco depois de sair do fogo, não tem problema). A calda de açúcar deve atingir a temperatura de 140°C e as claras devem formar picos firmes mais ou menos ao mesmo tempo.
4. Reduza a velocidade da batedeira para média e, sem parar de bater, vá regando as claras, pela lateral da batedeira, com a calda de açúcar quente em fio. Depois que todo o açúcar for incorporado, continue batendo por mais 10 minutos.
5. Reduza a velocidade da batedeira e acrescente o óleo devagar. O nugá vai separar e esparramar nas laterais da tigela, então continue batendo até ficar liso e cremoso de novo. Acrescente o açúcar de confeiteiro devagar. Retire a tigela da batedeira e misture as amêndoas e os pistaches.
6. Coloque a massa do nugá na fôrma forrada. Cubra com papel-manteiga e, usando as mãos, alise por cima, chegando até as bordas. Deixe esfriar em temperatura ambiente de um dia para o outro. Quando o nugá estiver completamente frio, o papel-manteiga se soltará com facilidade. Corte em pedaços do jeito que quiser e embale individualmente em plástico-filme.

Rende uma placa de 20x30 cm

Delícias da Dedosdemel

Continuação

Nugá Fácil

60 g (4 colheres de sopa) de manteiga em temperatura ambiente
3 xícaras de açúcar de confeiteiro
1 colher (chá) de extrato de baunilha
¼ de xícara de xarope de milho
½ xícara de creme de marshmallow
½ xícara de leite em pó desnatado
450 g de chocolate meio amargo picado ou pedaços de cobertura de chocolate

1. Em uma tigela grande, misture todos os ingredientes, menos o chocolate. Bata na batedeira ou no mixer, na velocidade baixa, até incorporar todos os ingredientes. Aumente a velocidade e bata até virar uma massa. Se não for usar o nugá imediatamente, modele na forma de um disco e embrulhe em plástico-filme. O nugá pode ser usado imediatamente ou armazenado na geladeira por até uma semana.
2. Antes de usar, retire o nugá da geladeira até atingir temperatura ambiente. Enquanto isso, derreta e, se quiser, tempere o chocolate (ver Como Temperar Chocolate na receita de Magia do Chocolate, capítulo 3). Use uma colher de sorvete pequena ou os dedos para tirar pedaços de 4 cm de nugá, faça bolinhas e mergulhe no chocolate derretido ou na cobertura de chocolate. Coloque os doces em uma bandeja forrada com papel-manteiga para firmar.

Rende cerca de 36 unidades

Continuação

Quadrados de sorvete de coco não são bem um sorvete, embora sejam mesmo feitos com coco, então o nome não está totalmente errado. O doce, na verdade, é uma barrinha de coco ou fudge de coco. O jeito certo de fazer é despejar metade do creme em uma panela, depois colocar corante rosa na outra metade e despejar o creme rosa por cima. Depois de fatiado fica muito bonito. Se quiser uma versão bem fácil, veja a nota ao final da receita.

Quadrados de Sorvete de Coco

2 xícaras de açúcar refinado
2 xícaras de leite integral
2 colheres (sopa) de xarope de milho ou melado
30 g (2 colheres de sopa) de manteiga
¼ de xícara de creme de leite fresco
¼ de colher (chá) de sal
1 colher (chá) de extrato de baunilha
1 xícara de flocos de coco desidratados
Algumas gotas de corante alimentício vermelho

1. Unte uma fôrma quadrada de 20 cm. Forre com papel-manteiga, deixando uma sobra de papel dos dois lados. Assim, vai ficar mais fácil de tirar e fatiar depois.
2. Em uma panela grande, misture o açúcar, o leite, o xarope de milho ou o melado, a manteiga, o creme de leite e o sal. (Durante o cozimento, a calda vai subir bastante, então a panela precisa ser bem grande, como de 4 litros, mas mesmo assim é preciso ficar de olho.) Cozinhe em fogo médio, mexendo sem parar, até a manteiga derreter e os ingredientes se incorporarem. Vá pincelando as laterais da panela com um pincel culinário mergulhado em água quente.
3. Prenda um termômetro culinário na lateral da panela. Deixe cozinhar mais um pouco, mexendo de vez em quando, até a temperatura atingir 115°C. Todo esse processo pode levar mais de 30 minutos, então tenha paciência.

Delícias da Dedosdemel

Continuação

4. Retire a panela do fogo e acrescente a baunilha e o coco. Reserve a preparação e espere até a temperatura atingir 46°C. Usando uma colher de madeira, bata com força por cerca de 10 a 15 minutos até o creme perder o brilho e ficar bem grosso. Você pode recrutar um amigo para revezar o trabalho com você. Coloque metade da massa na fôrma forrada e alise a parte de cima. Se necessário, você pode usar um pedaço de plástico-filme e a palma da mão para isso. Acrescente o corante alimentício à outra metade da massa e misture até a cor ficar bem uniforme. Espalhe por cima da primeira camada. Se você achar muito complicado, esqueça as camadas e pinte tudo de rosa, ou não use o corante.
5. Deixe esfriar completamente antes de cortar em quadradinhos de 2 cm. Armazene em um recipiente hermético. Os quadradinhos podem ficar armazenados por várias semanas.

Rende 100 unidades

Observação: se a massa ficar muito quente, o fudge vai virar um torrão duro e granuloso quando você tentar mexer. Se não chegar na temperatura necessária, o fudge não vai engrossar e vai virar uma meleca líquida. Você pode tentar recuperar a massa tentando levar de volta à panela com um pouco de água (não se preocupe, a água vai evaporar) e reaquecendo até atingir a temperatura correta.

Para fazer quadradinhos de coco superfáceis, use a receita das Barrinhas de Caramelo Caseiras (capítulo 5), acrescentando 1 xícara de coco e algumas gotas de corante alimentício vermelho antes de virar tudo na fôrma.

Continuação

Ratinhos de Açúcar

Fazer bichinhos, como ratos ou porcos, usando um fondant fácil de modelar é uma atividade bem comum entre as crianças inglesas (o fondant de verdade é um pouco mais difícil de trabalhar).

90 g (6 colheres de sopa) de manteiga em temperatura ambiente
¼ de xícara de xarope de milho
½ colher (chá) de extrato de baunilha
3 xícaras de açúcar de confeiteiro peneirado

1. Misture a manteiga, o xarope de milho e a baunilha e bata na batedeira até ficar homogêneo. Acrescente o açúcar de confeiteiro devagar, na velocidade mais baixa, até formar uma massa com consistência de massinha de modelar. Acrescente mais açúcar de confeiteiro se a pasta ainda estiver pegajosa. Embrulhe o fondant em plástico-filme e leve à geladeira até a hora de usar. A massa se conserva por vários meses na geladeira.
2. Para fazer os ratinhos de açúcar, tire uma pequena quantidade de fondant e faça uma bolinha de 1 cm. Estique a bola até ficar com um formato oval e aperte uma das pontas para fazer o nariz e duas pontas para fazer as orelhas pontudas. Você pode fazer dois buracos com um palito de dentes para fazer os olhos. Tire outro pedaço de massa para fazer uma bolinha de 3 cm e modele em formato oval para fazer o corpo. Prenda o corpo à cabeça. Você pode usar um pedaço de uma bala ou chiclete modelável para fazer o rabo. Se o fondant amolecer demais, leve de volta à geladeira para firmar novamente.
3. Repita até usar todo o fondant. Coloque os ratinhos em cima de um pedaço de papel-manteiga e deixe secar de um dia para o outro.

Rende cerca de 20 ratinhos.

Delícias da Dedosdemel

Continuação

Bolas de sorvete de fruta que fazem levitar! Uau, que espetáculo seria! Na Inglaterra, há um doce no formato de uma bola, feito de papel de arroz recheado com um pó gelado que "explode" na boca. Nos livros do Harry Potter, essa explosão é suficiente para tirar a pessoa do chão. Quando você fizer este doce em casa, feche os olhos e imagine que você está levitando.

Delícias Gasosas

½ xícara de açúcar refinado
½ colher (chá) de ácido cítrico (ver observação)
1 ½ colher (chá) de bicarbonato de sódio
Papel de arroz ou de wafer cortado em 24 pedaços de 5 cm para fazer os saquinhos

1. Misture o açúcar, o ácido cítrico e o bicarbonato de sódio no recipiente de um processador de alimentos. Processe por cerca de 1 minuto até ficar homogêneo e os grãos de açúcar ficarem mais finos.
2. Separe 12 quadrados de papel de arroz ou de wafer. Coloque uma pequena quantidade (cerca de ⅛ de colher de chá) da mistura de açúcar no meio de cada quadrado. Passe água nas bordas dos outros quadrados (não molhe demais ou eles vão se desmanchar) e prenda-os com cuidado por cima dos quadrados que estão com o recheio de açúcar. Aperte as bordas para selar e deixe-os em cima de uma folha de papel-manteiga para secar. Guarde o pó que sobrou para usar em outra coisa, como para cobertura de pirulito. Ou corte mais quadrados de papel e faça mais saquinhos — você vai conseguir fazer uns 200 saquinhos com essa quantidade de açúcar.

Rende cerca de 12 saquinhos

Observação: você pode encontrar ácido cítrico em pequenas quantidades em lojas on-line.

Delícias da Dedosdemel

Continuação

Para representar os chocolates da Dedosdemel, trazemos duas receitas básicas de trufas. Para a maioria das pessoas, a trufa negra, que é um tipo de cogumelo, é muito rara e muito cara — é uma iguaria desde a Roma Antiga. Então, no final do século 19, a trufa de chocolate foi inventada. O método clássico para preparar trufas é enrolando-as em cacau em pó, para que elas pareçam trufas recém-tiradas da terra. Elas são muito bonitas, mas nem todo mundo gosta do sabor amargo do cacau em pó e é por isso que ele é um ingrediente opcional nesta receita.

Trufas de Chocolate Amargo

350 g de chocolate meio amargo picado
¾ de xícara de creme de leite fresco
300 g de chocolate meio amargo derretido
Cacau em pó para polvilhar (opcional)

1. Leve o chocolate picado e o creme de leite ao micro-ondas por 2 minutos, usando um recipiente próprio, tirando para mexer a cada 30 segundos, até derreter e ficar liso.
2. Deixe a mistura de chocolate esfriar em temperatura ambiente até endurecer. Tire pedaços da massa e faça bolinhas de 3 cm. Coloque as bolinhas em cima de um pedaço de papel-manteiga. Vai fazer uma sujeira, então é bom parar e lavar as mãos de vez em quando, porque o chocolate derretido que vai ficando nas mãos dificulta o trabalho de enrolar as bolinhas.
3. Veja se as bolas estão bem firmes antes de mergulhá-las no chocolate derretido. Você pode levá-las à geladeira se quiser acelerar as coisas. Usando dois garfos, pegue uma bola de cada vez, mergulhe no chocolate derretido, vire para cobrir de todos os lados, tire do chocolate e deixe o excesso pingar dentro da tigela antes de colocar as trufas em cima do papel-manteiga.
4. Quando a cobertura de chocolate firmar, tire as bolas do papel-manteiga e passe pelo cacau em pó. Guarde-as em um recipiente hermético. Para acelerar o processo, você pode levar as trufas cobertas de chocolate à geladeira por 10 minutos, mas não mais do que isso, pois a condensação pode estragar o chocolate.

Rende cerca de 24 trufas

Continuação

Chocolate branco não é chocolate de verdade. É feito com sólidos do leite, açúcar e aromatizantes, mas contém também manteiga de cacau (a gordura que é retirada da massa de chocolate durante o processamento), o que faz com que possa ser chamado de "chocolate".

Trufas de Chocolate Branco

400 g de chocolate branco picado
½ xícara de creme de leite fresco
300 g de chocolate branco derretido

1. Leve o chocolate branco picado e o creme de leite ao micro-ondas por 2 minutos, usando um recipiente próprio, tirando para mexer a cada 30 segundos, até derreter e ficar liso.
2. Deixe a mistura de chocolate esfriar em temperatura ambiente até endurecer. Tire pedaços da massa e faça bolinhas de 3 cm. Coloque as bolinhas em cima de um pedaço de papel-manteiga. Vai fazer uma sujeira, então é bom parar e lavar as mãos de vez em quando, porque o chocolate derretido que vai ficando nas mãos dificulta o trabalho de enrolar as bolinhas.
3. Veja se as bolas estão bem firmes antes de mergulhá-las no chocolate branco derretido. Você pode levá-las à geladeira se quiser acelerar as coisas. Usando dois garfos, pegue uma bola de cada vez, mergulhe no chocolate derretido, vire para cobrir de todos os lados, tire do chocolate e deixe o excesso pingar dentro da tigela antes de colocar as trufas em cima do papel-manteiga. Deixe a cobertura firmar antes de servir. Para acelerar o processo, você pode levar as trufas cobertas de chocolate à geladeira por 10 minutos, mas não mais do que isso, pois a condensação pode estragar as trufas. Guarde em um recipiente hermético.

Observação: ao derreter o chocolate branco para a cobertura, cuidado para não esquentar demais, senão pode estragar o chocolate. Pique o chocolate branco e leve ao micro-ondas por 2 minutos, parando a cada 30 segundos para mexer. Se a temperatura estiver muito quente, mas você estiver vendo pedaços inteiros de chocolate, continue mexendo. Pode levar alguns minutos para derreter completamente.

Rende cerca de 24 trufas

Delícias da Dedosdemel

Continuação

Bombom de Tâmaras, Nozes e Coco para Adultos

Estes doces sofisticados, macios e que derretem na boca devem ser preparados por adultos, porque é necessário fazer açúcar queimado durante o processo. É um presente perfeito, se você conseguir resistir e não comer todos antes de colocar na embalagem.

Rende cerca de 30 bombons

Observação: bombom é uma palavra francesa originada da duplicação da palavra bon, que significa "bom". Antigamente, os cavalheiros davam às damas caixas luxuosas cheias de bombons. Você pode embrulhar os bombons em embalagens de papel-alumínio, colocá-los em uma caixa bonita e dá-los de presente.

Se sobrar algum ombom no dia seguinte, o que é bastante improvável, você pode armazenar em um recipiente hermético e conservar em temperatura ambiente por várias semanas.

2 xícaras de leite integral
1 xícara de açúcar refinado
1 xícara bem cheia de açúcar mascavo
2 colheres (sopa) de xarope de milho
¼ de colher (chá) de sal
1 colher (chá) de extrato de baunilha
½ xícara de tâmaras picadas
½ xícara de nozes bem picadas
½ xícara de coco ralado fino (ou você pode bater flocos de coco em um processador de alimentos)

1. Em uma panela grande, misture o leite, os dois tipos de açúcar, o xarope de milho e o sal. (Durante o cozimento, o líquido vai subir bastante, então use uma panela grande. Uma panela de 4 litros é suficiente, mas mesmo assim você precisa ficar de olho.) Deixe cozinhar em fogo médio, mexendo sem parar, até o açúcar dissolver e o líquido começar a borbulhar. Vá pincelando as laterais da panela com um pincel culinário mergulhado em água quente.
2. Prenda um termômetro culinário na lateral da panela e deixe cozinhar mais, mexendo sem parar, até o líquido atingir a temperatura de 115°C. O processo pode levar mais de 30 minutos, então tenha paciência. Não se preocupe se parecer talhado, pois ele vai ficar liso e cremoso quando começar a engrossar ao bater.
3. Retire a panela do fogo e acrescente a baunilha, as tâmaras e as nozes. Deixe esfriar até atingir a temperatura de 46°C e, com uma colher de madeira, bata com força por cerca de 20 minutos até o creme perder o brilho e ficar bem grosso.
4. Cubra a superfície com um pedaço de plástico-filme para evitar que se forme uma casquinha seca, e deixe a mistura resfriar até estar firme o suficiente para poder modelar. Coloque o coco em uma tigela. Tire pedaços da massa, modele no formato de bolinhas de 2 a 3 cm e passe-as pelo coco ralado. As bolas ficam bem pegajosas e moles, então elas podem achatar um pouco. Não se preocupe em deixá-las perfeitas. Guarde em um recipiente hermético. Os bombons se conservam por várias semanas em temperatura ambiente.

Continuação

Bombons Crocantes de Chocolate e Manteiga de Amendoim 1-2-3

Esses bombons se chamam 1-2-3 porque você vai terminar de prepará-los antes de contar até 3. Além disso, eles são tão deliciosos que você vai terminar de comê-los antes desse tempo também.

1 ½ xícara de açúcar de confeiteiro
1 ½ xícara de manteiga de amendoim
1 colher (chá) de extrato de baunilha
Leite (quanto necessário)
1 xícara de flocos de arroz
300 g de chocolate ao leite ou meio amargo derretido para a cobertura

1. Misture o açúcar de confeiteiro, a manteiga de amendoim e a baunilha na tigela da batedeira. Bata em velocidade baixa até dar liga. Aumente a velocidade até que a massa fique com uma consistência de massinha de modelar, sem grumos. Se estiver muito pegajosa, adicione mais um pouco de açúcar de confeiteiro. Se estiver muito seca, adicione leite, 1 colher de sopa de cada vez (melhor evitar colocar mais leite, porque o cereal vai começar a perder a crocância depois de algumas horas por causa da umidade). Adicione os flocos de arroz e misture para incorporar tudo.
2. Modele a massa em bolas de 3 cm e coloque-as sobre um pedaço de papel-manteiga. Usando dois garfos, mergulhe as bolas, uma de cada vez, no chocolate derretido, virando para cobrir de todos os lados, e em seguida tire do chocolate, deixando que o excesso pingue de volta na tigela. Tente esperar o chocolate firmar antes de comer. Para acelerar o processo, você pode levar os bombons por 10 minutos à geladeira, mas não mais do que isso. A condensação pode estragar o chocolate.

Observação: ao derreter o chocolate ao leite para a cobertura, cuidado para não esquentar demais, senão pode estragar o chocolate. Pique o chocolate e leve ao micro-ondas por 2 minutos, parando a cada 30 segundos para mexer. Se a temperatura estiver muito quente, mas você estiver vendo pedaços inteiros de chocolate, continue mexendo. Pode levar alguns minutos para derreter completamente.

Rende cerca de 30 bombons

Sapos de Creme de Menta

Usando o Mapa do Maroto que acabou de ganhar, Harry vai escondido a Hogsmeade, entrando pela Dedosdemel, a loja de doces que tem de tudo. Harry dá de cara com doces magicamente maravilhosos, como o creme de menta, um doce de menta coberto de chocolate no formato de sapo. A vantagem da versão trouxa é que, em vez de ficar pulando no seu estômago, eles são digeridos bem rápido e em silêncio (ver *Harry Potter e o Prisioneiro de Azkaban*, capítulo 10). São incluídas aqui duas versões fáceis e rápidas: ver a observação na receita e a receita a seguir para aprender a fazer um sapo de chocolate com sabor de menta.

Qual é a relação entre sapos e bruxas e bruxos? As toxinas que alguns sapos secretam causam alucinações e, em alguns casos, a sensação é de estar voando — daí pode ter vindo a associação. Para obter a droga perigosa (porque não deixa de ser uma droga), é preciso lamber o sapo (que nojo!), e o veneno de alguns sapos pode até mesmo matar. Felizmente, não tem nada de nojento em lamber este sapo, além de ser totalmente permitido por lei e totalmente delicioso!

3 xícaras de açúcar refinado
½ colher (chá) de cremor tártaro
1 xícara de água
300 g de chocolate meio amargo picado
¼ de xícara de extrato de hortelã

1. Coloque o açúcar, o cremor tártaro e a água em uma panela média e prenda um termômetro culinário na lateral da panela. Deixe cozinhar em fogo médio sem mexer até a temperatura atingir 115°C. Despeje a calda quente em uma assadeira com bordas e deixe esfriar até atingir 50°C.
2. Use uma espátula de silicone ou um raspador e vá mexendo o fondant até virar uma massa branca e granulosa, por 15 a 20 minutos. Reveze com um amigo para o seu braço não cair. Sove por alguns segundos até ficar liso. Envolva em plástico-filme e deixe descansar de um dia para o outro.
3. Derreta o chocolate. Aqueça o fondant no micro-ondas, mexendo a cada 30 segundos, por cerca de 2 minutos, até o chocolate ficar líquido. Acrescente o extrato de menta.

Sapos de Creme de Menta

Continuação

4. Para montar os sapos de chocolate, unte com óleo três moldes no formato de sapos. Pincele duas camadas de chocolate derretido dentro dos moldes. Leve os moldes ao freezer por alguns minutos para firmar cada camada de chocolate. Recheie os moldes com o fondant, usando uma colher. Passe óleo no dedo e alise a parte de cima do fondant. Com uma colher, despeje um pouco de chocolate derretido por cima e espalhe para cobrir completamente o fondant. Leve ao freezer para o chocolate firmar e depois tire dos moldes.

Rende cerca de 1 kg

Observação: para fazer Sapos de Creme de Menta mais fáceis, use o fondant fácil da receita dos Ratinhos de Açúcar (capítulo 10), usando ¼ de colher de chá de extrato de menta em vez de baunilha. Tire pedaços pequenos de fondant e pressione nos moldes depois de pincelá-los com chocolate derretido (passo 4), depois continue seguindo as próximas instruções.

Congelar o chocolate pode fazê-lo embranquecer (perder a cor). O chocolate ainda fica gostoso e os seus doces ficarão deliciosos. Use moldes de silicone, pois os de plástico não soltam tão fácil se você não temperar o chocolate. Se você temperar o chocolate, não congele. O chocolate temperado seca rapidamente em temperatura ambiente. Para temperar o chocolate, ver Como Temperar Chocolate na receita de Magia do Chocolate (capítulo 3).

Sapos de Creme de Menta Rápidos e Fáceis

400 g de chocolate amargo derretido
1 colher (chá) de extrato de menta

1. Misture o extrato de menta com o chocolate. O chocolate vai engrossar. Com uma colher, coloque o chocolate nos moldes em formato de sapo untados com óleo. Se sobrar chocolate, faça montinhos com a colher em cima de uma folha de papel-manteiga.
2. Dê batidinhas com os moldes em cima do balcão para alisar a parte de cima e retirar as bolhas de ar.
3. Quando o chocolate firmar, retire os sapos dos moldes.

Rende 400 g
(a quantidade depende do tamanho dos moldes)

Baratas Crocantes

Quando Fred e Jorge Weasley dão a Harry o Mapa do Maroto, ele nem titubeia. Ele sabe exatamente aonde ir e em poucos minutos já se manda para a Dedosdemel, sem se deixar notar pela multidão de alunos que enchem a loja. Ele dá o maior susto em Rony e em Hermione quando surge dando sua opinião sobre o Cacho de Baratas que Rony sugere dar de presente para Harry (ver *Harry Potter e o Prisioneiro de Azkaban*, capítulo 10).

A parte nojenta: sim, você sabia que teria uma parte nojenta. Baratas são consumidas tanto para fins medicinais quanto como comida em algumas partes do mundo. Então não é de surpreender que elas tenham se transformado em um doce para bruxos com preferências esquisitas.

250 g de chocolate meio amargo derretido ou cobertura de chocolate amargo derretido
½ xícara de macarrão chinês bem fino
1 xícara de pipoca

1. Misture o chocolate derretido, a pipoca e o macarrão chinês em uma tigela. Mexa bem para cobrir tudo.
2. Com uma colher de chá, vá colocando porções da mistura em uma folha de papel-manteiga. Deixe firmar por cerca de 1 hora antes de comer (se você temperar o chocolate, vai ficar pronto em cerca de 5 minutos).

Rende cerca de 24 unidades

Cachos Chiques

Rony até pensou em comprar um Cacho de Baratas para Harry (ver *Harry Potter e o Prisioneiro de Azkaban*, capítulo 10), mas por sorte a versão chique dos cachos não tem nada que lembre insetos.

A inspiração para esta receita vem de um doce francês chamado *rocher* que, literalmente, significa "pedra". Esse doce é feito com uma mistura de castanhas, sementes e cereais (como flocos de arroz) com chocolate, formando pequenos rochedos. Mas, usando a combinação certa de ingredientes, eles ficam parecidos com insetos, perfeito para fingir que são pequenos cachos de baratas.

1 xícara de lascas de amêndoas (não lâminas)
⅔ de xícara de nozes-pecã cortadas ao meio
2 colheres (chá) de água
2 colheres (chá) de açúcar refinado
240 g de chocolate meio amargo derretido e, se desejar, temperado (ver Como Temperar Chocolate na receita de Magia do Chocolate, capítulo 3) ou 240 g de chocolate amargo hidrogenado para cobertura

1. Preaqueça o forno a 180°C. Coloque as amêndoas e as nozes-pecã em uma tigela e umedeça com água. Em seguida, acrescente o açúcar e misture para cobrir. Espalhe as castanhas em uma assadeira, formando uma única camada, e asse por 10 a 15 minutos, mexendo na metade do tempo de cozimento, até as castanhas ficarem douradas e perfumadas. Retire do forno. Você pode derreter e temperar o chocolate (se quiser temperar) enquanto as castanhas esfriam.
2. Coloque as castanhas ainda mornas na tigela com o chocolate derretido e misture para cobrir tudo. Usando uma colher de chá, vá despejando porções da mistura de chocolate com castanha em um pedaço de papel-manteiga e deixe firmar por cerca de 5 minutos (um pouco mais de tempo se o chocolate não estiver temperado).

Rende cerca de 24 cachos

Lesmas Gelatinosas

Quando Harry aparece para os seus amigos na Dedosdemel após ir até Hogsmeade escondido, Rony se anima para mostrar a loja ao amigo, apontando para docinhos muito legais, como as Lesmas Gelatinosas e os Picolés Ácidos (ver *Harry Potter e o Prisioneiro de Azkaban*, capítulo 10).

Deve ter sido muito chato viver antes de inventarem a geladeira e o congelador, mas a necessidade obrigava as pessoas a transformar suas frutas em geleias e doces para conservá-las por mais tempo. Se existisse geladeira desde o início dos tempos, talvez as jujubas e balinhas de goma nunca tivessem sido inventadas, pois elas são descendentes diretas daquelas primeiras geleias que surgiram.

1 xícara do suco de sua preferência
Suco da metade de um limão
1 colher (sopa) de açúcar refinado
30 g (3 colheres de sopa) de gelatina em pó

1. Unte uma fôrma quadrada de 20 cm e reserve. Coloque todos os ingredientes em uma panela e mexa para incorporar tudo. Cozinhe em fogo médio, mexendo sem parar, até o líquido começar a ferver. Coloque o líquido na fôrma preparada. Deixe esfriar em temperatura ambiente e, em seguida, leve à geladeira para firmar.
2. Passe uma faca pelas bordas da fôrma para soltar e tirar o doce endurecido. Coloque-o em cima de uma tábua de corte. Corte 36 tiras e vire todas em uma tigela para que fiquem parecidas com lesmas.

Rende cerca de 36 lesmas

Quentão

Harry não poderia ter ido ao bar Três Vassouras sem autorização para visitar Hogsmeade. Mas, assim que ele começa a saborear o seu primeiro gole de cerveja amanteigada, o Ministro da Magia entra na taverna com um grupo em volta dele. Escondido debaixo da mesa, Harry ouve todos fazerem seus pedidos e conversarem sobre Sirius Black. O copo gigante de quentão obviamente é para o Hagrid (ver *Harry Potter e o Prisioneiro de Azkaban*, capítulo 10).

Esta receita é originalmente feita com vinho. Você pode encontrar uma receita de vinho quente com especiarias em um livro de receitas do século 14 chamado *The Forme of Cury* e no famoso livro *Mrs. Beeton's Book of Household Management*. O livro de culinária romana *Apicius* também traz uma receita de uma bebida estranha, mas fascinante, que inclui açafrão, folhas de louro e tâmaras maceradas e assadas, e que é filtrada no carvão, portanto sabemos que as pessoas gostam desse tipo de bebida há muito tempo. O quentão é uma bebida maravilhosa ainda muito consumida, principalmente no inverno.

4 xícaras de suco de maçã ou suco de uva branca
2 colheres (sopa) de mel
1 pedaço de pau de canela
10 bagas de pimenta-da-jamaica
5 cravos inteiros

1. Leve todos os ingredientes a uma panela grande e deixe ferver. Em seguida, abaixe o fogo e deixe cozinhar por 10 minutos.
2. Passe por um coador. Sirva bem quente.

Rende 4 xícaras

Observação: você pode temperar e aromatizar essa bebida de infinitas formas: metade de uma fava de baunilha e algumas tiras de casca de laranja, sementes de coentro e cardamomo, cravos e casca de laranja, casca de limão e canela — a sua imaginação é o limite. Se você for adulto, pode trocar o suco de uva por vinho tinto ou branco e adicionar o mel a gosto.

Água de Gilly

A professora McGonagall bebe água de gilly enquanto conversa sobre a história de Sirius Black no bar Três Vassouras (ver *Harry Potter e o Prisioneiro de Azkaban*, capítulo 10).

Mas o que exatamente é água de *gilly*? Vai saber! Talvez só a J.K. Rowling saiba. A única referência a algo relacionado a *gilly* que encontrei foi uma flor chamada *gillyflower*, uma família de flores, sendo o cravo uma delas. Também faz lembrar o guelricho, a planta com tentáculos que Harry precisou comer para conseguir respirar debaixo d'água (ver *Harry Potter e o Cálice de Fogo*, capítulo 26). Portanto, água de *gilly* deve ser uma bebida verde e refrescante. Esta combinação de melão, limão e hortelã se encaixa perfeitamente.

15 folhas de hortelã
Suco de 1 limão
3 colheres (sopa) de açúcar refinado (um pouco a mais ou um pouco a menos, a gosto)
1,5 kg (cerca de 8 xícaras ou 1 unidade média) de melão amarelo bem maduro
Folhas de hortelã para decorar

1. Leve todos os ingredientes ao liquidificador e bata por cerca de 2 minutos, até ficar bem cremoso e liso.
2. Sirva imediatamente com gelo. Decore com algumas folhas de hortelã.

Rende cerca de 6 copos

Rum de Groselha

Um pouco antes da fatídica conversa que Harry ouve escondido debaixo da mesa, o Ministro da Magia, Cornélio Fudge, pede um rum de groselha e oferece gentilmente um pouco à Madame Rosmerta (ver *Harry Potter e o Prisioneiro de Azkaban*, capítulo 10).

Esta bebida não alcoólica é uma versão fácil de uma bebida chamada *shrub*, composta de rum, frutas e açúcar e envelhecida por vários meses. A receita a seguir, pelo contrário, pode ser consumida logo depois de resfriada. O sabor é bem diferente, interessante e delicioso.

½ xícara de calda de groselha
½ xícara de açúcar refinado
¼ de colher (chá) de sal
1 xícara de água
1 colher (chá) de essência de rum

1. Leve todos os ingredientes para ferver em uma panela pequena, mexendo até homogeneizar. Abaixe o fogo, deixe cozinhar em fogo brando, coberto, por 5 minutos. Retire do fogo e deixe esfriar até atingir temperatura ambiente.
2. Coloque a calda em uma garrafa de 2 litros e adicione água até chegar a poucos centímetros da boca da garrafa. Tampe e chacoalhe bem para misturar e leve à geladeira para esfriar. Sirva frio, com ou sem gelo.

Rende cerca de 8 taças

Soda com Xarope de Cereja

É isso que o professor Flitwick pede no bar Três Vassouras e a Madame Rosmerta leva a bebida até ele com seus sapatos de saltos cintilantes (ver *Harry Potter e o Prisioneiro de Azkaban*, capítulo 10).

As primeiras máquinas automáticas de bebidas dispensavam apenas água com gás, então se você quisesse tomar um refrigerante, precisava ir até a farmácia, onde o farmacêutico misturava artesanalmente a calda aromatizada e a água com gás. Esta soda de cereja é servida quase da mesma forma como se serviam os antigos refrigerantes de farmácia.

350 g de cerejas
¾ de xícara de açúcar
¼ de colher (chá) de sal
½ xícara de água
Suco de meio limão (1 colher de sopa)
Gelo para servir
Água com gás para servir
Guarda-chuvas para decorar

1. Coloque as cerejas, o açúcar, o sal e a água em uma panela e deixe ferver, esmagando as cerejas com um esmagador de batatas. Deixe cozinhar em fogo baixo, com a panela tampada, por 15 minutos. Retire do fogo e acrescente o suco de limão.
2. Passe a calda por uma peneira e coloque em uma tigela, pressionando a polpa com uma espátula de silicone para extrair todo o suco possível. Deixe esfriar em temperatura ambiente e depois leve à geladeira até esfriar.
3. Para servir, encha metade de um copo alto com gelo. Acrescente ¼ de xícara de calda de cereja. Cubra com água com gás e mexa com cuidado. Decore com um guarda-chuva.

Rende cerca de 7 copos

Observação: o sabor da calda de cereja feita com cerejas de verdade é bem mais suave do que o sabor artificial de cereja.

Abóbora Espumante

A festa de comemoração da vitória espetacular da Grifinória (leia-se: vitória de Harry) no quadribol fica completa quando Fred e Jorge chegam com os braços cheios de sacos de doces e bebidas que foram buscar na Dedosdemel, como a abóbora espumante (ver *Harry Potter e o Prisioneiro de Azkaban*, capítulo 13).

A abóbora espumante nada mais é do que um refrigerante de abóbora, servido do jeito tradicional, misturando uma calda com água com gás. Beber este refrigerante, com seu sabor de maçã, abóbora e especiarias, é como beber uma torta de abóbora líquida.

1 xícara de suco de maçã
1 xícara de açúcar refinado
½ xícara de mel
2 pedaços de pau de canela
15 bagas de pimenta-da-jamaica
¼ de colher (chá) de noz-moscada moída
½ xícara de purê de abóbora
Gelo para servir
Água com gás para servir

1. Coloque o suco de maçã, o açúcar, o mel, o pau de canela, a pimenta-da-jamaica e a noz-moscada em uma panela. Tampe a panela e deixe ferver. Abaixe o fogo e deixe cozinhar em fogo brando por 20 minutos. Passe a calda por uma peneira, coloque em uma tigela e acrescente a abóbora, mexendo para incorporar tudo. Transfira para um recipiente e deixe esfriar.
2. Para servir, mexa a calda novamente se a abóbora tiver descido para o fundo do recipiente. Encha metade de um copo alto com gelo, acrescente ¼ de xícara de calda por cima do gelo e encha o restante de água com gás. Mexa com cuidado.

Rende 2 xícaras de calda, cerca de 8 porções

Moscas de Chocolate

As coisas estão tensas entre Rony e Hermione. Rony tem certeza de que o gato da Hermione, o Bichento, comeu seu rato de estimação, o Perebas. Bem na hora que Hermione diz a Harry que Rony não quer a companhia dela na festa da sala comunal da Grifinória, os dois ouvem Rony resmungar em voz alta que o Perebas poderia ter comido uma mosca de chocolate na festa se não tivesse sido devorado pelo Bichento (ver *Harry Potter e o Prisioneiro de Azkaban*, capítulo 13). A receita abaixo é seguida por outra receita fácil e rápida de recheio trufado.

Modelar alimentos é um hábito que remonta aos moldes de pães do Antigo Egito — que eram mais usados para segurar a massa do que para fazer formas incríveis —, passando pelos moldes extravagantes da era vitoriana e chegando até a atualidade. Hoje, podemos encontrar moldes no formato que quisermos, como o molde em forma de mosca usado nesta receita.

1 ½ xícara de leite
1 xícara de açúcar
2 colheres (sopa) de xarope de milho
1 pitada de sal
1 colher (chá) de extrato de baunilha
180 g de chocolate derretido

1. Unte com óleo ou manteiga moldes grandes no formato de moscas ou abelhas (recomenda-se usar moldes de silicone para conseguir tirar mais fácil) e reserve. Outra opção é usar fôrmas de gelo de silicone (não vai ficar parecendo uma mosca, mas o sabor será igualmente delicioso). Leve o leite, o açúcar, o xarope de milho e o sal a uma panela. Deixe cozinhar em fogo médio, mexendo sem parar, até dissolver o açúcar. Pincele as laterais da panela com um pincel culinário embebido em água quente.
2. Prenda um termômetro culinário na panela e deixe cozinhar mais, mexendo de vez em quando, até a temperatura atingir 112°C. Retire a panela do fogo e acrescente a baunilha.
3. Quando a calda atingir a temperatura de 46°C, mexa até engrossar e perder o brilho, por cerca de 15 minutos.

Moscas de Chocolate

Continuação

4. Enquanto o creme do recheio estiver esfriando e antes de mexer, pincele duas camadas de chocolate nos moldes em formato de inseto, levando os moldes ao freezer antes de passar a próxima camada. Com uma colher, use a calda já batida para rechear os moldes. Use os dedos untados com óleo para alisar o topo. Usando uma colher, coloque chocolate por cima e espalhe para cobrir o doce completamente. Quando o chocolate endurecer, retire dos moldes.

Observação: use moldes de silicone, pois os de plástico não soltam muito bem se você não estiver usando chocolate temperado. Se for usar chocolate temperado, não congele o chocolate. Ele endurece bem rápido em temperatura ambiente (ver Como Temperar Chocolate na receita de Magia do Chocolate, capítulo 3).

Congelar chocolate pode fazer com que ele fique manchado (cheio de listras brancas), mas o doce fica delicioso do mesmo jeito.

Recheio Trufado de Chocolate

½ xícara de creme de marshmallow
¼ de xícara de creme de leite fresco
240 g de chocolate ao leite cortado em pedaços ou picado

1. Em um recipiente próprio para micro-ondas, leve o creme de marshmallow e o creme de leite para cozinhar em potência alta por 30 segundos. Mexa (vai estar cheio de grumos) e leve ao micro-ondas por mais 30 segundos (ainda vai ter grumos).
2. Acrescente os pedaços de chocolate até derreter completamente e ficar bem liso. Cubra a superfície com plástico-filme para evitar que se forme uma película.
3. Deixe esfriar antes de usar como recheio. Para rechear, prossiga de acordo com a receita anterior.

O rendimento depende do tamanho dos moldes

Fontes

Nota da autora: embora tenha usado as fontes abaixo em minha pesquisa, quaisquer erros sobre os fatos históricos são de minha própria responsabilidade.

Livros

America's Test Kitchen. *The America's Test Kitchen Family Cookbook*. Brookline, MA: America's Test Kitchen, 2006.

Aresty, Esther B. *The Delectable Past*. New York: Simon and Schuster, 1964.

Ayto, John. *An A-Z of Food and Drink*. Oxford: Oxford University Press, 2002.

Broomfield, Andrea. *Food and Cooking in Victorian England: a History*. Westport, CT: Praeger Publishers, 2007.

DavicMbnAllan. *The Oxford Companion to Food*. Oxford; New York: Oxford University Press, 2006.

Day, Martha. *Complete Baking*. London: Anness Publishing Ltd., 2008.

Friberg, Bo. *The Professional Pastry Chef*, 4th ed. New York: John Wiley and Sons, Inc., 2002.

Garmey, Jane. *Great British Cooking: a Well-Kept Secret*. New York: HarperCollins Publishers, 1992.

Jones, David. *Candy Making for Dummies*. Hoboken, NJ: Wiley Publishing, Inc., 2005.

Rowling, J.K. *Harry Potter and the Chamber of Secrets*. New York: Arthur A. Levine Books, 1999.

Rowling, J.K. *Harry Potter and the Deathly Hallows*. New York: Arthur A. Levine Books, 2007.

Rowling, J.K. *Harry Potter and the Goblet of Fire*. New York: Arthur A. Levine Books, 2000.

Rowling, J.K. *Harry Potter and the Half-Blood Prince*. New York: Arthur A. Levine Books, 2005.

Rowling, J.K. *Harry Potter and the Order of the Phoenix*. New York: Arthur A. Levine Books, 2003.

Rowling, J.K. *Harry Potter and the Prisoner of Azkaban*. New York: Arthur A. Levine Books, 1999.

Rowling, J.K. *Harry Potter and the Sorcerer's Stone*. New York: Arthur A. Levine Books, 1998.

Spencer, Colin. B*ritish Food: an Extraordinary Thousand Years of History*. New York: Columbia University Press, 2002.

Turner, Brian. *Brian Turner's Favourite British Recipes*. London: Headline Book Publishing, 2005.

Walden, Hilaire. *Traditional British Cooking: The Best of British Cooking: a Definitive Collection*. London: Southwater, 2004.

Sites

www.asf.ca/main.html
www.bakingforbritain.blogspot.com
www.bbc.co.uk/food/recipes
www.boddingtonsberries.co.uk
www.britannia.com/cooking/recipes
www.browfarm.co.uk
www.carrotmuseum.co.uk/history.html
www.classbrain.net
www.cookitsimply.com
www.cooksillustrated.com
www.cornell.edu
www.denbydale.com
www.foodhistory.com
www.foodreference.com
www.foodtimeline.org
www.greenchronicle.com
www.history.com
www.indepthinfo.com/carrots/history.htm
www.irish-genealogy-toolkit.com/Irish-stew-i
www.ndwheat.com
www.pbm.com/~lindahl/foc/8cury11.txt
http://samuraiknitter.blogspot.com/
2009/06/history-of-brussels-sprouts.html
www.thecooksguide.com
www.urbanext.illinois.edu
www.videojug.com/is=pie+recipes
www.webmd.com/liet
www.whatscookingamerica.net
www.wikipedia.org

Agradecimentos

Sempre agradeço a Deus em primeiro lugar. Em segundo, agradeço ao meu marido, Heshy. Isso porque ele insiste que eu coloque Deus antes dele, mas também porque foi dele a ideia de escrever uma versão expandida deste livro. Em terceiro lugar, eu me parabenizo por ter seguido em frente. Um pouco diferente, eu sei, mas sejamos honestos: eu não poderia ter escrito este livro sem mim, não é?

Além disso, embora eu não pudesse ter escrito sem mim, seria difícil (se não impossível) publicá-lo sem um agente, um editor e uma editora. Agradeço a Mary Sue Seymour por ter visto potencial na primeira edição. Mary faz muita falta. Obrigada a Nicole Resciniti por cuidar da segunda edição e por ter me incentivado a seguir com outro projeto. Eu tive muita sorte com as minhas agentes!

Obrigada ao Chris Duffy, da Adams Media, que respondeu pacientemente às minhas inúmeras perguntas e sugestões ao longo dos anos e também me encaminhou às pessoas corretas.

Brendan O'Neill é a editora mais gentil que alguém pode desejar ter. Ele se desdobrou para se ajustar a mim e aos meus prazos e fez um belo trabalho de edição. Eu adoro quando um bom editor faz parecer que eu sou uma escritora melhor do que sou de fato.

Muitas pessoas vieram elogiar o design fantástico deste livro, mas, ainda que eu quisesse, não posso levar os créditos. Foi a equipe da Adams que fez um trabalho de design incrível para que este livro ficasse parecido com algo que encontraríamos na biblioteca de Hogwarts.

O chef Chris Koch salvou a minha vida. Ele pesquisou e desenvolveu para este livro diversas receitas que eu não poderia preparar por causa da minha dieta kosher.

Meus irmãos e seus cônjuges me apoiaram muito e torceram por mim desde o começo, dando conselhos e ideias. Meus agradecimentos especiais a Israel, pela sua contribuição na Cerveja Amanteigada (ele recomendou usar açúcar mascavo no lugar de açúcar refinado), e a Batsheva, pela sua receita de sanduíche de rosbife (se Rony tivesse comido esse, ele não teria oferecido para trocar). E a Ayala, que me liga todos os dias a caminho do trabalho quando não está ouvindo seus excelentes CDs.

Também agradeço aos meus amigos e vizinhos que me ajudaram quando eu estava testando uma receita e algum ingrediente acabava, aos engenheiros da Infragistics que experimentaram vários pratos e me deram seus feedbacks valiosos, e aos meus filhos Elisheva, Sarah, Eliyahu, Toby e Leah pela sinceridade impiedosa (ênfase no impiedosa). Eles são os filhos mais queridos, maravilhosos e incríveis que eu poderia desejar. É claro, eles estão bem aqui atrás de mim enquanto eu digito estas palavras.

Aos meus pais, Alex e Esther Polastek, que começaram tudo ao terem me concebido. Como eles têm sorte! Quer dizer, como eu tenho sorte! Quer dizer, obrigada! Por tudo!

Ao meu sogro, Meyer Bucholz, que ficou muito animado com a nova edição. Embora ele tenha falecido, seu amor e apoio são muito importantes para mim. À minha sogra, Frimi Bucholz, que segue abençoando a mim e aos meus esforços com todo o seu amor e apoio.

Por último, mas não menos importante, a J.K. Rowling, por ter dado ao mundo o presente que é o universo Harry Potter, mas eu lhe devo uma gratidão mais pessoal. Suas descrições de dar água na boca das comidas nos livros do Harry Potter me inspiraram a escrever meu primeiro livro de receitas literário e graças a ela eu descobri habilidades, competências e uma confiança que eu nunca tinha sentido antes. Obrigada, Jo.

E se eu deixei alguém de fora, vocês sabem quem são e provavelmente ficaram muito bravos por não terem sido mencionados. Então, hum, posso pedir desculpas?

Capítulo Um

Capítulo Dois

Capítulo Três

Capítulo Quatro

Capítulo Cinco

Capítulo Seis

Capítulo Sete

Capítulo Oito

Capítulo Nove

Capítulo Dez

Sobre a Autora

O passatempo preferido de Dinah Bucholz é preparar sobremesas finas e compartilhá-las com a família e os vizinhos, que se revezam para se revoltar (você está nos deixando gordos!) e se deliciar (nham!). Dinah é formada em Letras e foi professora de Inglês por um breve período, mas lecionar não era para ela. Ela prefere cozinhar e escrever. Alguns de seus livros anteriores são *The Unofficial Narnia Cookbook* e *The Unofficial Harry Potter Cookbook*, primeira edição, que figura na lista dos mais vendidos do *New York Times*. Ela também é colunista gastronômica.

Dinah vive na Filadélfia com seu marido, cinco filhos e o sr. Gato. Você pode visitar o site dinahbucholz.com para saber mais e ver as fotos das comidas que aparecem no livro.

Este livro foi composto em Fournier MT Std e Belwe Std e impresso em papel pólen pela Gráfica Coan, em abril de 2023.